Die Ringe des Saturn

土星之环

[德] 温弗里德·塞巴尔德 著 | 闵志荣 译

W.G. Sebald

广西师范大学出版社

·桂林·

TUXING ZHI HUAN
土星之环

出 品 人：刘春荣
责任编辑：梁桂芳
助理编辑：何虹霓
装帧设计：山川 at 山川制本

DIE RINGE DES SATURN
Copyright © Eichborn AG, Frankfurt am Main, 1995.
"Herold's Temple" Photography Copyright © Alec Garrard
All rights reserved
著作权合同登记号桂图登字：20-2017-221 号

图书在版编目（CIP）数据

土星之环 /（德）温弗里德·塞巴尔德著；闵志荣译. —桂林：广西师范大学出版社，2020.8（2023.1 重印）
ISBN 978-7-5598-2830-9

Ⅰ．①土… Ⅱ．①温… ②闵… Ⅲ．①游记—作品集—德国—现代 Ⅳ．①I516.65

中国版本图书馆 CIP 数据核字（2020）第 089852 号

广西师范大学出版社出版发行

（广西桂林市五里店路 9 号　邮政编码：541004）
（网址：http://www.bbtpress.com）

出版人：黄轩庄
全国新华书店经销
北京盛通印刷股份有限公司印刷
（北京经济技术开发区经海三路 18 号　邮政编码：100176）
开本：787mm×1 092 mm　1/32
印张：9.75　　　字数：129 千字
2020 年 8 月第 1 版　　2023 年 1 月第 7 次印刷
定价：64.00 元

如发现印装质量问题，影响阅读，请与出版社发行部门联系调换。

目　录

一

在医院——讣告——托马斯·布朗的头颅的漂泊——解剖学大课——悬浮——梅花形——怪兽——火葬　　/1

二

柴油火车——莫顿·佩托的宫殿——作为萨默莱顿庄园的游客——火焰中的德国城市——洛斯托夫特的衰落——阿姆斯特丹的德意志学徒——曾经的浴场——弗里德里克·法勒和詹姆斯二世的小宫廷　　/28

三

沙滩上的渔人——有关鲱鱼的自然史——乔治·温德姆·勒·斯特兰奇——一大群猪——人类繁殖行动——第三星球　　/52

四

索尔湾海战——夜晚袭来——海牙车站大街——莫瑞泰斯皇家美术馆——斯海弗宁恩——圣塞巴都之墓——史基浦机场——人类的不可见性——水手阅览室——一战图片——萨瓦河畔的亚塞诺瓦茨集中营　/ 75

五

康拉德和凯斯门特——小男孩特奥多尔——流放沃洛格达——诺沃法斯托夫——阿波罗·科热尼奥夫斯基的死亡和葬礼——海上生活和爱情生活——冬季返乡——黑暗的心——滑铁卢全景图——凯斯门特、奴隶经济和爱尔兰问题——叛国罪诉讼和处决　/ 103

六

布莱斯河上的桥——中国宫廷火车——太平天国运动和中央帝国的开放——圆明园的毁灭——咸丰皇帝的结局——慈禧——权力的秘密——陷落的城市——可怜的阿尔杰农　/ 138

七

邓尼奇荒原——米德尔顿沼泽——柏林的童年——逃亡英国——梦、选择性亲和、契合——两则特别的小故事——穿过雨林　/ 168

八

有关糖的谈话——博尔奇庄园——菲茨杰拉德家族——布莱德菲尔德的儿童房——爱德华·菲茨杰拉德的文学时光——一场魔幻的走马灯——一位朋友的离世——岁月的结局——最后的旅行，夏日风景，幸福的眼泪——一局多米诺骨牌——爱尔兰的回忆——内战的秘密——大火、贫穷和衰败——圣加大利纳——雉鸡狂热和企业主身份——穿越荒地——秘密的处决武器——在另一个国家   /193

九

耶路撒冷神庙——夏洛特·艾夫斯和夏多布里昂子爵——墓中的回忆——在迪钦汉姆教堂墓地——一九八七年十月十六日的飓风   /243

十

托马斯·布朗的《封闭的博物馆》——蚕蛾——养蚕业的起源和传播——诺里奇的丝织工——纺织工人的精神疾病——织物图案：自然和艺术——德意志的养蚕业——灭杀工作——真丝丧服   /273

我们在这个世界范围内知道的善与恶几乎是不可分割地一起成长的。

约翰·弥尔顿《失乐园》

尤其要宽恕那些不幸的灵魂，他们选择徒步朝圣，沿河而行，目睹但不理解战斗的恐惧和战败者深深的绝望。

约瑟夫·康拉德
致玛格丽特·波拉多夫斯卡

土星的光环由冰晶和疑似陨石颗粒组成，它们在赤道平面以圆形轨道围绕着这颗星球运转。它们很可能是早期卫星的残骸，因为卫星太过靠近土星而被其潮汐效应摧毁（→洛希极限）。

《布罗克豪斯大百科全书》

一

　　一九九二年八月,当热得像狗一样的盛夏时节渐近尾声,我开始了徒步穿越英格兰东部萨福克郡的旅程,希望在一项较大的工作完成后,能够摆脱正在我体内蔓延的空虚。这一希望在某种程度上得以实现,因为我从来没有感觉到如此无拘无束,那时我连续几小时、连续几天在海岸后面局部地区人烟稀少的狭长地带散步。另一方面,现在我感觉古老的迷信似乎有它的道理,即精神和身体的某些疾病偏爱在天狼星出现的时候在我们身体中扎根。无论如何,在接下来的时间里,我忙着回忆美好的自由自在,也忙着回忆令人麻痹的恐惧,它们以各种方式向我袭来,因为我看到即便在这一偏僻的地区,也有着可以向过去追溯很远的破坏痕迹。也许正好是我开始旅行一年后的那天,我在一种几乎完全不能动弹的状态中被送进郡治诺里奇的医院,在那里我开始写下后面的篇章,至少已经打下了腹稿。现在我还能准确想起就在刚被送进医院的时候,在医院八楼我所住的房间,我想象着之前的夏天我所走过的萨福克那广阔的天地最终萎缩成唯一一个又瞎又聋的点,我还能想起我是如何被这种想象击溃的。事实上,从我的窗台望出去,我看不到外面世界的任何东西,除了窗框中那片苍白的天空。

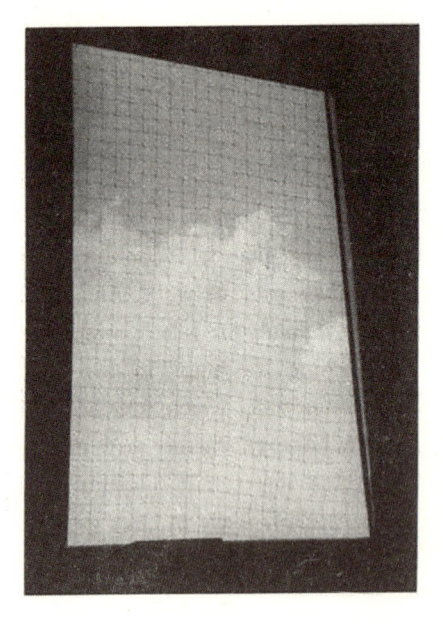

随着白天时间的推移,我心中时常升起这样一种愿望:我要向奇怪地蒙上了一张黑网的医院窗户外瞥上一眼,来确保我能够拥有现实,虽然正如我所担心的,现实永远流逝了。这样的愿望在黄昏时分如此强烈,以至

于我，在以某种半趴半侧的方式成功地从床沿滑到地上后，四肢着地爬到墙边，尽管伴随着不可避免的疼痛，最终直起身，扒拉着窗台费力地站起来。就像第一次从平地上站起来的生物，我在痉挛的姿势中顶着窗户玻璃站着，情不自禁想起了这样的场景：可怜的格里高尔[1]双腿颤抖，双手抓牢单人沙发的扶手，从他的小房间向外面张望，带着模糊的记忆，回忆令人身心释然的东西，对他来说，从前令人身心释然的事情就是从窗户向外望去。格里高尔用他变得浑浊的眼睛看向宁静的夏洛滕街，他和他的家人在那条街上住了好些年，他不认识它了，以为它是一片灰色的荒野；我就像格里高尔一样，也觉得这座从医院前花园一直伸展到遥远的视野可及之处的城市从熟悉变得完全陌生。我想象不到在那下面交叉纵横的建筑里还有些什么东西在活动，我觉得我正从一座危岩上朝下望去，看到一片石头的海洋或者一片碎石地，一栋栋阴郁的停车楼就像巨大的石块从地上耸立起来。在这苍白的傍晚时分，附近的地方一个行人也看不到，只有一个护士，正穿过入口前的一片荒凉绿地，走在去上夜班的路上。一辆闪着蓝灯的救护车移动着，慢慢转过几个街角，从市中心向急救处驶来。警铃并没有传到

---

[1] 卡夫卡《变形记》中的主人公。

我这里。我，在高处，在我所在的地方，被一个几乎完全的、可以说是人为的无声环境包围着。只有刮过这片地带的风，可以听到它在外面撞到了窗户上，并且即便有时候这种声响平息了，耳朵里也还有不绝如缕的呼啸声。

今天，从医院出院一年多之后，在我开始仔细誊写我的笔记时，我脑海里又不可避免浮现出这样的想法：那时，我从八楼向下望，看到沉浸在暮色中的城市，迈克尔·帕金森还活在他波特斯菲尔德街上的局促房子里，他很可能像大多数时候一样在忙着准备讨论课，或者忙着研究许多年来一直在研究的拉穆兹[1]。迈克尔四十好几了，单身未婚，我认为他是我遇到过的最为单纯的人之一。没有什么东西比自私自利更让他厌恶，没有什么能像因为一段时间以来的经济状况而变得越来越难履行的责任让他更加操心。但与所有其他东西比起来，无欲无求——有些人说无欲无求接近于一种古怪——更能显示他的特点。在一个大多数人为了维持自身存在而必须连续不停地购物的时代，实际上迈克尔根本从未去买过东西。年复一年，自从我认识他以来，他总是换穿着一件深蓝色的和一件铁锈红色的外套，要是袖子破了或者肘

---

[1] 查尔斯·费迪南德·拉穆兹（1878—1947），瑞士著名诗人、法语文学作家。

部磨损了,他就自己拿起针线缝上一块皮制补丁。还有,据说他衬衫的领子甚至都是反过来继续用的。在暑假里,迈克尔总是定期带着他的拉穆兹研究工作长时间步行穿越瓦莱州和沃州[1],有时还翻过汝拉山脉或塞文山脉。当他结束这样的旅行回来时,或者我被他对待工作一以贯之的严肃态度折服时,我常常会觉得他似乎以他的方式,以一种现如今几乎不可想象的简朴形式找到了幸福。然而就在去年五月,在人们有段时日没有看到他之后,迈克尔被发现死在了自家的床上,侧身躺着,已经完全僵硬,脸上晕着特殊的红斑。法医鉴定结果显示他死亡原因未知,我替我自己给这份结论加上了几个字:在黑暗而深邃的夜晚。[2]没人预料到迈克尔·帕金森的离世,它使我们震惊之极,在所有人中最受震动的也许是同样单身的罗曼语语言文学讲师珍妮·罗萨琳德·达金斯,人们确实可以说,因为他们两个有着青梅竹马的友谊,她几乎不能承受失去迈克尔的痛苦,以至于她在他死后几个星期无力抵抗在最短时间内击垮她身体的疾病。珍妮·达金斯住在紧挨着医院的一条小巷子里,她和迈克尔一样都是在牛津上的学,在她的人生旅途中,她创立了一门

---

[1] 两者皆为瑞士行政州。
[2] 本书仿宋部分,如无特别说明,原文皆为英语。

法国十九世纪小说文艺学，这门学问丝毫没有沾染知识分子的虚荣，总是基于朦胧模糊、令人存疑的细节而从来不是基于清楚明了的东西，某种程度上可以说是具有私人属性的，特别是对于她最为欣赏的古斯塔夫·福楼拜，她在各种不同的场合从他浩瀚信件往来的几千页文字中引用了长篇累牍、每次都让我一再感到惊讶的段落。此外，在阐述自己思想的报告中，她总是陷入一种几乎引发人们担心的激动状态。她还以最大的个人兴趣努力对福楼拜的作家顾忌追根究底，所谓作家顾忌就是指对虚假的害怕，如她所言，这种害怕有时会把他禁锢在沙发上几个星期、几个月之久，以至于他如果不以最为尴尬的方式让步妥协的话，就再也写不出哪怕半行字来。在这样的时候，珍妮说，他似乎不仅在将来无法进行写作，而且他还相信，他迄今为止写出来的作品仅仅是由极不可原谅的、看起来数不尽的谬误和谎言罗列出来的。珍妮声称，福楼拜的顾忌可以归因于由他观察到的、不断进展的，以及像他认为的，已经蔓延到自己脑袋的愚蠢。珍妮说，他有次说这种感觉就像人陷入了沙子。珍妮认为，很可能出于这个原因，沙子在他的作品中才会获得如此丰富的含义。她说，沙子侵占着一切。一而再再而三地，珍妮说，一团团的尘土席卷而来，在福楼拜白天的、夜里的梦中穿行，它们飞扬盘旋，经过非洲大陆贫瘠的平原，刮向北方，经过地中海，经过伊比利亚半岛，直到最终不知什么时候下落，就像烟灰一样，落到杜伊勒里公园，落到鲁昂的一处郊区或者诺曼底地区的一个小城，侵入最最微小的空隙里面。在爱玛·包法利一件冬衣的镶边里的一颗沙砾中，珍妮说，福楼拜看到了整片撒哈拉沙漠，每一颗沙子的分量对他来说都与阿特拉斯山脉[1]一样。在白昼将尽的时分，我经常会和珍妮在她的办公室里闲聊福楼拜的世界观，这里到处是各种讲座笔记、信件和文稿，以至于让人觉得似乎站在一片纸的海洋中。在书桌上，也就是这些奇妙的纸片的出发点以及汇合点，日复一日形成了纸的世界，有山头，有峡谷，它们在边缘突然中断，就像一条冰川到达海洋时那样，它们落在地上，又形成了新的堆积物，并且在它们所处的地方不知不觉朝着房间中央运动。若干年前，珍妮就已经被她书桌上持续生长的纸堆逼得逃到了其他书桌前工作。这些桌子接下来也发生了类似的堆积过程，它们可谓表现了珍妮的纸张宇宙的后期发展历程。地毯也早就消失在了一层又一层的资料下，是的，资料总是不断地在堆到半高不高的程度就向地面滑落，然后又开始从地板顺着墙向上攀爬，墙壁一直到门的上沿位置都被一

---

[1] 位于非洲西北部，把地中海西南岸与撒哈拉沙漠分开。

件件材料和文档遮住，它们其中一部分只在角落里用一颗图钉固定，一部分则被叠加装订在了一起。摆放在一排排书架里的书上，只要有地方，也都塞着一堆堆资料，在黄昏日落时分，所有这些资料把正在消逝的反光汇集到自己身上，我想象着，仿佛从前墨色夜空下覆盖在田野上的白雪。珍妮最后的办公地是一张差不多被挪到了房间中央的单人扶手沙发，当人们从她总是敞开的门前经过时，都会看到她坐在沙发上，要么向前俯着身子在放在膝头的写字垫片上涂涂写写，要么身体向后靠在沙发上陷入深思。有次我偶然告诉她，她坐在她的资料中间，就好像一动不动地僵在散落的工具中的、具有丢勒式忧郁风格的天使。当时她回答我说，她周围表面的无序实际上代表着一种完美的秩序，或者至少是正在趋向于完美的秩序。而且事实上，她一般而言能够立马找到她想要在她的资料、她的书籍或者她的脑海中寻找的东西。我出院之后就开始从事有关托马斯·布朗的调研活动，不久，珍妮就把她在牛津大学校友会上认识的外科医生安东尼·巴蒂·肖介绍给我认识。托马斯·布朗在十七世纪的时候曾在诺里奇当实习医生且留下了不少遗作，几乎没有类似的东西能够与之相提并论。那时我在《不列颠百科全书》里看到一条记录，说布朗的头骨被保存在诺福克与诺里奇医院博物馆。这条记录让我有多深信不疑，我想在自己不久前还躺着的那个地方看一眼这颗头颅的努力就有多白费，因为在如今医院管理层的男男女女中，没有一个人知道这样一个博物馆的存在。人们不仅满怀不解地打量我，而且我甚至有这样的印象：我似乎被我询问的人看作一个令人讨厌的怪人。但是众所周知，在现如今这样一个时代里，伴随着社会全民卫生事业的发展，人们成立了这些所谓的市民医院，它们中有许多都设立了博物馆，或者准确地说，是令人头皮发麻的小房间，里面存放着早产儿、畸形儿、水肿的大脑、肥大的器官以及类似的东西，这些东西被放置在福尔马林玻璃器皿中，为了医学展示目的之用，偶尔会向公众开放以供参观。我想问的只有：这些东西是哪里来的。涉及诺里奇医院以及布朗头颅存放的问题，在一场大火中毁于一旦的中心图书馆的地方史料部也给不了我任何解答。在经由珍妮介绍认识、与安东尼·巴蒂·肖联系上之后，我才获得了想要的解释。巴蒂·肖在一篇他转发给我的、刚发表在《医学传记杂志》的文章中写道，托马斯·布朗一六八二年过完他的七十七周岁生日之后就去世了，被安葬在圣彼得·曼克罗夫特的城市堂区教堂，他的遗体在那里一直安眠到一八四〇年，当人们在圣坛的几乎同一个地方为葬礼做准备工作时，布朗的棺材被损坏了，部分遗骸散落了出来。这次意外事件使得布朗的头颅以及他的一束头发为医生和堂区俗人执事卢伯克获得,后者在遗嘱中把这些遗骸赠给医院博物馆。在那里,直到一九二一年,这颗头颅都被放置于一座特为制作的玻璃罩下,放在各种怪奇的解剖学陈列品中。由于圣彼得·曼克罗夫特教区放弃了一再提请归还布朗头颅的要求,人们又仪式隆重地确定了第二次下葬的日期,这离第一次下葬已过去将近四分之一千年的时间。布朗生前写过一篇半具考古学、半具形而上学性质的著名论文,文章里论述了火化和以骨灰盒方式安葬的实践,他在其中写道,被从坟墓中揪出来是一个悲剧,是一件可怕的事情,这为他的头颅在日后的长途漂泊提供了最好的评注。但是,他补充道,谁会了解他尸骨的命运,谁又知道它们会被下葬几次。

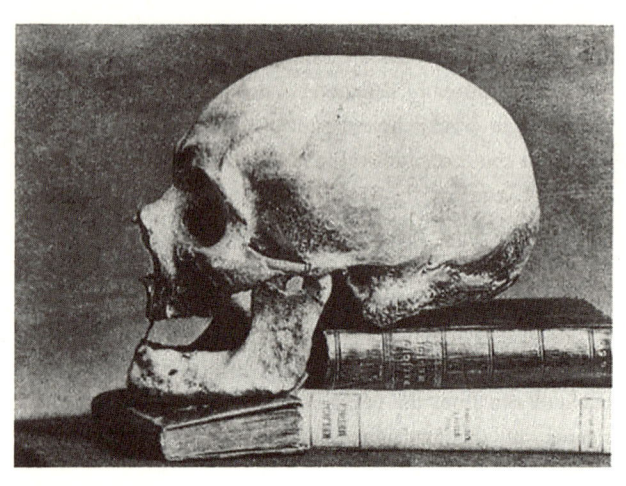

一六〇五年,托马斯·布朗出生于伦敦的一个丝绸商家庭。人们对他的童年知之甚少,在对他生平的描述中也几乎没有他牛津大学硕士毕业后紧接着如何学医的内容。可以确定的只有,他在二十五岁到二十八岁期间游学于蒙彼利埃、帕多瓦和维也纳,这些地方当时在希波克拉底医学科学领域有几所非常杰出的研究院,最后,在返回英国前不久,他在莱顿获得了医学博士学位。一六三二年一月,在逗留荷兰期间,布朗对人体的秘密有了比以前更加深刻的认识,此时正好在阿姆斯特丹的磅秤房[1]进行了一场公开的解剖活动,所用尸体是数小时前刚因盗窃而被绞死的阿德里安·阿德里安斯佐恩·阿里亚斯·阿里斯·肯特。以下说法尽管无处求证,但仍极有可能是真实的:布朗获知了这次解剖活动的公告,且旁观了这次引起轰动的、被伦勃朗固定在他为外科医生行会创作的肖像画中的事件,因为一年一度在严冬举行的尼古拉斯·杜尔博士的解剖学讲授课不仅可以引起一名正在成长的医学生的极大兴趣,而且如他所言,它在当时正从黑暗走向光明的社会的日历上也是一个重要的日期。毫无疑问,这次在一群来自上流阶层并付费参与活动的公众面前举行的演示,一方面展示了这门新兴

---

[1] 位于阿姆斯特丹老城,旧有的用途应为称重的场所。

12 | 土星之环

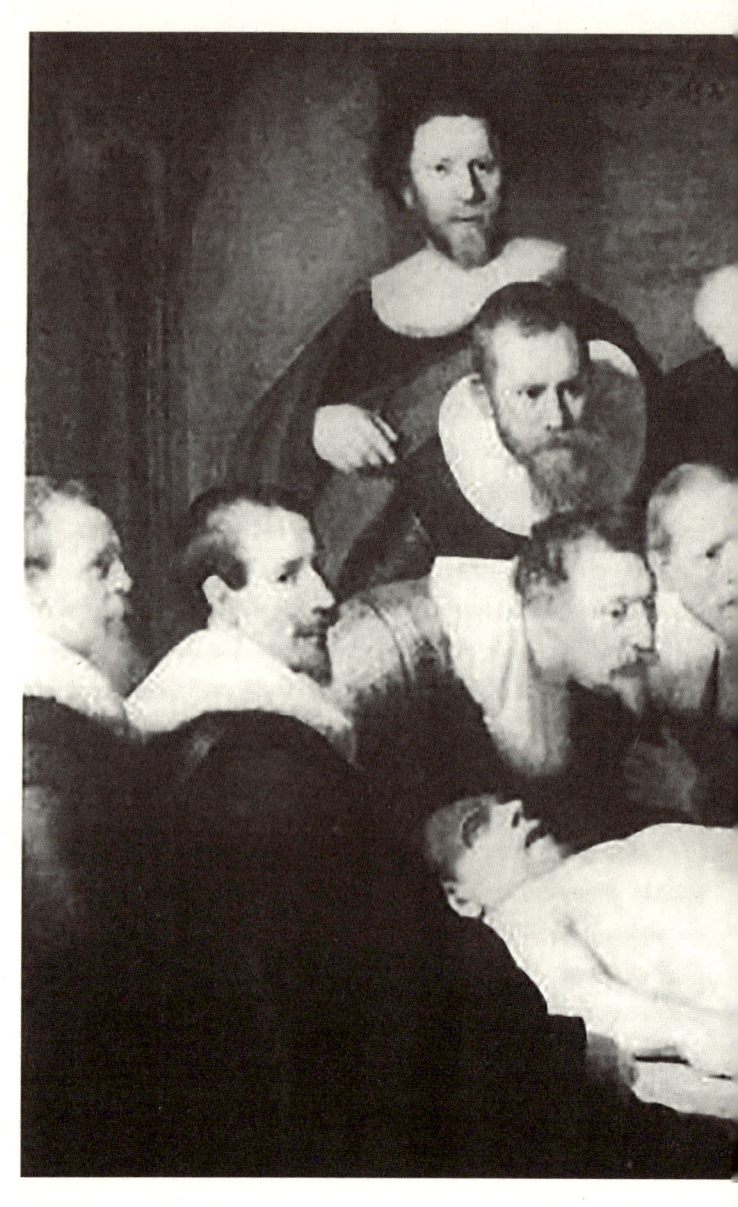

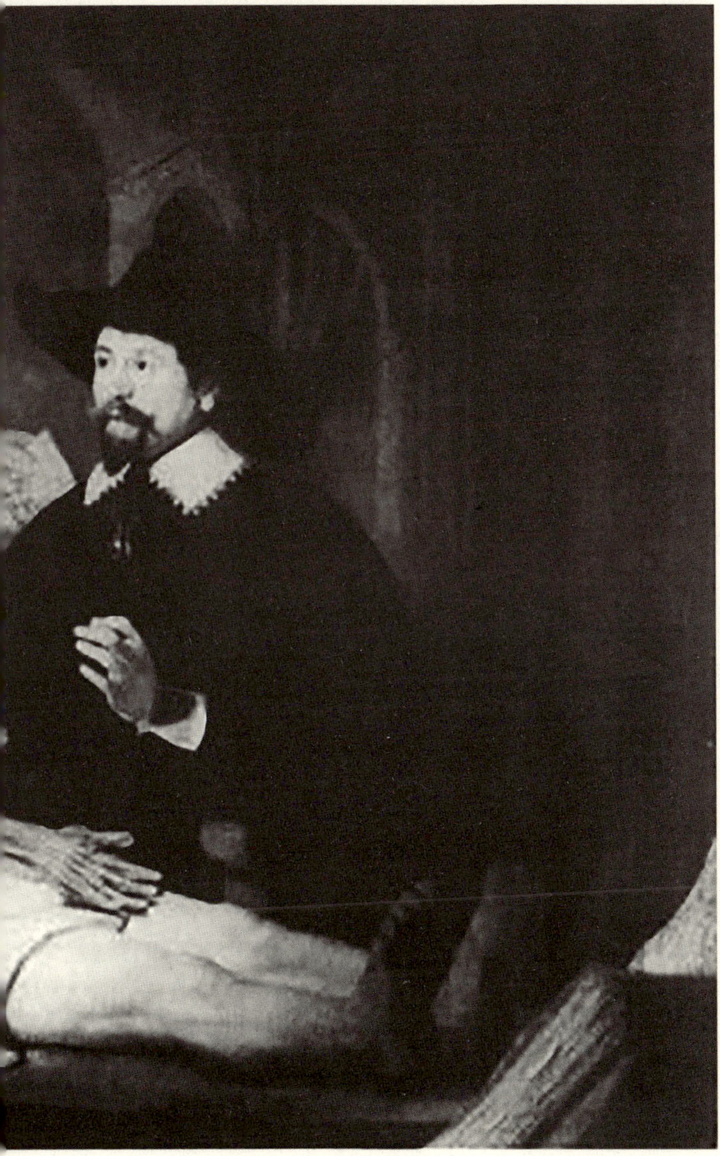

学科不畏恐吓的研究渴望，但是另一方面，尽管人们肯定会拒绝这么说，这种肢解人体的事情也是颇有古风的仪式，这种在罪犯死后仍然折磨其肉体的做法与从前一样，属于可以施加的惩罚的目录。阿姆斯特丹的这场解剖讲授课不单单涉及人体内部器官的基础知识，这从伦勃朗所描绘的解剖死者的画面中可以看出，它具有一种仪式感的特征（这些外科医生穿着他们最好的衣服，杜尔博士甚至头上戴着一顶礼帽），也可以从以下事实看出，即在解剖活动结束之后，举办了一场隆重的、在某种意义上具有象征性的宴会。如果我们今天去莫瑞泰斯皇家美术馆，站在伦勃朗这幅足足有两米长、一点五米宽的解剖油画前，那么我们就好像和当时的人们一样现场目睹了解剖过程，感觉似乎看到了他们看到的东西：阿里斯·肯特的尸体躺在画面前景中，稍带绿色，颈部断了，胸部因为尸僵而拱起得很厉害。然而是否有人真的看过这具尸体，这是存在疑问的，因为解剖艺术在当时的兴起，尤其是为了不让人们看到有罪之身。值得一提的是，杜尔博士的同事们的目光并没有落到这具有罪之人的身体上，而是非常近距离地与它擦身而过，落到翻开的解剖学图册上，在图册里，可怕的躯体被缩略成一张示意图，一份人体简图，就像在那个一月的早晨，据说同样出现在磅秤房里的、充满激情的业余解剖员勒内·笛卡尔看到的那样。众所周知,笛卡尔在征服历史的主要篇章之一中教导说,人类必须忽略不可捉摸的肉身,看向已经被装备在我们身体里的机器,看向能够完全理解的、能够毫无保留用于工作的、如果遇到干扰能够要么重新修复要么扔掉的东西。如果稍微仔细观察一下伦勃朗这幅以接近真实而著称的画,那么会发现它展现的只是一种表面的真实,这与把公开展出的身体奇怪地排除在外也是相符的。与往常惯例不同的是,这里所展现的解剖活动并不是以打开下腹、去除最容易腐烂的内脏器官开始,而是(这或许也暗示了一种报复行动)从解剖犯罪之手开始的。这只手有着它的独特情况。与靠近观察者的那只手相比,这只手不仅比例非常失调,而且从解剖学角度来看完全是反的。这些展开的肌腱,根据大拇指的位置来看,本应是左手的手心,却是右手的手背。这样的

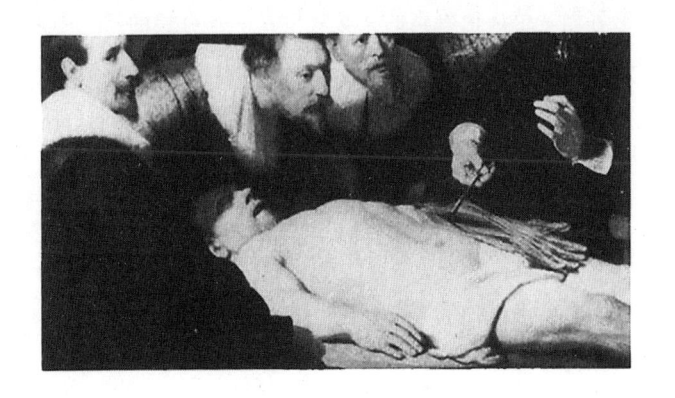

描摹是纯粹学院式的，明显是照搬自解剖学图册，由于这种描摹行为，如果可以这么说的话，这幅照着生活现实画出来的画恰好在其意义核心点上、在切入的地方搞反了，变成了明显的结构错误。要说伦勃朗在这里犯了错，或许不大可能。我感觉这更多是故意安排的打破常规的构图方式。这只畸形的手是对阿里斯·肯特施行的暴力的标志。画家把自己和他这位牺牲者相提并论，而不是和委托这项任务给他的行会。只有他一人没有带着那种僵硬的笛卡尔式目光，只有他一人去感知它，感知这具被杀死的、微微泛绿的尸体，看到半张着的嘴里的和死者眼睛上方的阴影。

如果托马斯·布朗，如我所想的，确实在目睹阿姆斯特丹这场解剖戏剧的观众中，那么，他会从何种视角一起观察这场解剖过程，他看到了什么，这些都没有线索可循。也许他看到的是雾气：在一条日后的笔记中，他记录了一六七四年十一月二十七日覆盖了英格兰和荷兰广大范围的大雾，他说雾气从刚刚打开的身体的口子里升起来，而在我们活着的时候，布朗在同一段中说，当我们睡觉和做梦的时候，它也萦绕着我们的脑袋。我清楚地记得，我自己的意识是如何被这样的雾气笼罩着的，那是我在傍晚稍晚的时候做完手术，重新躺在医院八楼的时候。止痛药在我身体里环绕，在它的奇妙作用下，我躺在带栏杆的铁制小床上，感觉就像一个乘热气球旅行的人，轻飘飘地朝天而去，穿过在他四周升腾的云山雾海。有时波动的布幔会分开，我望出去，看到靛蓝色的远方，向下望到底部，我觉得那里是大地，一片无解的漆黑。但是在上面，星星，一些微小的金点，洒落在寥落的苍穹上。两位护士发出的声音穿过空旷到带有回响的房间侵入我的耳朵，她们正在替我量脉搏，时不时地用固定在一根小木棒上的玫红色小海绵湿润我的嘴唇，这海绵让我想起了用土耳其蜂蜜做成的立方形棒棒糖，以前在年货市场上能够买到这种糖果。这两位护士叫卡蒂和丽茜，她们飘浮在我身边，我想，我很少像那晚在她们的看护下感觉那么幸福。对于她们俩谈论的所有日常点滴，我一句都不明白。我只听到上下飞扬的语调，自然的声音，它们就像从鸟儿的喉咙发出来的，一种清脆悦耳、悠扬婉转的美妙声音，有点像天籁，又有点像塞壬的歌声。卡蒂对丽茜说了些什么，丽茜对卡蒂说了些什么，在所有的对话里面只有非常特别的碎片留在了我的记忆中。我想，它们是有关在马耳他岛度假的谈话，卡蒂还有丽茜说，马耳他人真是不怕死，开车既不靠左边也不靠右边，就一直在街道的背阳面开。当晨曦微露，两位值夜班的护士被换岗之后，我才反应过来我在哪里。我开始感觉到我身体的存在,感觉到麻木的脚、我背上疼痛的地方，注意到盘子碰撞的声音，有了这些声音，在外面的走道上，医院的一天才算开始。我还看到，当早晨第一缕光线升起的时候，一条航迹云是如何——看似凭一己之力一般——穿过被我的窗户框起来的那块天空。我那时认为这白色痕迹是一种好的征兆，但现在回过头去看，我担心它是一条裂隙的开端，从那时起这条裂隙就贯穿着我的人生。飞行轨迹顶部的那台机器和它里面的乘客一样都是看不清的。触动我们内心的事物，其不可见性和不可捉摸性对于托马斯·布朗而言，也是一个到最后都无法探测的谜团，他把我们的世界看作仅仅是另一个世界的投影。他不停地思考，不停地书写，试图从一个局外人的立场，或者也可以说，用造物主的眼睛去观察尘世的存在，观察他身边的事物，观察宇宙的领域。为了达到实现这一点所必需的崇高，对他来说唯一的方法就只有艰险地放飞语言。就像十七世纪英国的其他作家，布朗不断地展现着他的博学多识，他旁征博引，用诸多先贤权威的名字来支撑自己，文中隐喻和类比泛滥，构造了迷宫般的、有时长达一两页的句子，就排场的铺张来看，这些句子倒是和游行队伍或送葬队伍相似。虽然，主要因为这些巨大的负担，他并不经常成功地飞离大地，但是，当他携带着它们在他散文的圈子里像一只雨燕在热气流中那样被托得越来越高，一种悬浮似的感觉仍能向今天的读者侵袭而来。随着距离的增加，视野也变得越来越清晰：一个人以最大的清晰观察着最微小的细节，就像同时透过倒过来的望远镜和显微镜观看。然而，布朗说，每一点知识都被不可琢磨的模糊包围着。我们所感知的，只是无知深渊中的、被深深阴影笼罩着的世界大厦里的数缕光芒。我们研究事物的规则，但是它们内部的本质，我们并没有掌握。因此，我们只能用小字来书写我们的哲学，用对倏忽短暂的自然的缩写和速记来书写哲学，而自然本身是永恒的反光。按照自己的意图，布朗描绘了由看似无穷无尽、多次重复出现的形状构成的纹样，比如说在他有关居鲁士花园的论文中提及的所谓五点梅花形纹样，它是由一个规则四边形四个角上的点及其对角线交叉的点构成的。在活着的和死了的事物上，布朗到处都找到了这种结构，在某些结晶形状中，在海星和海胆身上，在哺乳动物的脊椎骨上，在鸟类和鱼类的脊柱上，在不少种蛇的皮肤上，在以十字交叉方式前行的四足动物的足迹中，在毛毛虫、蝴蝶、蜘蛛和飞蛾身体的造型中，在水蕨的根、向日葵和伞松的果荚或者橡树的嫩枝和木贼的茎秆里，还有在人类的艺术作品中，比如埃及的金字塔和奥古斯都的陵墓以及根据规则用石榴树和白百合装点的所罗门国王的花园。可以在这里列举出无数例子，布朗说，无数

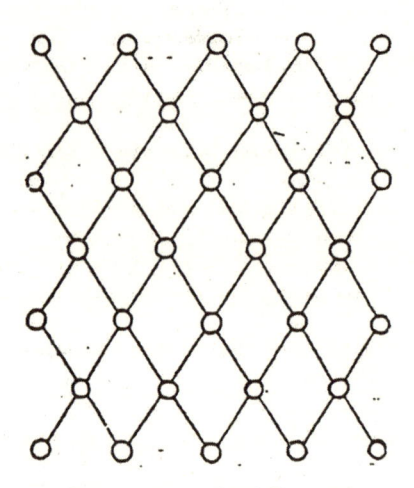

Quid Quincunce speciosius, qui, in quam cunq; partem spectaueris, rectus est. Quintilian.

的例子显示了自然用何等高贵的手塑造着几何造型，但是——他用一句美妙的话结束了他的文章——毕星团[1]，天空中的梅花造型，已经退出了地平线，"是时候去休息[2]了。我们不愿意制造蛛网的绳索和秀木的荒蛮，从而将

---

1 银河系著名星团之一，位于金牛座。它的几颗亮星构成二十八宿中的毕宿，因此称为毕星团。
2 原文为"to close the five ports of knowledge"，意为"关闭知识的五个港口"，即休息睡觉。

我们的思想织纺成睡眠的幻象"。此外,他还深思熟虑地说,希波克拉底在他有关失眠的论述中几乎没有谈到植物的神奇之处,以至于人们几乎不敢梦到天堂,尤其因为我们在实际中首先会关心自然不断产生的异常,不管是以病态的过剩这一形式,还是自然凭借几乎同样病态的创造性,填充到其图谱的每一个空缺中的怪诞。事实上,我们今天的自然研究一方面也会去描述完全根据法则运行的系统,然而另一方面我们的注意力还是偏爱聚焦在那些因为其玄妙造型或者古怪行为而与众不同的生物上。因此,在布雷姆的《动物生命》里面已经用相当的篇幅对鳄鱼、袋鼠、食蚁兽、犰狳、海马和鹈鹕予以关注;今天,在银幕上也会出现一群企鹅,它们在整个阴暗的冬季一动不动地站在南极洲的暴风雪中,脚上放着温暖季节生出来的蛋。类似的叫作"自然观察"或者"生存"的节目被视为尤其有教育意义,毫无疑问,人们在其中更有可能会看到贝加尔湖湖底正在交配的怪物,而不是一只普通的乌鸦。同样,托马斯·布朗好奇地追踪独特现象,从事广泛的病理学研究,因而一再分心去研究梅花形符号的同构线条。另外,据说他在书房长期养着一只大麻鳽,因为他想弄明白,从外表来看非常稀有的有羽动物是如何发出在整个大自然中独一无二的、与大管的深沉音色相同的叫声的。他还在他的纲要

《常见谬误》中试图消除流传广泛的偏见和传说，写到了各种各样半真实半幻想的生物，比如变色龙、蝾螈、鸵鸟、狮鹫、凤凰、长尾蜥蜴、独角兽和双头蛇。虽然布朗驳斥了大多数传说怪物的存在，但是那些人们知道确实存在着的令人诧异的怪物，又让人觉得似乎由我们发明出来的怪兽并不只是杜撰出来的。无论如何，布朗的描述表明，对大自然发生的不计其数的、超越所有认知边界的突变的想象以及从我们思想中产生的怪物吸引着布朗，如同吸引着三百年后的豪尔赫·路易斯·博尔赫斯，一九六七年他在布宜诺斯艾利斯第一次全本出版《想象的动物》。在书里以字母顺序排列的幻想怪物中，我不久前才注意到那位巴尔丹德斯[1]也在其中，他是痴儿西木[2]在其生平故事的第六部里遇见的。这位巴尔丹德斯是森林深处的一尊石像，有着一副古代日耳曼英雄的外貌，穿着一件带有施瓦本前襟的罗马军装。他——巴尔丹德斯——说，自己是从天堂来的，每时每刻、日日夜夜都待在西木身边，只是西木没有察觉到，只有当西木重新回到他来的地方，他才能离开他。然后巴尔丹德斯就在西木眼前依次先是变成了一位写下了下列文字的作家，

---

[1] 意为"千变者"，是时间的怪物。

[2] 德语小说《痴儿西木传》中的主人公。

Ich bin der Anfang und das End und gelte an allen Ortyen.

Manoha·gilos, timad, isaser, sale, lacob, salet, enni nacob idil dadele neuaco ide eges Eli neme meodi eledid emonatan desi negogag editor goga naneg eriden, hohe ritatan auilac, hohe ilamen eriden diledi sisac usur sodaled attar, amu salisononor macheli retoran; Vlidon dad amu ossosson, Gedal amu bede neuavv, alijs, dilede ronodavv agnoh regnoh eni tatæ hyn ¹amini celotah, isis tolostabas oronatah assis tobulu, V Viera saladid egrivi nanon ægar rimini sisac, heliosole Ramelu ononor vvindelishi timinitur, bagoge gagoe hananor elimitat.

然后变成了一棵巨大的橡树、一头母猪、一根烤肠、一堆农肥、一片三叶草草地、一棵桑树、一朵白花和一块丝毯。与在这样持续不断的吃与被吃的进程中类似的是，对于托马斯·布朗而言，没有什么东西是持久的。每一种新形式的上方就已经笼罩着毁灭的阴影。因为单一个体的历史、集体的历史和整个世界的历史并不是在一条不断上升、变得越来越宽、变得越来越好的抛物线上运行的，而是在这样一条轨道上，当到达子午线的时候，它就会坠入黑暗之中。对布朗而言,消失于昏暗中的独特认知是与他对复活日的信仰密不可分地关联在一起的,他相信在那天,当——就像在剧院里那样——最后的巨变结束之后,所有演员都再次登上舞台,为的是完成并补全这部伟大作品的悲惨结局。这位医生,他看到疾病在身体里生长、肆虐,对死亡的理解比对生命绽放的理解更加深刻。我们哪怕只坚持一天,都会让他觉得是个奇迹。消逝的时间鸦片四周,他写道,寸草不生。冬日的太阳显示出光芒在灰烬中如何快速熄灭,显示出夜晚如何迅速将我们包围。人们数着时间慢慢挨着。甚至时间自己都变老了。金字塔、凯旋门和方尖碑是正在融化的冰柱。那些在天堂图景下拥有一席之地的人,也不能够永远保持着名望。宁录[1]消失于猎座,欧西里斯消失于天狼星。再伟大的家族也不会延续超过三代的辉煌。把自己的名字写进任意一部书里,不能保证任何人要求被记住的权力,因为谁知道,是否最优秀的人已经无踪无迹地消失了。罂粟的种子到处生根发芽,当某个夏日,比如雪这样的不幸突如其来地降临到我们头上,我们只希望被人遗忘。布朗的思想就是在这样的圈子中绕圈的,

---

[1] 挪亚的孙子,为"世上英雄之首""英勇的猎户"。见《创世记》。

最持续不断的也许出现在他一六五八年以《瓮葬》之名发表的论文里，文章讨论了当时正好在朝圣地诺福克的沃尔辛厄姆附近一块地里被人无意发现的一些骨灰盒。他援引了各种各样的历史学和博物学文献资料，讨论了当来自我们中间的一个人准备开始他最后的旅行时可能会遇到的各种仪式。他一开始评论了灰鹤与大象的墓地、蚂蚁的安葬小室和蜜蜂从蜂巢中出发为它们的死者送葬的风俗，接着描写了一些民族的丧葬仪礼，最后谈到了基督教，它将有罪之身全尸下葬，它让焚尸之火最终熄灭。人们经常认为在公元前的时代中几乎普遍存在的火葬实践可以推断为异教徒对即将到来的彼岸生活的迷茫无知，然而布朗不以为然，为此他以冷杉、红豆杉、柏树、雪松和其他常绿树作为无言的证明，因为人们多数情况下用它们象征着永恒希望的树枝来点燃焚烧尸体的火焰。此外，和普遍的推论不一样，布朗说焚烧人体不是一件困难的事情。对于焚烧庞培[1]而言，一艘老旧的小船就够了；卡斯蒂利亚国王几乎不用柴火，而是用一大群撒拉森人[2]就成功点燃了在很远的地方都能看见的火焰。嗯，

1　庞培（前106—前48），罗马共和国末期军事家、政治家。在法萨卢斯战役中被凯撒击败后逃往埃及，后被阿基拉斯刺死。
2　在罗马帝国早期，撒拉森只用以指称西奈半岛上的阿拉伯游牧民，后来的东罗马帝国将这一称谓套用在所有阿拉伯民族上。

布朗还补充说道，如果加载在以撒身上的柴堆真的引起了一场燔祭，那么我们每个人肩上都可能扛着一捆给自己火葬的柴。作者的观察又回到了在沃尔辛厄姆附近农田的挖掘现场所出土的东西。令人惊讶的是，这些薄壁的陶罐竟然毫发无损地存放了那么长时间，在地下两英尺的地方，而犁头在它们上面掠过，战争在它们上面打过，恢弘的房屋和宫殿以及高耸入云的塔楼都倒塌、倾颓了。人们对骨灰瓮里保存的燃烧残留物进行了细致研究：骨灰、散落的牙齿、被鸭茅草惨白的根像花环一样缠绕着的遗骨碎片、给天堂摆渡人准备的硬币。布朗也缜密地记录着他所知道的为死者陪葬的装备物和装饰物。由他列出的清单包含了各种各样的稀奇之物：约书亚的割礼小刀，普罗佩提乌斯[1]情人的戒指，用玛瑙打磨制成的蟋蟀和蜥蜴，一群金蜜蜂，蓝色蛋白石，银质的皮带搭扣和环扣，铁和牛角制成的梳子、钳子和针，还有一个黄铜做成的口簧琴，它会在最后横渡黑水河的时候响起。不过最奇特的一件东西，来自红衣主教法尔内塞[2]收藏的一个罗马式骨灰罐，是一只完好无损的玻璃杯，它如此透亮，仿佛刚刚被吹制出来一样。类似这样被流逝

1　古罗马屋大维统治时期的挽歌诗人之一。
2　红衣主教法尔内塞（1520—1589），教皇保罗三世之孙，大收藏家。

的时光保护起来的东西,在布朗的观念中是教义中预言的人类灵魂不可毁灭的象征,这位私人医生虽然明确坚定着他的基督教信仰,私下里也许是怀疑灵魂的不可毁灭性的。因为他最沉重的忧郁石块就是害怕我们的自然毫无希望地终结,于是布朗在可以逃脱毁灭的东西中苦苦寻找着神秘的轮回能力的踪迹,他经常在毛虫和飞蛾身上研究这种能力。他写到的帕特洛克罗斯骨灰瓮中的那一小片紫色丝绸,会是什么意思呢?

二

一九九二年八月，一个浓云低锁的日子，我乘着柴油内燃机火车去往下面的海边，这辆车子已经上了年纪，连玻璃上都沾满了油烟，当时在诺里奇和洛斯托夫特之间来回往返。车上，我们寥寥几个乘客在昏暗中坐在磨损严重的淡紫色座垫上，大家都朝着行驶的方向，尽可能相互离得远一点，且如此缄默，似乎有生之年还没有说过一句话。大多数时间里，这辆轮子在轨道上不稳定地晃动的火车都在滑行着，因为去往海边几乎总是缓缓的下坡路。只是中途有时候会猛地一震，整个车厢都在震动，那是传动装置开始运转，这时候有一阵可以听到齿轮在磨擦的声音，之后在有规律的跳动下，我们像原先一样继续向前行驶，路过一片片民居后花园、市郊小菜园、瓦砾堆和货物堆场，来到了在城市东郊延展的沼泽地区。经过布兰德尔、布兰德尔花园、布肯汉姆和坎特利（那里有一家甜菜炼糖厂坐落在绿色田野中一条死路的尽头,厂里竖立着一座冒着浓烟的烟囱,就像一艘蒸汽船紧靠着防波堤),之后铁路线就顺着耶尔河伸展,直到在里德汉姆那里跨河,拐了一个大弯,来到朝着东南方向一直延伸到海边的平原。这里没什么可看的,除了时不时有一座孤单的田园哨所,除了草和起伏波动的芦苇、一些倒下的柳树,以及倾颓的砖石堆,它们就像灭亡文明的纪念碑,还有无数残存的风车泵站和风车磨坊,白色的翼板倾倒下来,悬挂在哈弗盖特岛[1]上沼泽的水草上方,这样的风车原本在海岸线后面到处都是,直到它们在第一次世界大战后的几十年间一座接着一座地

---

1 位于英国萨福克郡奥福德村西南,是鸟类自然保护区。

被关停。我们再也不能想象，其中有个人对我说，他的童年可以追溯到风车磨坊依然在转动的年代，他说，曾经在这片土地上，每一架风车都好比图画上的眼睛里闪烁的光芒。当这些光芒黯淡的时候，在某种意义上整个地区也随之黯淡下来。有时候我想，当我看过去的时候，一切都已经逝去。——继里德汉姆之后我们还在哈迪斯科和赫林弗利特停靠过，它们是两个散落的村庄，几乎没什么可看的了。在下一站，即乡村城堡萨默莱顿，我下了车。这台内燃机车又猛地向前开动，身后留下一片浓烟，在前面老远的地方拐了一个弧度平缓的弯，消失了。这里并没有车站，只是一个开放的风雨棚。我沿着空空的站台走着，左边是看上去一望无际的沼泽地，右边在一堵低矮的砖墙后面，是庄园的灌木丛和大树。哪里都没一个可以问路的人。从前，我想，当我背上背包从木头小径穿过轨道的时候，这里可能是另外一番样子，因为以前在萨默莱顿庄园这样一座宅子里，人们为了完善配置所需的东西，为了对外维持从未获得完全保障的地位所需的东西，几乎都是装在涂成橄榄绿色的蒸汽机车的货运车皮中运到这个车站来的——各种各样的装备，新的钢琴，窗帘和门帘，浴室用的意大利釉面砖和龙头，温室用的蒸汽锅炉和水管，园艺公司送来的货品，一箱一箱的莱茵河红葡萄酒和波尔多红葡萄酒，割草机，一大盒一大盒伦敦产的用鲸须撑起来的塑身胸衣和克莉诺林衬裙。现在什么东西都没有，什么人也没有，没有戴着闪亮制服帽的车站站长，没有一个职员，没有马车夫，没有拎着大包小包的旅客，没有狩猎协会会员，既没有穿着结实的粗花呢套装的男士，也没有穿着优雅的旅行服的女士。这是一个可怕的时刻，我经常这么想，一整个时代已经成为历史。今天，萨默莱顿庄园就像大多数有名的乡绅宅邸一样在夏季对付费游客开放。但这些游客并不是乘坐柴油内燃机火车来的，他们是开着自己的汽车从大门进来的。整个旅游业，自然而然地，都随旅客进行了调整。不过如果谁像我一样从火车站进来，那么他——如果他不想绕着一半的区域先走一大段路——就必须像一个藏在路边的树丛中准备行窃的小偷一样爬过围墙，艰难地穿过灌木丛，才能够到达庄园。正当我从大树丛中走出来的时候，我发现一辆小火车穿过田野冒着蒸汽向前开去，里面闲坐着许多人，他们让我想起了马戏团里穿着衣服的狗或者海豹；这就像一堂古怪的进化史课一样触动了我，进化史有时会用某种自嘲来概括其过往的阶段。坐在这辆小火车的最前面背着售票包的，集列车售票员、驾驶员和驯兽老板这些身份于一体的，是如今的萨默莱顿勋爵，女王陛下的驯马师。

　　萨默莱顿庄园在中世纪盛期属于菲茨奥斯伯特家族

和杰尼根家族所有,在之后的几个世纪内,庄园的所属权在一系列或通过婚姻或因为血缘而联系在一起的家族之间辗转。它从杰尼根家族手里转到温特沃思家族,从温特沃思家族手里转到加尼家族,从加尼家族手里转到艾伦家族,从艾伦家族手里转到安古伊什家族,而安古伊什家族在一八四三年绝代消亡了。同年,悉尼·戈多尔芬·奥斯本勋爵——这个绝代家族的一位远亲,并不愿意继承其遗产,于是把整个不动产转让给了一位叫莫顿·佩托的爵士。佩托出身于最最底层的阶级,必须从零工和泥瓦匠小工一步一步走上来,他买下萨默莱顿庄园时刚好三十岁,却已经是他那个时代最为出名的企业家和投机商之一了。在对伦敦城的重大工程,比如说亨格福德市场、改革俱乐部、纳尔逊纪念柱和西区若干剧院的规划和实施中,他在各个方面都树立了新的标杆。此外,他还通过资金参股的方式,在加拿大、澳大利亚、非洲、阿根廷、俄罗斯和挪威拓展铁路事业的过程中于最短的时间之内获得了巨额财富,因此他现在正处在这样一个时间点上,即他必须设置一处在舒适和奢华方面超越一切现有庄园的乡村宅邸,从而圆满升入最上流的社会阶层。事实上,莫顿·佩托在数年之内就拆毁了旧的地主庄园,并在同一地块上完成了他的梦想作品:一座盎格鲁-意大利式的亲王宫殿。一八五二年,《伦敦新闻画报》及其他主流杂志对新建的萨默莱顿庄园进行了极其热情洋溢的报道，庄园的特殊名声似乎在于其内部装饰和外部世界之间的过渡几乎不为人所察觉这一点。参观者几乎说不出来自然在哪里结束，艺术在哪里开始。客厅和温室连通，通风走廊和阳台交替。有走廊，它们相汇于一个总是井水汩汩的长满蕨类植物的人造山洞；有铺满落叶的花园走道，它们在一座奇幻的清真寺的圆顶下相交。可下降的窗户使得空间向外开放，于是美丽的风景就映现在房里的镜墙上。棕榈树屋和橙园，看上去像一块绿色天鹅绒料子的草坪，台球桌的罩子，晨房和休息室以及阳台上马略卡花瓶中的花束，丝质墙布上的极乐鸟和金鸡，鸟舍中的金翅雀，花园里的夜莺，饰有阿拉伯式藤蔓花纹的地毯，还有被黄杨木树篱围起来的大花圃，所有的一切都在闪耀着一种光芒，能够唤起一种对自然生长和人工制造之间完美和谐的幻想。最最奇妙的，当时的一篇报道这么写道，是夏夜里的萨默莱顿庄园，当无与伦比的、由铸铁柱子和支架支撑着的、在金丝银线镶嵌的外形中显得无比轻盈的玻璃花房由内而外散发着光芒，闪耀着光辉。无数盏圆筒芯的灯里嘶嘶地燃烧着瓦斯，跳跃着白色的火焰，这些灯借助它们的镀银反射器散发着跟随我们地球的生命之流一起搏动的、明亮无比的光芒。就连柯勒律治在他抽着鸦片打盹

时替他的蒙古王公忽必烈汗[1]勾勒出来的景象也没有这样奇幻。现在请您想象一下,这位记者继续写道,您在社交晚宴中于某一时刻和一位身边的人一起登上了萨默莱顿庄园的塔楼并站在上面,一只夜鸟恰巧在此时的回廊上空飞过,无声无息的翅膀擦着你们而过!宽阔的林荫道边立着一棵棵椴树,微风把它们的迷人花香吹向站在高处的你们。你们看到在你们下方是非常陡峭的、被深蓝色的石板瓦覆盖着的一片片屋顶,还有在玻璃房雪白色光芒的反光中显得同样黑暗的一块块草坪。在庄园外边稍远一些的地方,黎巴嫩松的影子在左右晃动;樱桃园里,胆小的动物们在睡觉时都会睁着一只眼睛;在最

---

1 指柯勒律治于1797年创作的未完成诗篇《忽必烈汗》,据说这是作者在梦中写成的"最精美的诗"。

最外面的篱笆那边,沼泽地一直延伸到目力可及之处,磨坊的风车在风中转动。

萨默莱顿庄园已经不会给今天的游客留下什么东方童话宫殿的印象了。玻璃游廊和棕榈树屋——它高耸的圆顶曾经照亮了夜空,都在一九一三年的一次瓦斯爆炸后焚毁殆尽,之后便被拆除了。将一切安排得妥妥贴贴的一众仆从,男管家、马车夫、司机、园丁、厨女、针线女工和近身侍女,都早已被遣散。现在,一排排房间看上去略显荒废,落满埃尘。天鹅绒窗帘和酒红色的灯罩已经褪色,软垫家具已经被坐坏,供人穿行的楼梯间和走廊堆满了没有用处的马戏团零碎杂物。有一个樟脑木旅行箱,从前的一位房主也许带着它去过尼日利亚,或者去过新加坡,箱子里有旧的槌球槌和木制的球,还有高尔夫球棒、台球杆和网球拍,它们大多数都很小,似乎是小孩专用的,或者在流逝的岁月中缩小了。墙上挂着铜质的锅、便盆、匈牙利军刀、非洲面具、矛、游猎战利品、布尔战争中的一次战役的上彩凹版画——名为《彼得山战役和莱迪史密斯赈济:观测气球上的鸟瞰》,还有一些很有可能是由一位和现代主义有关系的艺术画家在一九二〇年至一九六〇年间创作的家庭肖像画,在这些画上,被画者的石膏色脸上呈现出可怕的猩红色和淡紫色污斑。门厅里站着一个高达三米多的北极熊标本。它披着泛黄的、被蛾子蚕食的皮毛，就像一个因忧伤而衰老的鬼魅。事实上，当人们走过萨默莱顿庄园向游客开放的房间时，他们不太确定自己到底身处萨福克的一座乡村宅邸，还是一个非常偏僻、似乎远在天边的地方，是在北海的岸边，还是在这片黑色陆地的心脏地带。也无法一下子就说出现在是哪个年代、哪个世纪，因为许多时代在这里重叠、共存。当我在八月的那个下午和一群时不时各处停留的游客一起走过萨默莱顿庄园大厅时，我不得不好几次想到当铺或者旧货店。但正是数不清的、一定程度上等待着进行拍卖的、一代代收藏累积起来的物件，使我对这座最终由各种各样的荒诞古怪组成的宅邸产生了好感。我不禁想，在为大企业家和议员莫顿·佩托所有的时代，在从地下室到屋顶、从贵重餐具到厕所的一切都是崭新的时候，在最微小的细节都完美和谐、品味好到严苛的时候，萨默莱顿庄园是何等地不入俗流。现在，这座地主庄园让我觉得何等之美，因为它在不知不觉地走向瓦解的边缘，接近宁静的废墟。另一方面使我感到压抑沮丧的是，当我周游了一圈之后重新来到室外，我在一个几乎已经废弃的鸟舍中看见了一只孤独的中国鹌鹑，它很显然处于一种痴呆的状态，在笼子右侧的网格上爬上爬下，每当转身的时候都要抖动脑袋，仿佛不明白自己是怎样陷落到这样一

个没有未来的境地。与渐渐衰败的房子不同，围绕在它周边的绿植，在当下，在萨默莱顿庄园辉煌时代的一百年之后，正处于它们生长的高峰期。虽然从前大大小小的花坛也许色彩花哨、保养得更好，但是现在，由莫顿·佩托种植的树木填满了花园上方的空间，还有已经为当时的游客所赞叹的香柏，它们当中的一些伸展出来的枝杈覆盖了超过四分之一摩尔干[1]的面积，此刻真可谓一树一世界。还有红杉，它们以六十多米的高度木秀于林；有稀有的西克莫树[2]，它们最外面的枝条垂到了草坪上，垂

---

[1] 旧时欧洲各国的土地面积单位，1摩尔干相当于0.25～0.34公顷。
[2] 西克莫树是对几种不同科、属的树木的统称。这里应指西克莫无花果树（《圣经》和合本译为"桑树"），而非北美悬铃木，所以下文塞巴尔德的表述疑有误。

到了它们触碰土壤的地方，在那里扎根，为的是重新向上生长，完成一个圆满的回环。很容易就可以想象这些悬铃木像水面上的同心圆一样在大地上方扩展，很容易想象它们以这样的方式占领它们的周边环境，从而逐渐衰弱，自身杂乱生长而枝叶拥塞，然后从内部开始枯萎。姿态轻盈的树中，有一些就像云朵一样在庄园上方飘荡，另一些则呈现出一种深邃、浓密的绿色。树冠像台阶一样层层叠加，如果稍微改变一下眼睛焦距，望见的就仿佛是一条被浓密森林覆盖的山脉。不过我觉得最最浓密、最最绿意盎然的要数萨默莱顿庄园的紫杉迷宫，它位于这片神秘地块的中央，我在里面彻头彻尾地迷了路，以至于我只有在每一个被证实是歧路的灌木丛通道前用靴子的鞋跟在沙地上划一道线，才能找到出口。后来，在挨着砖砌围墙建起来的一长列菜园暖房中的一间，我和园丁威廉·黑兹尔聊了会儿天，他目前和一些并不娴熟的助手一起养护着萨默莱顿庄园。当他知道我是从哪里来的之后，他开始向我讲述在学校的最后几年和随之而来的学徒阶段，没有什么能比盟军大轰炸让他更加记忆犹新，这些轰炸行动是从一九四〇年后设置在东英吉利的六十七座飞机场向着德国进发执行的。黑兹尔说，几乎找不出一个合适的概念来描述这种行动的规模。在行动期间的一千零九天里，仅仅八支航空舰队就使用了十亿加仑汽油,扔下了七十三万二千吨炸弹,损失了将近九千架飞机和五万名人员。多少个傍晚,我都会看见轰炸机编队从萨默莱顿庄园上空掠过;夜复一夜,我在入睡前都会想象一座座德国城市如何陷入火海之中,火光如何直冲天空,幸存者如何在废墟中左寻右找。黑兹尔说,萨默莱顿勋爵有一天,当我在这间温室修剪葡萄藤的时候,为了消磨时光在这给我打下手,他向我解释了由盟军执行的地毯式轰炸策略,紧接着给我拿来了一张大的德国地形图,图上标示着所有我从新闻报道中得知的地名,它们以一种奇怪的字体写在这些城市的标志性图片旁边,图上根据城市居民人口规模画着或多或少的山墙、城垛、钟塔,此外如果涉及著名一点的地方的话,还有各自的标志性建筑,比如科隆大教堂、法兰克福罗马广场、不来梅的罗兰雕像。这些差不多邮票大小的城市图片看起来就像带有浪漫主义色彩的骑士城堡,事实上,那时候我就是把德国想象成一个具有中世纪风采、迷幻重重的国家。我一再地在我的地形图上研究不同的地区,从波兰边境到莱茵河畔,从北部的绿色低地平原到深棕色的、有些地方常年被冰雪覆盖的阿尔卑斯山,拼写着当时被摧毁的那些城市的名字:不伦瑞克、维尔茨堡、威廉港、施韦因富特、斯图加特、普福尔茨海姆、迪伦和一些其他地方。我用这种方式把整个国家背了下来,或者可以说，它们被刻进了我的脑子。无论如何，从那时起我就努力地去了解与大轰炸有关的一切。甚至在五十年代，我和占领国军队同在吕讷堡的时候还学过一点德语，是为了——我那时设想——能够阅读由德国人自己写的有关大轰炸和被毁灭的城市中德国人的生活的报道。不过令我吃惊的是，不久之后我就发现寻找这样的报道总是毫无结果。那时似乎没有人记录，没有人去回忆。即便是亲自去问这些人，也好像这段历史被从他们脑袋中擦去了一般。但是到了今天，如果看不到兰卡斯特轰炸机、哈利法克斯轰炸机、"解放者"战机和所谓的"飞行堡垒"编队从灰色的北海上空飞向德国，在拂晓时分又疏疏拉拉地飞回来的话，我仍然不能闭上眼睛睡觉。一九四五年四月初，战争结束前不久，黑兹尔边说边把修剪下来的葡萄藤扫成一堆，我成了目击者，见证了美国空军的两架"雷电"攻击机是怎样在萨默莱顿庄园上空坠毁的。那是一个天气晴和的星期天早晨。我当时正在庄园的塔楼上——其实它是水塔，给我的父亲帮忙做紧急的修理工作。当我们完成工作后，我们来到外面的观景平台，从那里可俯瞰整个海岸线后面的地带。我们还没来得及四下环顾，归队的侦察机群中就有两架出于纯粹的狂妄自大在萨默莱顿庄园领地上空做了一次缠斗。我们能够清楚地看到玻璃驾驶舱里飞行员的脸。两架飞机的发动机发出尖啸，它们前后追赶、并排竞逐，穿过春天的明媚天空，直到机翼尖端在上升的时候相互碰到了。就像是一场友好的游戏，黑兹尔说，然而现在它们坠落了，几乎在瞬间。当它们消失在白杨树和草地后面时，对坠机场面的预期使我体内的一切都绷紧了。但是既没有喷射而出的火焰，也没有腾起的烟雾。大海静无声息地吞噬了它们。直到数年后，我们才把它们拉了出来。一架叫"大家伙"，另一架叫"罗累莱夫人"。两名飞行员，来自肯塔基州凡尔赛市的罗素·P.贾德和来自佐治亚州雅典市的路易斯·S.戴维斯，不管他们还剩下什么尸骨遗骸，都被葬在了这里。

在和威廉·黑兹尔告别后，我花了足足一小时沿着乡村街道从萨默莱顿庄园步行到洛斯托夫特，路上经过了一座巨大的、如要塞城扎牢在平地上的布兰迪斯顿监狱，里面最多可以容纳一千两百名囚犯服刑。当我到达洛斯托夫特外围区域的时候，已经过了晚上六点钟。在我必须走过的长长街道上没有一个人影，我越接近中心地带，我所见到的景象就越使我压抑。我上一次来洛斯托夫特大约是十五年前，那是六月里的一天，和两个小孩去了海边，我想象着我回忆的这个地方虽然已经变得有点落后，此外却非常友好。现在，当我走进洛斯托夫特城里的时候，我觉得不可思议的是它怎么能够在如此

短的时间内衰败成这样。我当然知道洛斯托夫特的衰落从三十年代严重的经济危机和萧条开始之时就不可阻挡，但是在一九七五年前后，当钻井平台开始从北海里冒出来时，这个地方也曾怀有过好转的希望，这样的希望在被视为具有真正资本主义性质的撒切尔夫人执政时期一再活跃，直到它在狂热的投机中最终消沉、破灭，一无所成。破坏性像一团地下之火，继而像漫天大火那样蔓延开来，造船厂和工厂被关闭，一家接着一家，直到对于洛斯托夫特而言仅仅剩下唯一的事实：它在地图上标记着不列颠群岛的最东端。如今在城市的一些街道边，每两栋房子中就有一栋要出售，企业主、商人和个人在债务中陷得越来越深，一周又一周地有失业者或者破产者上吊自杀，文盲已经占到了人口的四分之一，而且在

任何地方都看不出来不断陷入贫困的步伐何时能够停止。尽管我已经知道了这一切,但我对在洛斯托夫特立即攫住我的绝望并无准备,因为在报纸上读到有关大面积失业的报道是一回事,在暗淡无光的夜晚走过一行行联排住宅,看到尽是残破的外立面和荒芜的屋前小花园,当最终到达市中心的时候,除了赌场、宾果游戏室、彩票销售点、影碟店、从昏暗的门中散发出酸啤酒味道的酒吧、廉价超市以及有着"海洋黎明""海滨流浪者""巴尔莫勒尔""阿尔比恩"[1]和"蕾拉·洛林"之类名字的可疑的住宿加早餐店之外,什么都看不到,是另一回事。很难想象那些孤独的度假客人和商务旅人会愿意回到这里来;维多利亚酒店,就像我那本在世纪之交后不久印制的旅行手册上所写的,是一家超级棒的花园酒店,对于这一点,当我顺着用海军蓝油漆上色的台阶向上走到它的大门时,也并不容易认同。在很长一段时间内,我站在空旷的前厅,穿过在度假旺季——如果说洛斯托夫特有度假季节的话——被人遗忘的厅室,直到我偶然遇到一位吃了一惊的年轻女士,她在前台的名单上徒劳地寻找了一会儿之后,递给我一把拴在木制梨形挂坠上的房门钥匙。我想起来,她的穿着是三十年代的风尚,而且她避免注视

---

[1] 希腊人、罗马人对不列颠的称呼,属于古语、诗歌用语。

我。她的目光总是垂向地面，要么就是看向人身后，好像没人存在一样。之后，吃了一惊的这同一个人在大餐厅里为我点了菜，我是当晚坐在那里的唯一客人，稍后一份鱼就被端上来了，这鱼一定是在冰柜里面埋藏了几年，沾着面包屑的鱼皮有些地方因为烧烤而焦煳了，叉子的齿尖碰到上面竟然弯曲变形。事实上，我费力地在这份东西的内部搜寻之后发现，就像最后所展现的那样，除了它那坚硬的外壳之外就没有别的组成物了，结果我的盘子在经过这样的操作之后呈现出了一种可怕的景象。我从塑料包里费力挤出来的塔塔酱被沾上煤灰的面包屑染成了带一点灰的颜色，而这份鱼本身，或者说要表现出鱼的样子的这份东西，有一半都破碎地躺在草绿色的英国豌豆和发出油腻光泽的炸薯条下面。我不知道我当时在这个贴了酒红色墙纸的餐厅里坐了多久，直到那个吃了一惊的女士，从背景中越来越昏暗的阴影里急匆匆地走过来收拾桌子，显然这座房子里的所有工作全是她一个人处理的。也许我吃完饭把餐具放在一旁的时候她就来了，也许是一个小时之后才来的。我只记得一些猩红色的污斑，在她弯下腰来收我的盘子时，我看到这些污斑从她衬衫的领口顺着她的脖子向上爬去。当她收拾好了又匆忙离去后，我站起来，走向半圆形的观景窗台。外面，海滩在或明或暗之中的某个地方伸展，无物移动，

无论空中、地面，还是水上。就连在海湾中拍打的雪白色波浪都让我觉得像是静止了一般。

当我第二天肩上背着旅行包离开维多利亚酒店时，洛斯托夫特，在一片无云的晴空下，又苏醒了。我路过港口区域（里面停泊着几十艘缆绳系住的报废的和无业的渔船），向南走去，穿过在白天始终被车流拥塞的、被蓝色汽油蒸汽填充的城市街道。就在自从上世纪新建之后就没有整修过一次的中央火车站前，在其他汽车之间，一辆漆成黑色的、用花环覆盖着的灵车从我身边疾驰而过，里面坐着两位面容肃穆的殡仪馆工作人员，即司机和他的副驾驶。在他们后面，也就是说在装货区域，棺材里面，不妨这样想象，安睡着某一位不久前去世的人，

他身着礼服，头枕在一个小枕头上，眼睑闭着，双手交叉，鞋尖朝上。我目送着这辆灵车，不禁想起了来自图特林根的学徒小伙，许多年前他在阿姆斯特丹加入了一位似乎闻名遐迩的商人的送葬队伍，在葬礼上，他怀着虔诚和同情之心仔细听了荷兰语悼词，但一个字都没有听懂。如果说他曾经心怀嫉妒地惊叹于窗户里面郁金香、紫罗兰、星状花的美丽，羡慕码头上从东印度运来的成箱、成捆、成桶的茶叶、糖、各种香料和大米，那么从现在开始，当他不时问自己为什么在漫游[1]世界的过程中几乎

1　从前的德国年轻匠人学徒有漫游并从中获得生活历练的传统。

没有取得什么成绩的时候,他就会想到这个自己曾经陪伴过他最后一程的阿姆斯特丹商人,想到他的大宅,想到他豪华的轮船,想到他那狭小的墓穴。[1] 我脑子中一边想着这个故事,一边走在城市的街道上,这座城市充满了悄然而至的萧条的痕迹,但它在鼎盛时期不仅是联合王国最重要的渔港之一,而且曾经被国内外赞誉为最有益健康的海滨浴场。那时,在十九世纪后半叶,在莫顿·佩托的管理下,韦弗尼河的另一边形成了所谓的南城,那儿有一系列能够符合伦敦上流圈层要求的酒店,此外在酒店旁边还设置了可供散步的回廊和亭子,为每个教派设立了大大小小的教堂,建造了一座图书馆、一间台球室、一座庙宇一样的茶馆和一条有着豪华终点站的电车线路,还建造了一座宽阔的广场、一些林荫道、数片滚木球草坪、

---

[1] 这则故事在本书目录中叫作"Kannitverstan",译成"阿姆斯特丹的德意志学徒"。*Kannitverstan* 是德语作家约翰·彼得·黑贝尔写的一篇台历故事,1808 年出版于由他参与主持编辑的大众日历《莱茵地区家庭之友》。故事讲述了一个年轻的德意志学徒来到荷兰大都市阿姆斯特丹,他看到一幢特别漂亮的房子和一艘大船,就问别人那是谁的。荷兰人听不懂德语,便口齿不清地说"Ich kann dich nicht verstehen",意为"我听不懂"。他听成了"Kannitverstan",以为这就是主人的名字,并惊叹于这位先生的财富之巨,同时不禁为自己的境遇和命运感到失落。后来他又遇到一个送葬队伍,就问人们谁死了,别人也回答他说"Kannitverstan",于是他以为那个富人死了,遗憾巨额财富并没有让他活得更久,同时也慨叹不管穷富"人终有一死"。

几座植物园以及若干海滨浴场和淡水浴场，成立了几家美容俱乐部和投资促进会。洛斯托夫特，当时的一篇报道写道，在人能够想象的最短时间内获得了公众的最高赞许，现在，它拥有了对于一家声名远扬的浴疗胜地而言所有必要的设施。如果谁在南海滩的建筑群下面环视四周的话，这篇文章继续说道，谁就一定会注意到将从总体规划直到最末细节的一切管控得当的理性具有何等的出色效果，因为这里的建设成果展现出了无比的优雅和完美。在各方面都堪称样板的建设活动的点睛之笔，是那座新的码头栈桥，它朝北海延伸有四百米，人们都说它是整个东海岸最美的栈桥。在用非洲贵重硬木拼装起来的步道面板上方，耸立着一排在黄昏日落后用燃气灯照亮的白色建筑，里面除了其他场所，还有一间用高大墙镜装潢的阅览室和音乐厅。在这里，每年的九月末，我的邻居、数月前刚去世的弗雷德里克·法勒曾有一次告诉我，划船比赛结束之后会举办一场由某位王室成员赞助的慈善舞会。弗雷德里克·法勒在超过预产期很久之后，于一九〇六年出生在洛斯托夫特，如他有次在我面前说的，并且在这儿长大，在三位美丽的姐姐维奥莉特、艾丽斯和罗丝照料看护下，直到一九一四年初被送到北安普敦郡弗洛尔附近的一家所谓的预科学校。沉痛的分离之苦在学校里长期侵扰着我的心灵，主要是在入睡之前和收拾东西的时候,这种痛苦,弗雷德里克·法勒回忆道,在我胸中变成了一种反常的骄傲之情,那是在我二年级开学初的时候,有一天晚上我们必须在西广场集合,听我们校长有关在假期爆发的战争的背景及其重要意义的爱国演讲,演讲结束之后,一位名叫弗朗西斯·布朗的儿童军校生用喇叭吹奏了一段我直到今天也忘不了的归营号。一九二四年到一九二八年之间,弗雷德里克·法勒应父亲的愿望在剑桥和伦敦攻读法学,他父亲曾在洛斯托夫特担任公证员一职,也曾长时间为丹麦和奥斯曼帝国担任领事。之后,偶尔他也会带着某种惊讶说道,他在律师事务所和法院捱过了半个多世纪。因为在英国,从理论上来说法官要在岗位上工作到很大的年纪,所以弗雷德里克·法勒直到一九八二年才退休,他那时买下了我们隔壁的屋子,为的是全身心地培育珍稀的玫瑰花和紫罗兰。鸢尾花也是他特别喜爱的,其实我用不着对这一点进行补充说明。弗雷德里克·法勒在十年的工夫中都围绕着这些由他关爱培育成的数十个品种的花儿忙活,和一位每天给他帮忙的助手一起营造了一座花园,它是这片地区最美的花园之一,而我则是在最后的时刻,在他遭受了一场中风并变得极度虚弱之后,和他坐在花园里,让他和我讲述洛斯托夫特和过去的往事。也是在这座花园,弗雷德里克·法勒走完了他的人生之路，那是五月里天气晴好的一天，他在早晨走了一圈之后，就那样结束了生命，用他总是放在口袋里的打火机点燃了他的睡衣。园艺助手发现他时已经是一个小时之后，在一处凉爽的、半阴的地方，在那里，微小的黑叶拉布拉多紫罗兰正当繁茂绽放，而他没有了知觉，全身烧伤严重。弗雷德里克·法勒在同一天死于他的烧伤。在弗莱明汉姆伯爵村的一块小墓园举行的葬礼上，我不禁想起儿童号手弗朗西斯·布朗，一九一四年，他在北安普敦郡一所校园里的吹奏声响彻夜空，不禁想起洛斯托夫特的白色栈桥，那时它朝海里延伸得多么远。弗雷德里克·法勒告诉我说，在举办慈善舞会的夜晚，普通民众当然是不能参加这样的活动的，于是他们便划着上百条小船和舢板前往栈桥的尽头，为的是在那里，在外面，从他们悠悠晃动的、有时微微偏移的瞭望台上，观察上层社会是如何随着管弦乐队演奏的乐曲旋转，如何在初秋时分通常被团雾笼罩的黑暗水面上的光浪中飘舞。当我今天回首那些时光，弗雷德里克·法勒有一次对我说，我像是在飘动的白纱后面看到的这一切：海这边的城市，被绿色乔木和灌木围绕着的、一直向下延伸到岸边的一栋栋别墅，夏日阳光和沙滩——我们刚郊游完经过沙滩往回走，爸爸和一两位裤腿卷起的先生，走在前面，妈妈一个人撑着小阳伞，姐姐们穿着她们的百褶裙,后面是佣人牵着小毛驴,我就坐在驮篮之间。若干年前,有一次弗雷德里克·法勒说,我甚至梦到了这幅场景,我感觉我们的家庭就好像从前詹姆斯二世被流放在海牙海滨时的小宫廷。

三

在洛斯托夫特南边三四英里的地方，海岸线划出了一道宽阔的、略微伸入陆地的弯。在长着草的山丘和低矮的礁石上蜿蜒着人行小径，站在小径上，可以看到下面镶嵌着平坦砂岩石条的海滩，海滩上不管白天还是夜晚，无论春夏秋冬，经过我多次确认，每时每刻都支着由杆子、针织布、帆布和油布组装成的帐篷形风雨棚。它们在海边一字排开，相互之间的距离相当均匀。似乎

一个漂泊民族的最后残余族裔都在这里、在地球的尽头定居下来了，他们期待着向来被所有人所渴望的奇迹能够出现，以证明他们经历的所有困窘和歧途都是值得的。然而事实上，在自由的天空下驻扎的这些人并不是穿越遥远的土地和沙漠后才来到这儿的海边的，而是来自附近地区，他们根据旧习惯从他们钓鱼的地点放眼望向在他们的眼前不断变化着的大海。稀奇的是，他们的人数总是差不多那么多。如果一个人终止了露营，那么不久就会有另一个人前来，如此这般，这一群白天昏昏欲睡、晚上彻夜不眠的渔人集体一整年都不发生变动，至少表面看起来是这样，通过这样一种形式，这一群体的存在很可能比记忆中更加久远。要说这些渔人中的某位是否会和他旁边的人建立联系，这种情况几乎不会发生，因为尽管他们所有人都目不转睛地朝东望去，看着海平面上的日落日出，尽管他们，我想，都被同样的不可捉摸的情感所触动，他们中的每一个却都是独立的，只相信自己，相信他那少数几件装备物件，比如他的小折刀、热水壶或者小型晶体管收音机——它只会挤出一些几乎让人听不懂的嚓嚓的嘈杂声，就好像随着波浪翻滚的石块在相互说着话。我并不认为，这些男人整天整夜地坐在海边，是为了，就像他们声称的，不错过牙鳕鱼游过、比目鱼浮上水面或者鳕鱼游向岸边的时刻，他们只不过是想要待在一个能让他们把世界留在身后而前方空无一物的地方。事实上，如今的海岸附近也没什么东西可抓捕了。以前渔人们从海滩边发货的船只，自从打渔生意没了前途之后，都消失了，渔人们自己也绝迹了。没人对遗留下来的东西有什么兴趣。到处都可以看到船只墓地，无主的驳船散了架，人们用来把它们拉上岸的卷扬机在咸湿的海洋空气中生了锈。在外面的远海，打渔作业时下还在继续进行着，虽然在那里猎物也在不断减少，且不说捕捞回来的海产品经常只够制作鱼粉。成千上万吨的汞、镉和铅，成堆的化肥和农药年复一年地被河流和海流带向德意志海[1]。这些重金属和其他有毒物质中的大部分都在多格浅滩[2]沉积了下来，在那里，有三分之一的鱼已经是带着奇怪的赘生物和生理缺陷来到这个世界的。人们再三在海岸前方看到绵延许多平方英里、深达三十英尺的有毒海藻区域，海洋动物在这样的海域成群成群地丧命。在一些越来越少见的鲽鱼、鲫鱼、鳊鱼身上，有越来越多的雌鱼发生了奇怪的突变，长出了雄性生殖器官；这些鱼类执行它们的繁殖仪式时，不过是在跳一次死亡之舞，这与伴随我们成长的那种观点是相反

---

1 即北海。
2 在北海中部，最浅处距海面仅14米。

的，即：有机生物惯于进行令人惊异的自我增殖活动。对于低年级来说，鲱鱼总是一个特别受欢迎的教学素材，这不是没有理由的，因为它们是所谓自然根本上不可灭绝的主要标志。我还清楚地记得，我看过一部画面中抖动着黑色虚线的短片，五十年代的学校老师可以从地方图片资料室借出这样的短片来，其中播放的是威廉港的一艘渔轮，它在深色的、一直翻腾到银幕边缘的波浪中来回行驶。看起来像是在夜间人们撒下渔网，然后在夜间又把渔网收上来。所有的画面都是混沌模糊的。亮白色的东西只有不久后成堆躺在甲板上的鱼和混杂其间的盐。在我记忆当中，这部我在学校看过的影片里的男人们都穿着黑亮的油布衣服，在一股接着一股向他们席卷而来的巨浪中英雄般地工作着——捕捞鲱鱼是人类与强大自然作斗争的一个典型场面。快结束时，轮船驶向母港，夕阳的光芒穿透了云层，把它们的光辉洒向现在变得寂静的大海。其中有一位海员，刚刚梳洗干净，在吹着口琴。船长站在方向盘边，充满责任感地望着远方。最后是卸货以及车间里的工作，鲱鱼在那里由女工们进行挑选，根据大小分类，装进桶里。然后铁路公司的货运列车（前不久我费了很大劲弄到了这部一九三六年摄制的电影，影片附册上是这么写的）接收了这些不安的海洋漫游者，把它们运到它们的命运在这个地球上将要最终

实现的地方。在另外一个地方,在一本一八五七年出版于维也纳的有关北海的博物学读物中,我了解到不计其数的鲱鱼在春季和夏季从昏暗的海底深处游上来,为的是在沿海水域和浅浅的海底一层一层重叠起来产卵。书中用一个感叹号标注说,一条雌性小鲱鱼可以产下七万颗卵,这些鱼卵如果不受阻碍地全部孵化出来,根据布封的计算,将会长成地球体积二十倍之巨的鱼群。编年记也一再标注了因为灾难性的巨量鲱鱼涌入市场而使得鲱鱼捕捞业岌岌可危的年份。书中甚至还报道说,数量巨大的鲱鱼群被风和浪赶向岸边,抛到陆地上,它们在那里覆盖了海滩,长达好几英里,厚达数英尺。这种鲱鱼收获中,只有一小部分可以被附近地区的居民捡回篮子、铲进箱子。剩下的则在短短数天之内腐烂,因为其数量泛滥得令人窒息的特性而展现出一幅可怕的图景。

另一方面,书中一再写道,鲱鱼会避开已经习惯了的地方,因此使得狭长的海滨地带鱼迹罕至。鲱鱼是遵循什么路线在海里游行的,这一点至今没有令人信服的定论。人们猜测,光和风的状况决定着鲱鱼游行的路线,要么是地球磁场或持续移动着的等温线,但所有这些猜测最后都被证明并非无懈可击,也因此鲱鱼捕捞者始终只相信流传给他们的、一部分还是基于传说的知识,以他们自己的观察为出发点,比方他们认为以规则的楔形队伍游动的鱼群在太阳光以某种特定的入射角度照射时,会向天空发送出一种按节奏闪动的反射光。在海水表面浮动的无数被磨掉的鳞片被视为鲱鱼在场的可靠信号,它们白天看上去像银色的薄片,在黄昏时分则像雪或灰。如果人们发现了鲱鱼群,那么通常是晚上捕捞它们,而且,就像前面已经引证过的北海博物学论著中所描写的那样,用的是长达二百英尺、可以容纳将近二十五万条鱼的渔网,这样的网是用波斯粗丝织成的,被染成黑色,因为根据经验,浅色会吓跑鲱鱼。渔网并不会把猎物包裹起来,而是像一堵墙一样立在水中,鱼儿们绝望地向着墙游去,直到它们的腮被网眼缠住,然后在持续八个小时的拉网和卷网过程中被绞死。因此,在数量巨大的鲱鱼群中,这些鱼在它们被从水中拉起来的时候就已经死了。所以,从前的博物学家 M. 德·拉塞佩德倾向于认为鲱鱼在被拉出水面后一瞬间的工夫就会死去，要么因为某种梗阻，要么出于其他原因。不久之后所有权威的博物学家都认为鲱鱼具有这一特性，这又导致有关鲱鱼不在水中也能存活的目击者报道长时间内受到了特别的关注。例如，据证实，一位名叫皮埃尔·萨迦的加拿大传教士在一艘停靠在纽芬兰海边的渔船甲板上看到许多鲱鱼长久地在那活蹦乱跳，一位名叫诺伊克朗茨的先生在施特拉尔松极其精准地记录了一条一小时零七分钟之前（以死亡时间点为准）被捕上岸的鲱鱼的最后抽搐。有一位叫诺埃尔·德·马里尼耶的先生是鲁昂水产市场的监管员，有一天他惊讶地发觉，一些鲱鱼已经在岸上躺了两三个小时了还在挪动，因此觉得有必要对这些鱼的生存能力进行准确的探究，于是他切下了它们的鱼鳍，让它们肢体残缺。这种受到我们的求知欲启迪而采取的行动，为这种不断受到灾难威胁的鱼类的苦难史添上了尤其沉重的一笔。即便在鱼卵阶段没有被贝类和喉盘鱼类吞吃，那么长大了也会丧生于海鳗、狗鱼、鳕鱼或者许多其他捕食鲱鱼的鱼类腹中，而我们人同样是一种鲱鱼捕食者。一六七〇年前后就已经有超过八十万荷兰人和弗里斯兰人专门从事鲱鱼捕捞活动，这在总人口中不是一个小数目。一百年后，每年被捕捞上岸的鲱鱼数量达到了六百亿条。面对这种几乎不可想象的数量，博物学家用以下想法来安慰自己，即人类只需对生命循环中不断继续毁灭的生物中的一小部分负责，此外也推测说，鱼类的特殊生理组织能够保护它们免于感知在和死亡进行斗争时的害怕和疼痛，而更高级的动物会通过身体和思想来感受这样的害怕和疼痛。然而事实上，我们并不知道鲱鱼的感觉。我们只知道，它的内部结构是由超过两百种不同的、以极其复杂的方式组成的软骨和硬骨构成的。尤

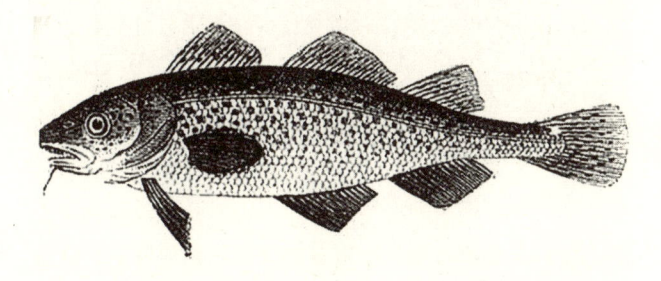

其引人注意的是其强劲的尾鳍、狭窄的头部、微微前突的下颚，以及在银白色的虹膜中转动着一颗黑瞳仁的大眼睛。鲱鱼的背是蓝绿色的。两侧和腹部的鳞片单独来看微微闪着金橘色的光，然而整体上却呈现出一种纯白色的金属光泽。要是把它放到光线下面，会发现它后半部呈现出一种美丽的暗绿色，在别的地方是看不到这种颜色的。如果鲱鱼死了，那么它的颜色也就变了。背部会变成蓝色，脸颊和腮部因为充血而呈现出红色。鲱鱼还有一个特点，就是它死去的身体在空气中会开始发

光。这种独一无二的光与磷光类似,但其实与之截然不同,其强度在鲱鱼死后的短短数天内达到顶峰,然后就随着其腐烂的程度而减弱。很长时间内,人们——而且我想至今依然——无法解释死去的鲱鱼究竟为何会发光。一八七〇年前后,当各地的人们致力于城市全域照明工程时,据说有两名英国科学家对这个古怪的自然现象进行了研究,他们的名字赫林顿和莱特波恩[1]奇异地与他们的研究项目相契合,这两位科学家希望能够借助从死去的鲱鱼体内渗析出的发光物质推导出分子式,来制造一

---

1 "herring"(赫林)在英文中意为"鲱鱼","light"(莱特)意为"光线"。

种有机的、能够持续自我再生的光之精华物质。这一离奇计划的失败，正如我不久前在一篇有关人造光源历史的专著中读到的，只是不可阻挡的扫除黑暗行动中一次几乎不值得一提的挫折。

当我在下午早些时候到达坐落在一片砾石滩后的微咸的贝纳可湖时，从洛斯托夫特去往绍斯沃尔德的路已走了一半，海滩上的渔民早就被我抛在了身后。湖被阔叶林的绿冠包围着，然而因为海岸遭到累进性侵蚀，这片阔叶林已经从海水那边开始逐渐消亡了。直到砾石滩在某个暴风雨之夜被冲毁，整个地区的面貌发生改变，这肯定只是时间的问题。不过在我坐在静静的岸边的那个白天时分，一个人可能会相信他看到了永恒。在早晨向陆地侵袭的薄雾已经消散，天穹澄碧如洗，空中没有一丝风吹动，树木仿佛图画中那样伫立着，棕色天鹅绒似的水面上连一只鸟儿都没有。好像世界被移到了玻璃罩里面，直到从西边飘来一大片积雨云，慢慢在这片土地上空罩上一片灰色的阴影。也许就是天空阴沉下来的这一幕，让我想起我在几个月前从《诺福克东方日报》剪下的一篇有关乔治·温德姆·勒·斯特兰奇少校之死的文章，他的住所是一座用石头建成的大宅邸，坐落在贝纳可湖的另一边。文章中说，勒·斯特兰奇曾在上一次战争期间效力于反坦克军团，该军团在一九四五年四

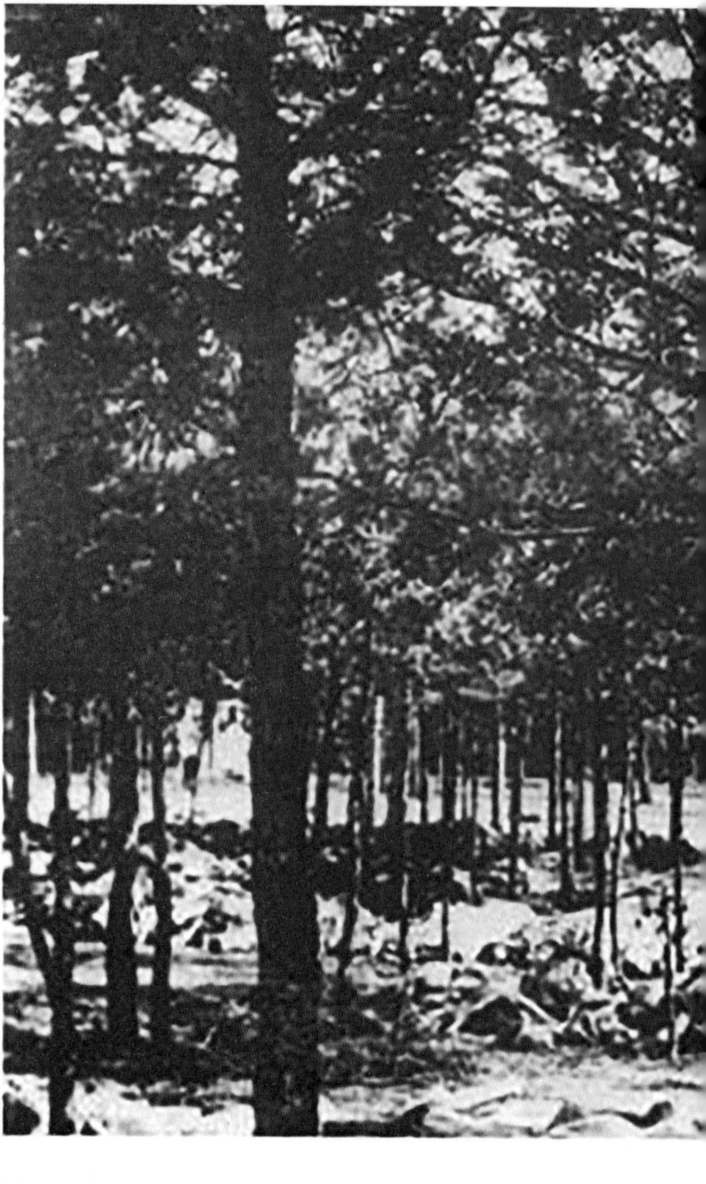

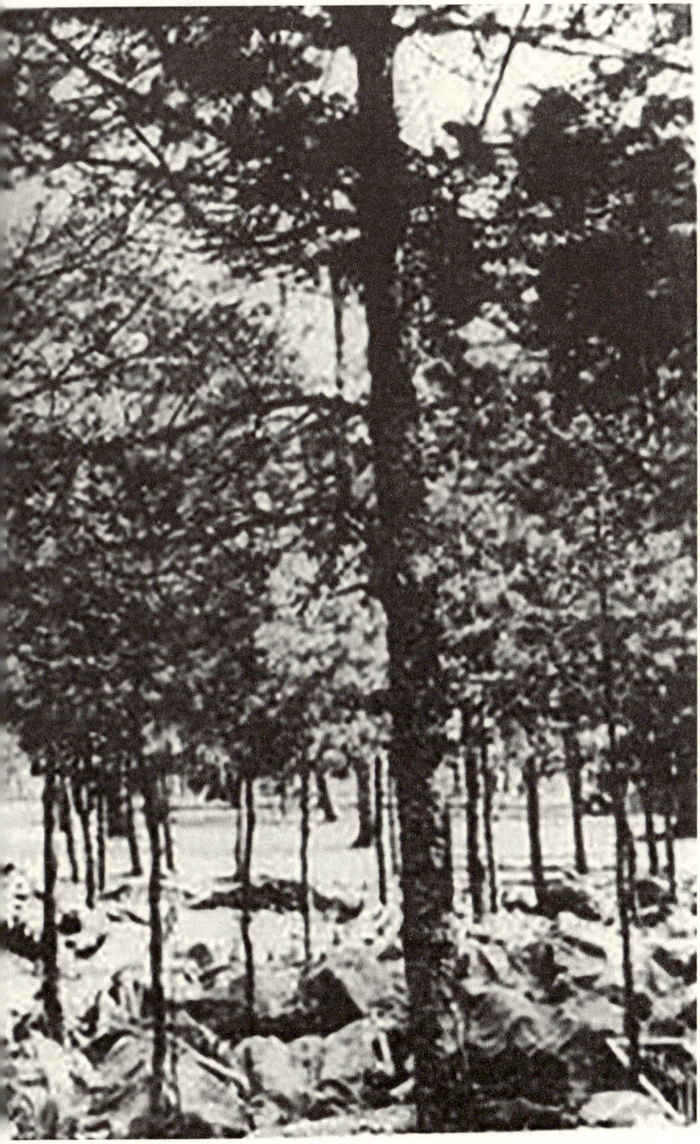

月十四日解放了贝尔根-贝尔森集中营,但是刚一停战他就从德国回来,为的是接管他叔祖在萨福克郡的田产,我从其他方面了解到,这些田产至少到五十年代中期都管理得非常好,堪称经营典范。也正是那个时候,勒·斯特兰奇迎娶了女管家,并在最后立下遗嘱将他所有的财产遗赠给她,不光是萨福克的田产,还有一套位于伯明翰市中心估价数百万英镑的不动产。按照报纸报道的说法,这位女管家叫弗洛伦丝·巴恩斯,是一位来自小城市贝克尔斯的普通年轻女士,勒·斯特兰奇雇佣她来服侍自己时明确表示过,她为他做饭,和他一起用餐,但是吃饭时必须保持绝对的安静无声。根据看起来像是由巴恩斯女士自己为报纸提供的说明,她对当时达成的协定是严格遵守的,即便在勒·斯特兰奇的生活方式开始变得越来越古怪之后。有关此事,报纸记者毫无疑问对巴恩斯女士提出了尖锐的询问,虽然她仅仅用了最为克制的表达作为回答,但是我自己从那以后开始的调查显示,勒·斯特兰奇在五十年代末期渐渐解雇了他房子里的所有人员以及他的农业工人、园丁、管理员,他从那时起只和这位来自贝克尔斯的沉默的女厨师单独生活在这座巨大的石头宅邸里,因此所有的田产、花园和庄园都明显荒芜、衰败了,被抛荒的农田从它们的边缘开始渐渐长满了灌木和低矮的树木。撇开像这样的、显然由

Housekeeper Rewarded for Silent Dinners

A wealthy eccentric has left his vast estate to the housekeeper to whom he hardly spoke for over thirty years.

Major George Wyndham Le-Strange (77), a bachelor, collapsed and died last month in the hallway of his manor house in Henstead, Suffolk which had remained virtually unchanged since Georgian times.

During the last war, Le Strange had served in the 63rd Anti-Tank Regiment which liberated the concentration camp at Belsen on 14 April 1945. Immediately after VE-Day, he returned to Suffolk to manage his great uncle's estates.

Mrs. Florence Barnes (57), employed by Le Strange in 1955 as housekeeper and cook on condition that she dined with him in silence every day, said that Le Strange had, in the course of time, become a virtual recluse but she refused to give any details of the Major's eccentric way of life.

Asked about her inheritance, she said that, beyond wanting to buy a bungalow in Beccles for herself and her sister, she had no idea what to do with it.

观察确实发生了的事情而引起的议论不谈，在那些与少校的领地相邻的村子里流传着的涉及他本人的故事，很可能人们只能有条件地相信。它们也许以极少数事件为基础，这些事件在这些年里以流言蜚语的方式从庄园深处渗透到公众那里，并因此使得生活在周边小范围内的居民特别忙碌。比如我就在亨斯特德的一家小酒馆里听人说，勒·斯特兰奇在晚年的时候，因为所有衣物都被穿坏了，又不想添置新的衣服，就在需要的时候从放在阁楼上的箱子里取出早年的衣服，穿着它们走东走西。还有人声称偶尔会看到他穿着一件淡黄色的小礼服或者一种用褪色的紫罗兰色塔夫绸做的、有许多纽扣和孔眼的丧服。也有人说，勒·斯特兰奇一直在他的房间里养着一只温驯的公鸡，后来则总是被一群群的各种家禽围绕着，被珍珠鸡、雉鸡、鸽子和鹌鹑以及各种观赏鸟类和鸣禽，它们中有些在地上围着他跑来跑去，有些在空中围着他飞来飞去。有一年夏天，一些人这么说道，勒·斯特兰奇在他的花园里挖了一个洞，然后他整日夜地坐在洞里，就像沙漠中的圣哲罗姆那样。我猜，最最奇特的也许是从伦瑟姆的殡仪馆工作人员那里流传出来的奇事，说少校原本浅色的皮肤在他过世的时候变成了橄榄绿色，鹅灰色的眼睛变成了深色，雪白的头发变成了鸦黑色。我至今不知道我究竟该怎么看待这样的故事。可以肯定的是，在已经过去的秋天，庄园连同所有的附属不动产在一次拍卖会上被一位荷兰人竞买了下来，弗洛伦丝·巴恩斯，少校的这位忠实女管家，正如她打算的那样，和她的姐姐杰迈玛一起生活在她们家乡贝克尔斯的一处小别墅里。

离贝纳可湖南边一刻钟的地方，沙滩收窄，陡峭的海岸开始出现，那里横七竖八地躺着几十棵死了的树，它们肯定是若干年前被科夫海斯沙滩上的危岩压倒的。断裂的、没有树皮的木头因为盐水、风和太阳而褪了色，看起来就像很久以前在这片孤独海岸上死去的、比猛犸和巨蜥还要大的动物的遗骨。步行小径现在绕过防护障碍物，沿着长满金雀花的斜坡爬上黏土岩小丘，从距离随时有塌方危险的陆地边缘不远的欧洲蕨丛中穿过，它们中最高的可以够到我的肩膀。在外面的铅色海面上，一条帆船在陪伴着我，准确地说，我感觉它好像静止不动一样，好像我自己在走，一步一步，几乎没有离开那个小点多远，就像那位看不见的、迷失方向的舵手驾驶着他一动不动的小船一样。不过，欧洲蕨丛逐渐分开，让人可以目无阻挡向前看到一片一直延伸到科夫海斯教堂的田地。在一排低矮的防护电网后面，一群数量有百来头的猪在棕色的土地上休息，地上长着纤细的甘菊丛。我爬过电线，靠近这些一动不动在那睡觉的粗壮牲畜中

的一头。当我弯腰向它俯下身去,它慢慢地睁开了它那小小的、被浅色睫毛镶嵌环绕的眼睛,疑惑地看着我。我用手掠过它那满是尘土的、因为不习惯的触碰而发抖的背部,抚摸它的鼻子和脸,轻挠它耳朵后面的凹陷处,

直到它叹了一口气,就像一个忍受着无尽痛苦的人。当我重新站起来时,它带着非常顺从的表情又把眼睛给闭上了。然后,我又在防护电网和岩石边缘之间的草地上坐了一会儿。已经发黄的稀疏麦秆在吹来的风中弯了下来。天空显然已经变暗了。云带远远地飘到了现在被一条条白色沫子覆盖着的大海上空。那艘很长时间都没有前进的小船突然消失不见了。所有这一切让我想起了福音书作者圣马可讲的一个故事,它来自格拉森人的地区,紧接在耶稣平息加利利海上的风暴那个有名得多的故事之后。当波浪打进小船的时候,门徒们叫醒了正在逍遥自在地打着盹的老师,这种将信将疑的门徒形象被写进了学校宗教宣传册并与其贴合得如此之好,但人们显然不甚了解荒唐的格拉森人是怎么了。我无论如何想不起来,在所谓的宗教课或者在做礼拜的时候有人给我们朗读过格拉森人的故事,更不要说详细阐释。那个患有癫狂症的人,据说,他从他居住的坟茔里出来向这位拿撒勒人[1]跑去,福音书上说,他的力量是如此巨大,以至于没有人能够制服他。所有的链条都被他扯断了,每一副枷锁都被他粉碎了。圣马可写道,他一直待在山里的坟

---

[1] 传说耶稣在拿撒勒城附近的萨福利亚村度过青少年时期,因此被视为拿撒勒人。

茔里，又叫又喊，还用石头砍自己。当耶稣问他名字的时候，他回答说：我名叫群，因为我们多的缘故，请不要叫我们离开这地方。主却要求污鬼出来并附到那边草地上的猪身体里去。那些猪，福音书作者说它们的数量有两千头，从悬崖边跳了下去，在水中淹死了。这个令人毛骨悚然的故事，我当时坐在德意志海边的崖石上心里想道，是否是一个目击者的可信报道？如果是的话，这难道不意味着我们的主在治疗格拉森人时犯了一个技术性错误？还是说，我心想，摆在我们面前的是一个纯粹由圣马可杜撰出来的寓言，它描述了有关所谓猪之不洁性的起源，如果人们好好思考一下的话，否定猪的纯洁性的结果是我们必须一再把我们病态的人类理智发泄在一个被我们视为低级的、除了有破坏价值之外一无是处的其他物种身上？当我脑子里思索这个问题的时候，我看到那边海上有燕子在极速地来回飞翔。它们一边接连发出极小的叫声，一边在它们的领空穿来穿去，敏捷得连我的目光都追不上它们的身影。从前在我小时候，每当傍晚时分从昏暗的谷底向上望，我都会看到燕子们成群结队在还有最后一丝光线的天空盘旋，那时我就会想，世界只是被它们从天空中穿行的轨迹捆扎起来的。许多年后，我在一九四〇年创作于乌拉圭东萨尔托的《特隆、乌克巴尔、奥比斯·特蒂乌斯》[1]里面读到一些鸟拯救了一整个露天舞台的故事。这些燕子,我现在注意到,只在我坐着的小丘延伸出去的平面上疾飞。它们中间没有一只往上飞升得更高,或者向下俯冲到水面。当它们像箭一般飞向岸边的时候,它们中有几只总是在我脚下消失不见,好像它们被大地吞吃了一样。我走到岩石边缘,看到它们在峭壁最上面的黏土层做了巢穴,一个挨着一个。我正站在一块穿了孔的地上,它随时都有可能坍塌。尽管如此,我还是——就像我们曾经在两层蜂房的平坦铁皮屋顶上进行大胆冒险那样——在可能的范围内,抬起头,目光向上看到最高点,然后顺着天穹往下,再放平看到海面,最后看向我脚下大约二十米的狭长沙滩。我缓缓地呼气,克制住体内升起的眩晕感,往后退了一步,感觉仿佛看到长条的海岸上有一些颜色不大对劲的奇怪东西在动。我蹲下来,向下望去,心中充满了突如其来的恐慌。那是两个人,他们躺在下边,我想,是在一个坑的底部,一个男的四肢伸展着躺在另一个人的身体上方,而另一个人除了微微弯曲、向外翻转的双腿以外什么都看不到。在我被惊呆的极短却又漫长的几

---

[1] 博尔赫斯短篇小说集《虚构集》中的一则。"Orbis Tertius"在拉丁语中意为"第三星球"。

秒钟之内，一个景象突然在我脑中闪现，我感觉这个男人的两只脚似乎抽搐了一下，就像刚刚被绞死的人那样。现在，他反正是安静下来了，那个女的也一动不动、一声不响。他们就像被抛到岸边的、不成形的巨大软体动物一样躺在那里，看起来像一个躯干，像一只从远海被波浪送过来的多节、双头海洋怪物，像某种畸形生物的最后样本，它用鼻孔平缓地呼吸着，迷迷糊糊地等待着它的死亡。我再次惊愕地站起来，心里不安，仿佛我有生以来第一次从地上站起来似的，离开了这个让我觉得害怕的地方，走下岩石，顺着缓缓下降的路来到了向南延伸的沙滩。在我前面的远方，绍斯沃尔德城蜷缩在昏暗的天空下，一些渺小的房屋，一片片树丛，一座雪白

色的灯塔。在我还没有到那里之前，雨点就开始砸下来了。我转过身，回望我走过的空空的路，不知道科夫海斯沙滩岩石下的那坨苍白的海洋怪物到底是真实存在的，还是我在臆想中看到的。回忆那时的不安感，让我重又想起了之前提到的阿根廷作品，它主要写的是我们尝试着虚构第二或第三世界。叙述者说，一九三五年某一天的傍晚，他和一位叫比奥伊·卡萨雷斯的朋友在高纳街和拉莫斯·梅希亚街的一栋别墅里吃晚饭，晚饭后他们接着忘我地谈论了很长时间，讨论的是一部小说的记叙手法，它明显违背了一些事实，充斥着各种矛盾，以至于只有少数读者——为数极少的读者——能够猜到隐藏在被叙述的内容中的一方面令人毛骨悚然，另一方面又完全无关紧要的事实。我们那时坐的房间正对着走廊尽头，作者继续写道，那里挂着一块模糊的椭圆形镜子，从它里面散发出一种不安。我们感觉受到了这个无声目击者的暗中窥探，然后发现——这样的情况在深夜几乎是不可避免的——镜子有一种可怕的东西。比奥伊·卡萨雷斯由此想到，乌克巴尔异教创始人之一说过，镜子，还有交配行为，可怕的地方在于它们能够使人的数量增倍。我问比奥伊·卡萨雷斯，作者写道，这句让我觉得值得深思的话出处是哪里，他说，《英美百科全书》"乌克巴尔"这个词条中可以找到。但是这一词条，后来的叙述过程显示，在提到的这部百科全书中找不到，或者说它仅仅出现在比奥伊·卡萨雷斯若干年前买到的那个版本中，它的第二十六卷比上述一九一七年版的其他翻印本多出了四页。书中没有澄清乌克巴尔是否存在，以及对这一未知地区的描述是否与构成这部作品主体部分的特隆百科全书工程类似，都是涉及经由时间进程中的纯粹非现实而实现一种新的现实。一九四七年的一篇附录中作出说明，特隆错综复杂的思想体系想要消灭已知的世界。迄今为止没有人掌握的特隆语已经入侵到了学校，特隆的故事已经掩盖了我们之前知道或者认为知道的一切，在历史编纂学中已经显示出对过去进行虚构具有无可辩驳的好处。几乎所有的知识领域都被改革过了，少数没有经历改革的学科也正期待着革新。一个遁世修行者的分裂王朝，一个特隆发明者、百科全书编纂者和词典编纂者的王朝，已经改变了地球的面貌。所有的语言，甚至西班牙语、法语和英语，都会从地球上消失。世界会变成特隆式的。但是我，本文的叙述者，却并不关心这些，在我郊野别墅里的宁静闲适中，我继续打磨着托马斯·布朗《瓮葬》的译文，它是我摸索着学习克维多[1]翻译出来的（我并不打算出版这篇译作）。

1　克维多（1580—1645），西班牙黄金时代诗人、讽刺作家。

四

当我晚饭后穿过城市的大街小巷走完第一圈之后，雨云消失了。在一排排砖房之间，天已经开始变暗。只有灯塔的玻璃小房间里闪烁的灯光还在照着一点点变暗的地球。从洛斯托夫特起我走了很远的路，两腿已发

酸，便坐在一片叫枪山的宽阔大草地上，看向远处风平浪静的大海，从海的深处升起了阴影。最后一批傍晚散步的人已经消失不见了。我感觉自己就像身处一个空荡的剧院，如果幕布在我面前突然升起，舞台上再次上演一六七二年五月二十八日那天的情形，我并不会感到惊讶。那是一个值得纪念的日子，在远处外海的海面上，晨曦从背后照耀着荷兰海军的舰队，它们从漂浮在海面上的雾气中现身，向着集结在绍斯沃尔德海湾的英国舰船开火。很有可能那时的绍斯沃尔德居民在第一批炮弹落下时就急忙跑到了城外，站在海滩上观看了这出罕见的戏剧。市民们用手挡在眼前遮住刺眼的阳光，他们将会看到这些舰船如何盲目地开来开去，船帆如何在轻微的东北风中涨满，又如何在慢腾腾的指挥调度中沉没。他们在远处体会不到那些人的感受，包括指挥舱里的荷兰和英国海军上将。稍后，随着战斗的进展，当弹药仓爆炸后，一些涂了油的船身直到吃水线之上都被焚烧殆尽，一切都被包裹在一种具有刺激性的、在整个海湾上空翻滚的黄黑色浓烟之中，使得所有观战的人都看不到战斗的过程了。如果说当时有关在所谓荣誉之地进行的决战的报道不可信的话，那么也就意味着，有关这次声势浩大的海上遭遇的画作无一例外都是纯粹虚构的。当燃烧着的桅杆和船帆掉了下来，或者当炮弹炸穿挤满了

多得不可思议的人的甲板，甚至像斯托克、凡·德·维尔德或者德·卢泰尔堡这样的著名海战画家，都没有能力传递真实的印象，表现出一艘装满了设备和人员的、全面过载的船会发生什么，尽管他们的画有着一种完全可以辨认的现实意图，因为我曾经在格林尼治的海事博物馆较为仔细地研究过他们描绘索尔湾海战的一些作品。仅仅在被一艘纵火船[1]引燃的"皇家詹姆斯号"战舰上，全体一千号人中就有将近一半丧了命。有关这艘三桅船更加确切的信息并没有流传下来。许多目击者声称，他们看见将近三百公担[2]重的英国舰队指挥官桑威奇伯爵最

---

1 纵火船是18世纪以前海战中常见的作战方式。
2 在德国为50公斤，在奥地利、瑞士为100公斤。

后在后甲板上被火焰缠身，绝望地打着手势示意。可以确定的只是，他浮肿的尸身几个星期之后被冲到了哈里奇旁边的海滩上。制服的接缝都已经崩开了，纽扣眼也撕破了，但嘉德勋章依然熠熠生辉。在那个时候，世界上只有少数城市在这样一场战役中灭绝了这么多的灵魂。忍受的痛苦、遭到毁灭的一切超过我们想象力的许多倍，正如我们不能去设想，为了建造和装备这些大部分从一开始就注定会遭到毁灭的运输工具，工作方面的巨大浪费——树木的砍伐和加工、矿石的开采和冶炼、铁的锻造、船帆的纺织和缝制——是否有必要。命名为"斯塔福伦号""决心号""胜利号""荷兰地亚格鲁特号"和"欧力帆号"的这些稀有船只在万众瞩目中下水，仅仅在水面上航行了很短的时间，就又消失了。另外，从来也说不清楚英国和荷兰在这场为了勒索经济利益而发动于绍斯沃尔德城下的海战中哪一方是最后的赢家，然而为大家公认的是，荷兰方面因为按战役总耗费来计算几乎不能评估的力量转移而开始衰落，而另一方面，几乎破产的、外交上遭到孤立的、因为荷兰袭击查塔姆船坞而蒙羞的英国政府，尽管看似完全缺乏策略，尽管海军管理部门身处瓦解的边缘，也许只是多亏了当时风和浪的状况，才得以维持长时间没有被打破的海上优势。——那天晚上在绍斯沃尔德，我就这样坐着俯瞰北海，突然觉得自己似乎清楚地感觉到世界正在慢慢地转入黑夜之中。在美洲，托马斯·布朗在他有关瓮葬的文章中写道，猎人们在波斯人刚刚陷入沉睡的时候就起身了。夜幕像长裙的裙摆扫过大地，而且因为日落后，从一根经线到下一根经线，万物几乎都睡下了，他如此继续写道，所以，如果人们一直追随着正在落山的太阳，就可以看到我们所居住的球体总是充满了趴在地上的，就像被萨图恩[1]的镰刀砍倒、收割的躯体——一座为癫狂的人类设置的绵长得没有尽头的墓地。我看向远处的海面，看得越来越远，直到视线再也穿不透昏暗的地方，那里有一条几乎辨认不出来的、形状十分古怪的云带正在延伸，也许是下午晚些时候从绍斯沃尔德上空下降的气流的背面。这片云像一条墨色的山脉，山峰部位的最高山尖处还继续闪耀了一会儿光芒，就像高加索山的冰原一样；当我看见它们慢慢消散，我又想起几年前有一次我曾经在梦里穿越了整整一条这样遥远而陌生的山脉。那应该是一段数千英里或者更长的路程，穿越山沟、山涧、山谷，走过山隘，爬过山坡，越过山溪，沿着茂密森林的边缘，踏过石原、碎石和白雪。我想起来，我在梦里、在到达我所走的路的尽头时回头望了一眼，正好是傍晚六点钟。我所走过

---

[1] 古罗马神话中的农业之神，相对应于希腊神话的克洛诺斯。

的这些山的锯齿形山峰，在飘着两三朵玫瑰红色云朵的青绿色天空的映衬下，显露令人害怕的尖锐锋利。这是一幅让我难以捉摸的熟悉图景，它在我脑海中存在了数周时间，最终我意识到，它在一切细节方面都与瓦绿拉山脉一致，在我入学的前几天，当时我们在傍晚时分结束了蒙塔丰河谷的郊游，乘着公共汽车返回，我在一种因为乘车而极度疲惫的状态中看到了这条山脉。很可能它只是被淹没的记忆，它制造出了人们于梦中所见之物的独特超现实性。不过它也有可能是别的什么东西，一些雾气氤氲、捉摸不透的东西，透过这种东西，梦里的一切就会自相矛盾地看起来更加清晰。一小滴水变成了一片大海，一丝微风变成了一场风暴，一把尘土变成了一片沙漠，血液中的一颗硫磺变成了火山爆发时的火焰。我们在其中身兼作者、演员、舞台机械师、舞美布景师和观众于一体的一出戏剧，是怎样一出戏呢？梦中逃离时的穿越行动所包含的理智，比人们上床睡觉时所携带的，更多还是更少？

这些东西一直以来对我而言有多么费解，那天傍晚在绍斯沃尔德的枪山上我就多么不可能相信自己就在一年前从荷兰的海滩眺望着英格兰。当时，我在瑞士巴登度过了一个令人不愉快的晚上之后，途经巴塞尔和阿姆斯特丹前往海牙，入住车站大街诸多不靠谱的宾馆中的一家。我现在已经不知道它的名字叫阿斯奎思勋爵还是阿里斯托或者是法比欧拉。总之,即便是再不挑剔的旅客都会立马从这家宾馆感受到一种非常强烈的抑郁感,接待处坐着两位不再年轻、一看就知道已经结婚很久的男士,两人中间坐着的,不是孩子,而是一只杏黄色的长卷毛犬。我在安排给我的房间里休息了一会儿之后,打算去哪里吃点什么东西,于是沿着车站大街向上走去市中心,路上经过布里斯托尔酒吧、尤克塞尔咖啡馆、一家音像碟片店、阿兰土耳其披萨店、一家欧洲性用品店、一家伊斯兰清真肉铺和一家地毯商行——这家商行的橱窗陈列品上展现了一幅由四部分组成的原始湿壁画,描绘了正在穿越沙漠的商队。在这座破落建筑的立面用红色写着 Perzenpaleis(波斯宫殿)这几个字母,楼房上面几层的所有窗户玻璃都被涂成了石灰色。我还在抬头看着外立面的时候,一个长着深色胡子、在长衫外面罩着一件旧西装外套的男人紧挨着我迅速跑进了一扇门,我们的胳膊肘相互碰了一下。穿过那扇门开着的缝,我的目光在令人难忘的、时间凝滞了的那一刻落到了一座木头支架上,架子上整齐地并排累叠着穿坏了的休闲步鞋,也许有一百双那么多。过了一会儿,我才从房子的后院看到伊斯兰寺院的尖塔耸立在荷兰傍晚时分的蔚蓝色天空中。我在这个从某种意义上来说享有治外法权的地区

逛了一小时或者更久的时间。背街小巷里的窗户大多数用木板钉死,在沾着煤灰的砖墙上写着一些标语,比如"帮助拯救热带雨林"和"欢迎来到荷兰皇家墓地"。我现在不知道要往哪里去。我哪儿都没去,来到了麦当劳,在被花里胡哨的灯光照着的柜台前,我觉得自己就像一名被所有国家通缉的犯罪分子,我买了一包炸薯条,在回宾馆的路上慢慢吃着。在车站大街的娱乐场所和饭馆大门前,来自东方的男人们正一小群一小群地聚集在一起,他们中大多数都在安静地抽烟,其中有一两个人好像正在和一个客人谈着生意。当我走到与车站大街交叉

的小运河边，一辆装饰着灯、镀铬金属闪闪发光的美国敞篷大轿车突然从我身边穿过马路，好像凭空变出来似的，车里坐着一个拉皮条的男人，穿着白西装，戴着一副镶金边的太阳镜，头上戴着一顶搞笑的蒂罗尔礼帽。我正惊奇地盯着这近乎超自然的一幕，这时，一位深肤色的男人转过街角向我冲了过来，他一脸惊恐，同时突然绕过我，使我挡住了跟着他的人的路，从外貌来看那人肯定是他的同乡。跟踪者眼里闪烁着杀戮和愤怒的光，他可能是一位厨师或者伙夫，因为他身前系着一条围裙，手里拿着一把闪闪发光的长刀，刀子挥舞着从我身边擦过，我觉得我似乎都已经能感受到它是怎样穿过我的肋骨的。经历了这些遭遇之后，我惊慌失措地躺在宾馆的床上。那是一个不舒服的、难挨的夜晚，潮湿得很，以至于我不得不把窗户打开。但打开窗户之后，我又会听到从路口传上来的交通噪音，每几分钟就有一辆有轨电车在终点站的环形车道上费力地前行，发出刺耳的吱嘎声。所以，当我第二天上午站在莫瑞泰斯皇家美术馆将近四平方米大的群像画《尼古拉斯·杜尔博士的解剖学课》前，我的状态相当糟糕。尽管我本来就是为了这幅画才来到海牙的，当然我在接下来若干年当中还对它作了很多研究，但是当时我在熬夜的状态中怎么着都无法对在一群外科医生注视下躺着的病理解剖室标本进行任何思考。其实不如说——我不清楚为什么——我感觉受到了这幅画的刺激，以至于我之后在雅各布·凡·雷斯达尔的《带有漂白场的哈勒姆风景画》前站了一个小时，才再次恢复了一点平静。人们普遍认为，朝着哈勒姆绵延的平原是从高处俯瞰的，是从沙丘上往下看的，然而从鸟瞰的角度获得的印象是如此强烈，以至于海边的沙丘群肯定会变成一片丘陵，或者甚至是一条小山脉。事实上，凡·雷斯达尔在画画的时候当然没有站在沙丘上，而是站在设想中略高于大地的地方。只有这样他才能同时看见一切：布满云朵的巨大天空，占据了画面三分之二；城市里，除了高耸于所有房屋之上的圣巴沃大教堂，其他都好像地平线上的一道镶边；深色的灌木丛和树丛；前景中的庄园和浅色的田地，若干条白色亚麻布被铺在地上脱色漂白，如果我没有数错，还有七八个不足半厘米高的人物在劳作。离开画廊之后，我在洒满阳光的宫殿入口台阶上坐了一会儿，在我买的导游手册上写着，这座宫殿是由总督约翰·毛里茨在他待巴西的七年时间里请人在家乡建造并装修的，它十分契合总督的格言"我心如世界"，展现了来自世界上最遥远地区的珍奇，堪称一座具有宇宙志色彩的宅邸。一六四四年五月，刚巧是我出生前三百年的时候，在宅邸的落成庆典上，据说由总督从巴西带来的十一位印第安人在新房子前面用石块铺就的广场上表演了一段舞蹈,意在让聚集在这的市民知道他们国家的威力现在已经扩展到了怎样遥远的国度。舞者们早就消失了,他们什么都没有流传下来,消失得像影子一样无声无息,像霍夫菲法湖上的那只白鹭一样安静,当我再次动身上路的时候,我看到它不为湖边慢慢向前爬行的车流所动,均匀地挥动着翅膀在波光粼粼的水面上飞翔。谁又知道,从前的情形到底是怎样的?狄德罗在他的游记里把荷兰写成欧洲的埃及,人们可以坐着船穿过田野前往,在那里,目光所及之处,几乎没有什么东西突出于被淹没的平原。最微不足道的突出之物,他写道,都可以帮助人们在这个奇妙的国度获得一种崇高的感觉。干净的荷兰城市在所有方面都堪称典范,城里笔直的运河两旁种植着行道树,对于狄德罗而言,没有什么能比这些城市更加能够使人类的精神获得满足。一处处居民点相互紧挨着,好像它们是由艺术家在一夜之间根据事无巨细都被周全考虑在内的规划用魔术变出来的,即便站在它们中最大居民点的中央,狄德罗写道,人们总是还有身在乡村的错觉。海牙,在当时有四万居民,狄德罗称它为地球上最美丽的村庄,称从市里通往斯海弗宁恩海岸的路为林荫步道,除此找不出第二条这样的路。对于这样的景观,当我自己沿着公园大道往斯海弗宁恩方向漫步的时候,并不容易有同感。这里或那里有一座里面伫立着一栋漂亮别墅的花园，但是此外几乎没有能够让我深吸一口气的东西。也许是我走错路了，我在陌生的城市里经常走错路。在斯海弗宁恩，我原本希望站在远处就能够看到海，但事实上我必须在一栋栋四层楼住宅的阴影里走好久，就像身处谷底之中。当我终于到达海边的时候，我已经很累了，我躺了下来，一直睡到下午。我听到了海浪的声音，在半梦半醒之间听懂了所有荷兰话，感觉有生以来第一次回到了家里。即便在醒着的时候，我还是有一瞬间觉得周围的人们好像在穿越沙漠的一列火车上休息。疗养酒店的外立面在我面前就像荒漠中的商旅客栈一样耸立着，与此非常匹配的是，世纪之交建在沙滩中间的豪华宾馆被数量众多的零碎建筑包围了，它们明显是在近些年才建起来的，顶像

帐篷一样，里面开着报摊、纪念品店和快餐店。在其中一间叫作马萨达烤肉的店里，柜台上方的图片灯箱招牌上没有常见的汉堡包搭配套餐，而是符合犹太教规的洁净食物，于是我在回城之前还在这里喝了一杯咖啡，对一对享受着天伦之乐的祖父母表示赞叹，他们被一群五颜六色的孙儿孙女包围着，在这家其他时候空空如也的饭馆里庆祝某个家庭纪念日或者某个节假日。

  傍晚在阿姆斯特丹，我来到一家位于冯德尔公园边上的私人旅馆，这家旅馆我以前就知道，里面有用旧家具、图画和镜子装饰的沙龙，在沙龙里，我记下了各种各样的笔记，比如现在将近尾声的旅行途中去过的地方，在巴特基辛根的白天进行的各种调查，在巴登突发的恐慌，在苏黎世湖上乘船游览，在林道的赌场碰到的一连串幸运事，参观老绘画陈列馆[1]，去纽伦堡拜访我的主保圣人[2]的墓地。传说他是达西亚[3]或者丹麦的王子，在巴黎和一位法国公主结了婚。据说，在新婚之夜，一种深深的无意义感突然侵袭了他。看呐，人们这么说，他对他的新娘说道，今天我们的躯干锦衣华服，明天它们就

---

[1] 位于德国慕尼黑，是世界上最古老的美术馆之一，收藏了从中世纪至18世纪中叶的画家作品。它对面的新绘画陈列馆则收藏19和20世纪的艺术品。

[2] 塞巴都，德文名"Sebaldus"，简称为"Sebald"。

[3] 在中世纪和近代早期的拉丁语文献中为丹麦王国的一个名称。

是虫子的食物。天亮之前他还是逃跑了，南下意大利朝圣，在那里隐居了很久，直到他感觉到创造奇迹的力量在增强。他在维琴察用一块由灰烬烤成的、由天使送来的面包以及一段无上荣光的讲经布道拯救了快要饿死的盎格鲁-撒克逊王子温尼巴尔特和乌尼巴尔特，之后越过阿尔卑斯山来到德国。在雷根斯堡附近他坐在他的法衣上横渡了多瑙河，在城里他使一只碎了的玻璃杯重新完整无缺，在一个舍不得木材的造车匠的炉灶里他用冰柱点燃了一团火。冰冻的生活材料燃烧的故事对我来说总是有着特别的意义，我经常思考，内在的冷淡和荒芜最终是否是借助一种具有欺骗性的虚饰卖弄让世界相信可怜的心还处在火焰之中的前提。不管怎样，我的主保圣人据说日后在位于雷格尼茨河和佩格尼茨河之间的帝国森林的隐居住所中还创造了许多奇迹，治愈了许多病人，直到他自己的尸身，如他事先决定的，由两头顺从的公牛拉着一辆平板车带到今天他的墓地所在地。几百年后的一五○七年的五月，纽伦堡的贵族决定请铜匠彼得·菲舍尔为圣洁的天国君王圣塞巴都制作一具黄铜棺材。一五一九年六月，经过十二年的制作之后，在献给这位城市圣人的教堂的圣坛里竖立起了一座重达数吨、将近五米高、由十二只蜗牛和四条跃起的海豚抬着、代表全部救世历史的纪念碑。在墓碑基座的立面上，代表

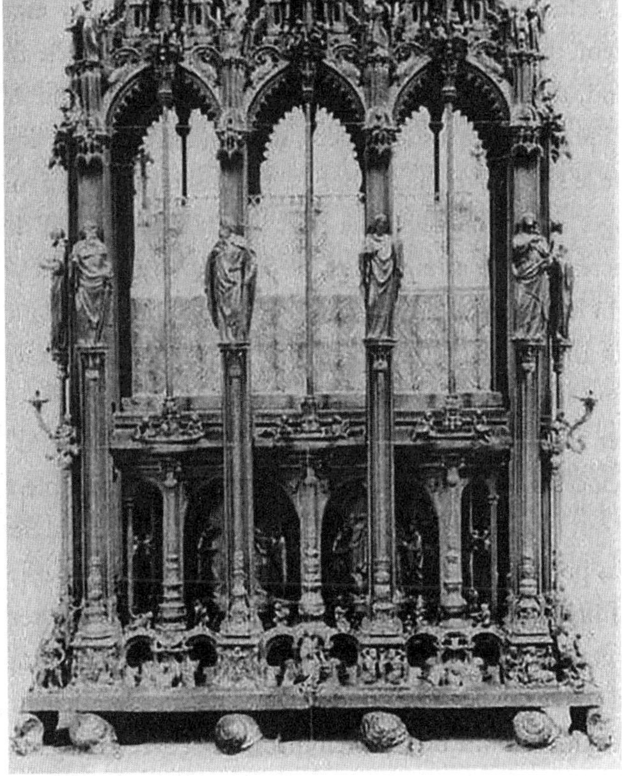

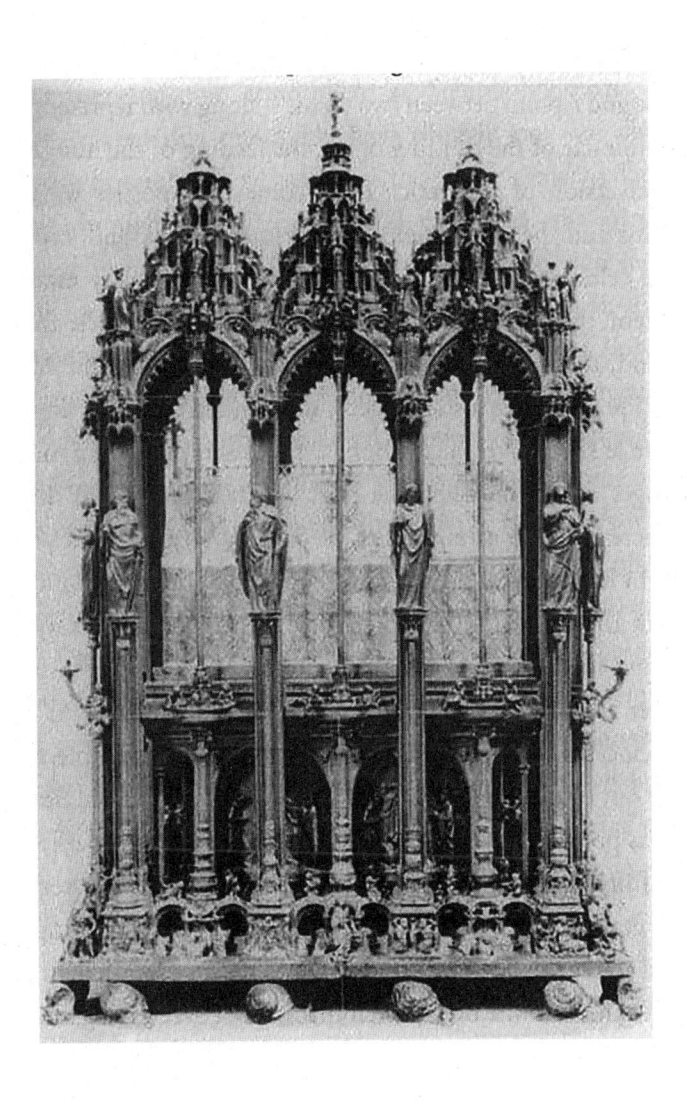

四主德——智慧、节制、正义和勇敢的女性周围挤满了森林之神、美人鱼、神话动物和想得到的所有小动物。除了展现冰之奇迹、给挨饿的人供饭、使异教徒皈依，还能看到神话中的人物形象——猎人宁录、拿着棒的大力士赫拉克勒斯、长着驴头的参孙和两只天鹅之间的阿波罗神。然后是带着其刑具和标志的耶稣使徒们，最上面是有三座山峰和无数房子的天空之城耶路撒冷，那位热切期待的新娘，上神在人类世界的小屋，一幅不一样的新生活的景象。那座由八十位飞翔的天使围绕着的、用生铁浇铸的罩子最里面是用银片打造的神龛，里面安息着堪称典范的死者的骸骨，他是那个时代的先驱，在那个时代里，我们眼中的泪水被擦干，既没有哀伤，也没有痛苦和喧嚷。

阿姆斯特丹已经是夜里了。在位于冯德尔公园边上的旅馆阁楼，我在房间的昏暗中坐着，听狂风这时使劲晃动着树梢。雷声从远处传来。天边划过一道苍白的闪电。一点钟左右，当我听到最初落下来的雨点打在阁楼窗户前的铁皮屋顶上，我走到护栏边，弯腰伸向窗外，外面温度适宜，雨点淋漓。不一会儿，大雨就像浇灌下来一样，落到了影影绰绰的公园深处，那里正闪烁着信号烟火的蓝光。在屋檐下的排水沟里发出了汩汩的水流声，就像山中的小溪一样。当闪电再次划过天空，我向下望去，看到远在我下面的旅馆花园，在分隔公园与花园的宽阔沟渠中，在垂柳垂下来的树枝的保护下，一对鸭子在被草绿色的糊状物完完全全覆盖着的水面上一动不动。这幅景象如此异常清晰，在刹那之间就从昏暗中浮现出来，以至于我现在还似乎看到了每一片柳叶，看到这两只鸟儿羽毛上最纤细的影子，甚至看到它们垂下来遮住眼睛的眼皮上的毛孔。

第二天早上，史基浦机场大楼充满了一种不可思议的和缓气氛，以至于让人会觉得身处尘世之外的某个地方。这些旅客，好像处在镇静剂的作用下或者是在一个延展的时间里行动似的，慢慢悠悠地走过大厅，或者安静地站在扶梯上，向着他们各自在楼上和楼下的目的地漂浮而去。我在坐火车从阿姆斯特丹来的路上，翻看了《忧郁的热带》这本书，读到书中对坎波斯艾里西欧斯街的描写，它是圣保罗的一条街道；列维-斯特劳斯在回忆他的巴西岁月时这样写道，在这条街上，之前由富人根据一种瑞士幻想风格建造的、涂画得色彩斑斓的木制别墅和木板堡垒在桉树和芒果树疯长的花园中渐渐倾塌了。也许因此我才感觉，在那个早晨被一种低声细语充斥的机场就好像这个陌生国家的前院，没有一个旅客会再次从那里返回。时不时传来女广播员显然无形的、像天使般播送着通知的声音，呼叫着某位旅客。前往哥本哈根的乘客桑特贝格和施特罗姆贝格。前往拉各斯的弗里曼先生。有请罗德里戈女士。聚集在这儿的人中的每一位身边都可能会排起或长或短的队伍。沙发长椅上零散地躺着一些旅客,一动不动,或四肢伸展或蜷缩着,其中有些人还在睡着,因为他们晚上是在这个中转站度过的,我在一条长椅上找位置坐了下来。离我不远处坐着一群非洲人,裹着宽阔的白袍,在我正对面是一位仪表考究得引人注意的先生,马甲上挂着一块怀表,正在看报纸,报纸的头版被一幅照片占据了绝大部分的版面,上面是源源不断喷涌而出的,好像珊瑚环礁上空一片由原子弹爆炸而产生的蘑菇云一样的大量烟雾。标题叫作"皮纳图博火山上空的火山烟尘"。外面的水泥地面上颤动着夏日的热浪,一些小车不停地开来开去,沉重的、搭载着数百人的机器一架接着一架不可思议地从起飞跑道升起,飞上蔚蓝的天空。但我肯定在看着这样的场景时打了好一会儿瞌睡,因为突然之间我的名字从很远的地方传到耳朵里,紧接着就是提醒:"请立刻前往C4登机口登机。"

这架在阿姆斯特丹和诺里奇之间飞行的小型螺旋桨式飞机,在向西改变航向之前先朝着太阳上升。欧洲人口最密集的地区之一在我们下方伸展开来,没有尽头的联排住宅,巨大的卫星城,商务区和闪闪发光的玻璃幕墙大楼,它们看起来像巨大的四边形冰块一样,在这片直到每个角落都被充分利用的土地上漂浮。前后延续几个世纪的整治、开发和建设活动将整个地区变成了一个几何图形。道路和河流以及铁路线在牧场和森林、小水池和大水库之间以笔直的线条和微弯的弧线穿越行进。汽车顺着它们自己狭窄的轨道滑行,就像在为了无尽的计算而发明的算盘上行驶一样,顺流而下或逆流而上的轮船则给人留下了似乎永远静止不动的印象。作为从前时代遗留物的领地被树丛绿岛包围着,镶嵌在这个均匀的网格中。我看到我们飞机的影子在下面迅速地掠过树篱和栅栏,掠过一行行白杨和一条条运河。一辆拖拉机在一块已经收割过的农田里缓缓开行,就像按照划定的线条,把它划分成一块浅色的部分和一块深色的部分。但是在任何地方都看不到哪怕一个人。无论飞过纽芬兰,还是在夜幕降临时飞过从波士顿一直延伸到费城的光带,飞过像珍珠一样闪闪发光的阿拉伯荒漠,还是飞过鲁尔区或者法兰克福地区,总是似乎没有人,而只有人类所创造的东西和把他们自己隐藏起来的东西。看得到他们的居所和连接它们的道路,看得到烟雾从他们的住处和生产车间升起,看得到载着他们的汽车,却看不到人类自身。然而人类确实在地球表面上到处都有,每时每刻都在扩散,在高耸塔楼的蜂巢中活动,以日益增长的规模被固定到大大超越每个个体想象能力的复杂网络中,

无论是以前在南非钻石矿中身处滑车和卷扬机之间,还是今天在证券交易所和代理机构的办公大厅里,面对永不停歇地绕着地球奔腾的信息流。当我们把海岸抛在身后向前飞到绿色而又略微透明的海洋上空时,我想,如果我们从这样的高度观察我们自己,我们就会惊讶于我们对自身、对我们的目的和我们的终点了解得如此之少。

这些大概就是那个傍晚我独自坐在绍斯沃尔德的枪山上,对一年前在荷兰逗留期间的回忆。这里有必要提一下,在绍斯沃尔德林荫步道上面有一处小房子,里面设置着所谓的"水手阅览室",这是一个公益性机构,自从水手面临消失的境地以来,它主要被当作某种海事博物馆,用来收集、保存所有可能与海洋和海上生活有关的东西。墙上挂着气压计和导航仪器,玻璃盒子和瓶子里放着船头木雕和轮船模型。桌子上放着旧的港务长名单、航海日志、有关帆船航海的论文、不同的航海学杂志和印有彩色图片的书籍，图片上画着传奇的远洋快速帆船和海洋汽轮，比如"萨伏伊伯爵号"和"毛里塔尼亚号"，它们是用钢和铁制成的庞然大物，超过三百米长，烟囱经常消失于低沉的云层中，整座位于华盛顿的国会大厦都可以装得下。绍斯沃尔德的阅览室每天（仅圣诞节除外）早晨七点钟开门，一直开放到将近午夜。访客最多在节假日的时候有一些，少数的游客来了，通常在带着节假日游客所特有的不理解简短环顾了一圈后，又走了出去。因此阅览室几乎总是空空如也，除了一两个还在维持生计的渔夫和海员，他们无言地坐在一张靠背椅上，消磨时光。傍晚，他们有时会在里间一起玩一局台球。那时就会听到球的碰撞声，中间夹杂着从外面传进来的轻轻的海浪声，偶尔特别安静的时候，还会听到比如玩台球的人中的一位给台球杆杆尖涂粉，然后把粉尘从杆尖吹掉的声音。如果我去绍斯沃尔德，这个阅览室毫无疑问就是我喜欢的地方。在这里，可以比在其他地方更好地阅读、写信、天马行空地思考，或者在漫长的冬季，就那么向外眺望风浪猛烈、把海浪掀上林荫步道的大海。因而这次也和往常的习惯一样，我在回到绍斯沃尔德之后的第二天早上就来到了阅览室，目的是为了把讲座上听到的、看到的、想到的东西记下来。和以前有几次一样,我首先顺便翻看了一下"绍斯沃尔德号"护卫舰的航海日志,从一九一四年秋天起它就停靠在码头边。在大幅的横向页面上,每一张上面都有一个不同的日期,有被大片空白围着的零散记载,比如莫里斯·法曼双翼飞机进入内陆或者白色汽艇飘扬皇家海军旗在地平线上巡航到S。每次解读出这些记录中的一条,我都会惊讶于在这里的纸上还能一如既往看得见早就消散于空中或者水里的痕迹。当我在那个早晨一边思考这些手稿怎样令人费解地得以存留下来,一边小心翼翼地合上航海日志的大理石纹封面,在桌上不远处,一本大开本旧书进入了我的眼帘,我以前来阅览室的时候并没有看到过它。事实上,这是一本用照片展示一战历史的书,一九三三年由《每日快报》编辑部收集并出版,可能是为了纪念往日的不幸,也可能是为了警示现在正在酝酿的灾难。所有的战争现场都在这本内容丰富的册子里记录下来了,从奥地利和意大利边境阿尔卑斯山前线的地狱山谷到佛兰德斯战场,人能想得到的暴力死亡的所有形式都被展现了出来,从一架空中先锋机在索姆河入海口坠落到大量士兵在加利西亚沼泽集体阵亡。可以看到一片废墟和尘土之中的法国城市,在两军前线壕沟之间的无人区腐烂的尸体,被炮火夷平的森林,在黑色煤油烟云下沉没的战舰,行进中的陆军纵队,无尽的难民潮,爆炸了的齐柏林飞船,来自普热梅希尔和圣康坦的图片,来自蒙福孔和加利波利的图片,破坏、残缺、亵渎、饥

饿、大火、苦寒的图片。标题无一例外地带有尖锐的讽刺——当城市为战争装点它们的街道时!这是一片森林!这是一个男人!异国战场上有一个角落是永远的英格兰![1] 这册书中有一个特别的部分是专门用于展现巴尔干半岛上的混乱情形的,这个地区当时距离英国比离拉合尔和恩图曼[2]还要远。书里一页一页展示着拍摄于塞尔维亚、波斯尼亚和阿尔巴尼亚的图片,还有溃散民众的

1　化用英国诗人鲁珀特·布鲁克成名作《一九一四》组诗之第五篇《士兵》的开头。
2　分别为英国昔日殖民地巴基斯坦和苏丹的著名城市。

群像和个人的独照，他们试图逃避所谓的战事，乘着牛车在夏天的热浪中走过尘土飞扬的乡间小路或者徒步穿行在纷飞的雪花中，牵着一匹快要累死的马。被放在这段不幸历史前面的当然是那张举世闻名的萨拉热窝快照。图片上方是"普林西普点燃导火索！"这个标题。那是一九一四年六月二十八日，一个阳光明媚的日子，十点四十五分，拉丁桥畔。可以看到一些波斯尼亚人、几个奥地利军事人员和那位刚刚被逮捕的行刺者。旁边一页展示了布满弹孔、染上弗朗茨·斐迪南大公鲜血的制服。很显然，这件衣服在当时是特意为了新闻报道拍摄的，我猜，人们把它从死去的皇位继承人身上脱下来之后放在一个特制的容器里用火车运到了帝国首都，在那里与

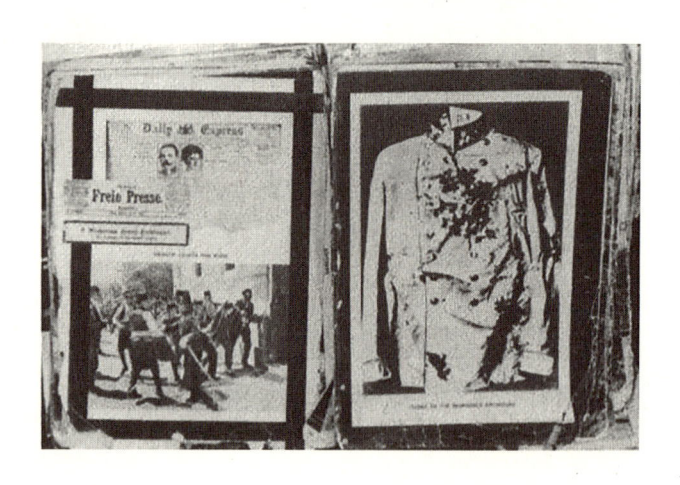

双角帽和裤子一起放在一个黑色边框的圣物匣内，陈列在奥地利陆军历史博物馆，人们今天还可以参观。行刺时刚满十九岁的加夫里洛·普林西普是格拉霍沃山谷一位农民的儿子，直到事件发生前不久还在贝尔格莱德的文理高中上学，在接受审判之后被囚禁在特雷津的防弹掩体内，一九一八年四月他在那里死于从少年时期就开始侵噬他身体的骨结核病。一九九三年，塞尔维亚人庆祝了他的七十五周年忌辰。

下午，我独自一人在皇冠大酒店的酒吧餐厅一直坐到下午茶时刻。厨房里杯盘碰撞的声音早就减弱了，在一台根据升起、落下的太阳和傍晚出现的月亮校准的落地大座钟内，齿轮相互啮合，钟摆均匀地来回摆动，大指针一下一下地转着圈，我感觉有一刻好像身处永恒的安静之中，然后，我在漫不经心地翻着《独立报》周末版的时候看到一篇长文，它与那些我早晨在阅览室看到的巴尔干半岛照片有着直接的关联。文章讲的是五十年前由克罗地亚人与德国人、奥地利人达成一致意见后在波斯尼亚实施的所谓清洗运动，开头是由克罗地亚乌斯塔沙组织中的一位男民兵明显出于纪念目的而拍摄的照片，照片上，情绪饱满的、有一些还表现出一副英雄姿势的同志正在用一把锯子割一位名叫布兰克·容吉科的人的头颅。第二张为了取乐而拍摄的照片展现的是已经从躯干上割下来的头颅，在因为疼痛发出最后叫喊而半张开的嘴唇之间还有一根香烟。这次行动的地点是位于萨瓦河畔的亚塞诺瓦茨集中营，仅仅在这座集中营里，就有七十万男性、女性和儿童被杀害，那些杀人的方法，即便是来自伟大的德意志帝国的专业人士，据说他们有时会在小圈子里说到，也感到毛骨悚然。有一种简陋的横向绞刑架，被驱赶到一起的塞尔维亚人、犹太人和波斯尼亚人像乌鸦和喜鹊一样被一排排地挂到上面绞死。此外，还有锯子和军刀，斧头和锤子，在索林根特为了割脖子而制造的、绑在手腕上的、配有固定小刀的皮制硬袖口，这些都是他们偏爱的处决工具。离亚塞诺瓦茨集中营不远，在方圆不到十五公里内，还有普里耶多尔、

格拉迪什卡和巴尼亚卢卡这几个集中营，在这些集中营里，克罗地亚乌斯塔沙民兵组织在纳粹德国国防军的暗中支持下，在天主教教会的精神支持下，日复一日地执行着他们的工作。持续了几年的大屠杀历史在一九四五年德国人和克罗地亚人遗留下来的五万份档案中都有记录，直到今天，这篇由作者写于一九九二年的文章中如是说，它们都被保存在巴尼亚卢卡的波斯尼亚克拉伊纳档案馆，该档案馆前身是奥匈帝国兵营，一九四二年曾是E军团的情报中心总部。毫无疑问，当时人们对乌斯塔沙的几个集中营里发生的事情是有一定了解的，当然也知道另一些闻所未闻的事情，比如在清剿铁托游击队的科扎拉山战役期间，因所谓的战争行动、处决以及驱逐而丧生的人数在六万到九万之间。科扎拉山的女性居民被带到了德国，在那里，她们中的大部分在扩展到整个帝国范围的强制劳动体系内丧命。留下来的儿童数量大概有两万三千名，他们中的一半被乌斯塔沙民兵组织在当地杀害了，另一半为了送到克罗地亚而被赶到不同的聚集点，这些儿童中间，又有不少人在拉家畜的车皮到达克罗地亚首都之前死于伤寒、筋疲力尽和恐惧。在还幸存于世的儿童中，许多人因为忍不住饥饿嚼碎了他们挂在脖子上写有个人信息的厚纸板，因此在极度的绝望中把他们自己的名字也抹灭了。后来他们在克罗地亚家庭中接受了天主教教育,被送去忏悔,被送去参加第一次圣餐仪式。和所有其他人一样,他们在学校里学习社会主义基本知识,学习职业技能,日后成了铁路工人、售货员、钳工或者会计。但是没人知道时至今日在他们的记忆中还有哪些阴影在作祟。此外,在这里还要说明的是,E军团的通讯官中有一名维也纳男青年战后成了一名律师,他当时主要从事的是起草有关出于人道主义考量而必须紧急实施的移民活动的备忘录,因为出色的文书工作,他获得了由克罗地亚国家领袖安特·帕韦利奇颁发的刻有国王兹沃诺米尔王冠的银质橡叶奖章。在战后的年代里,据说这位在职业生涯起步时期就前景光明、在管理技能方面非常精通的军官历任各种高级职位,甚至联合国秘书长。[1] 担任该职位时,据说他在录音带上为宇宙中可能存在的地外居民录了一段问候语,现在,它与其他的人类纪念物一起随着"旅行者II号"空间探测器驶向我们太阳系的外部空间。

---

[1] 此人应为奥地利人库尔特·瓦尔德海姆(1918—2007),曾任联合国第四任秘书长(1972—1982)和奥地利外长、总统(1986—1992)。

五

在我到达绍斯沃尔德的第二天晚上，英国广播公司在播报完晚间新闻之后紧接着播放了一部有关罗杰·凯斯门特的纪录片，一九一六年他因为叛国罪在伦敦的一座监狱中被处决，直到那晚为止我对他还不了解。尽管

这部一部分由珍贵历史照片组成的电影的画面立马吸引了我，不过不久之后，坐在之前移到电视机前的绿色天鹅绒靠背椅上的我，还是进入了一种深度睡眠的状态。

虽然我听到叙述者讲述了有关凯斯门特的故事,他的每一句话都极其清楚地穿过我逐渐松散的意识,仿佛在特意讲给我听,我却一个字都听不懂。转啊,石磨,转啊,最后这些东西没完没了地在我脑子里穿过,你只为我转动。几个钟头后我在黎明时分从沉重的梦境中醒来,看到电视里无声的测试画面在我面前抖动,这时只记得节目一开始说的是作家约瑟夫·康拉德是怎样在刚果认识凯斯门特,在那里认识的部分因为热带气候、部分因为自己的贪婪和欲望而堕落的欧洲人中间,他如何认为他是唯一正直的人。有一次我看见他——我很奇怪康拉德《刚果日记》中的这段话直到今天我都记得——只带了一根棍子作为武器,只有一名罗安达[1]小伙以及他的英国斗牛犬比迪和帕蒂陪同,就动身进了巨大的荒野,在刚果每一个村落都被这样的荒野包围着。几个月之后,我看到他又回来了,背着一个小行李包,挥舞着他的棍子,带着那位小伙,还有他的狗,也许消瘦了一些,但此外并没有受到损伤,仿佛他下午刚去海德公园散步回来。我猜叙述者接着肯定讲了这两位男人的人生道路,但因为我把他讲的所有内容都忘记了,除了这几行文字以及康拉德和凯斯门特一些布满阴影的照片,于是从那时开

---

1 安哥拉首都。

始，我就试着从文献资料中在一定程度上重构因为睡觉而被我在绍斯沃尔德（毫无责任心地，我想）错过的故事。

一八六二年夏末，埃维莉娜·科热尼奥夫斯卡夫人带着还没满五岁的儿子特奥多尔·约瑟夫·康拉德从波多里亚地区小城日托米尔来到华沙，投奔丈夫阿波罗·科热尼奥夫斯基，他在春天的时候放弃了赚钱不多的管家生计，打算通过文学和政治谋反活动来帮助准备许多人都渴望的推翻俄国暴政的起义。九月中旬，非法的波兰全国委员会的头几次会议在科热尼奥夫斯基位于华沙的公寓中举行，在接下来的几个星期内，小男孩康拉德肯定看到许多秘密的人在他父母身边进进出出。在白红两色的客厅里轻声谈话的人们面部表情严肃，这必将会让他隐约意识到这一历史时刻的意义。有可能在这个时候人们甚至已经向他透露了密谋的目的，他知道，妈妈——违反禁令地——穿着黑色衣服，这是为她在异国暴力下受苦的民族哀悼的标志。如果不是这时候的话，那么最晚在十月末，当父亲被逮捕并被关进堡垒时，人们肯定会告诉他真相。军事法庭粗略审判后，判决结果是流放沃洛格达，一处位于下诺夫哥罗德后面内陆荒漠中被上帝遗忘的地方。沃洛格达，阿波罗·科热尼奥夫斯基在一八六三年夏天寄给堂兄的信中这样写道，是独一无二的偏僻沼泽，街道和马路竟是用砍倒的树干建成的。房子，还有用木板拼凑起来的、涂得五颜六色的乡村贵族宅邸，都建在烂泥地中的木桩上。一切都在下沉、腐烂、坍塌。只有两个季节，白色的冬季和绿色的冬季。在长达九个月的时间里，冰冷的空气从北冰洋上吹下来。温度计水银柱降到了不可思议的低位。人被一种无尽的昏暗包围着。在绿色的冬季，雨一直下个不停。烂泥从门缝中挤进来。僵硬的死尸逐渐变成被一层皮包着的尸骨，令人毛骨悚然。在白色的冬季，一切都死了；在绿色的冬季，一切都处于濒死状态。

许多年以来埃维莉娜·科热尼奥夫斯卡就忍受着结核病的折磨，在这种条件下，病症几乎呈现不可阻止的发展状态。她的来日几乎已屈指可数。沙皇当局允许她在乌克兰哥哥家的庄园里居留较长的一段时间以恢复健康，这是当局的仁慈之证，可这样的仁慈对于她来说最终只不过是一种额外的痛苦，因为在批准的期限到期之后，不管怎样申请和恳求，她必须带着康拉德重新流亡，尽管此时她已经生期不久而死期不远。在离开那天，埃维莉娜·科热尼奥夫斯卡被一群亲戚和仆人围着，被来自街坊四邻的朋友们围着，站在诺沃法斯托夫庄园宅邸的露天台阶上。所有聚集在此的人，除了小孩子和穿制服的人，都穿着黑布或黑绸做成的衣服。没有人说一句话。半盲的外祖母的目光穿过这幅悲伤的场景凝视着空旷的田野。在环绕着圆形黄杨树篱的弯曲沙路上，停着一辆古怪的、看上去像被特别加长了的马车。车辕向前突出得太长了，马车夫和他的驾御台似乎同后面尾部装满了各种旅行箱和行李的车架离得太远了。车厢低悬在轮子之间，就像悬在两个永远分开的世界之间。车门开着，里面，在裂开了的皮垫上，小康拉德已经坐了一会儿了，他从黑暗中向外看去，看到了他日后将会描写的场景。可怜的妈妈又伤心地环视了一圈，然后小心地扶着舅舅塔德乌什的手臂顺着台阶走了下来。留下的人们保持着他们的姿势不动。甚至康拉德最喜爱的表姐，她穿着她的苏格兰短裙站在黑沉沉的人群中看起来就像一位公主，也只是把指尖放在嘴唇前，对这两位被流放的人的离去表现出惊恐。还有那位长得难看的瑞士姑娘杜兰特，她整整一个夏天都在全身心关照着康拉德的教育，时不时就会眼泪汪汪的，分别的时候挥动着手帕，勇敢地向她学生喊着："不要忘记你的法语，亲爱的！"塔德乌什舅舅关上车门，向后退了一步。马车猛地起步了。朋友们和亲爱的亲戚们已经从窗户的小口中消失了。当康拉德从另一边向外看的时候，他看到，在黄杨树篱的那一边，在远远的前方，按照俄国形制用三匹马套着的地区警察指挥官的小车是怎样起步，那位警察指挥官是如何刚好用戴着手套的手把他平平的、扎着一条火红色带子的有檐帽向下压到眼眶上方。

一八六五年四月初，在离开诺沃法斯托夫十八个月之后，三十二岁的埃维莉娜·科热尼奥夫斯卡在流放中去世了，死于结核病在她体内蔓延开来的阴影，死于使她精神崩溃的思乡之苦。阿波罗的生存意志也几乎完全熄灭了。他几乎未能花心思教育他那被如此多的不幸压抑的儿子。他几乎再也没有做什么自己的事情。最多就是偶尔修改一下维克多·雨果《海上劳工》译文中的几个字。他觉得这本无聊透顶的书好像是自己生活的镜子。这是一本关于背井离乡的命运的书，有次他对康拉德说，关于被驱逐的、迷失的个体的书，关于被命运除名的人的书，关于那些孤独的、人人避之不及的人的书。[1] 一八六七年的圣诞节前不久，流放俄国的阿波罗·科热尼奥夫斯基被赦。当局得出结论，称他现在不能再造成什么破坏了，出于休养的目的给他发放了一本护照，让他去马德拉群岛做一次舒适的旅行。但是做这样一次旅行，阿波罗的经济不允许，此时变得极度脆弱的身体状况也不同意。在利沃夫[2]短暂待了一段时间后，他感觉那里的奥地利色彩太重，因此就搬进了克拉科夫波泽尔斯

1　原文为法语。
2　乌克兰西部城市，是乌克兰西部主要的工业与文化教育中心。Lemberg是其德文名。

卡大街的公寓。大多数时间他都一动不动地在靠背椅上度过，悼念他的亡妻，为失败的生活感到悲痛，为可怜、孤独的儿子感到伤心，儿子刚写完了一部爱国主义戏剧，名字叫《约翰·索比斯基的眼睛》。他，阿波罗，把他自己所有的手稿都扔进了壁炉的火焰之中。有时，一片轻盈的、像一小块黑色丝绸的煤屑升起来，被空气托着，在整个房间里飘浮，直到最后落在地板上某个地方或者在黑暗中熄灭。和埃维莉娜一样，阿波罗的死期也在春天到来，外面冰雪开始融化，但是上帝并没有恩赐他在她的忌日那天结束生命。他还要在床上一直躺到五月，身体越来越虚弱、越来越虚弱。在死亡临近的那几个星期，每天下午晚些时候，康拉德放学后总是坐在一个没有窗户的小房间里，在被一盏绿色台灯照亮的小桌子前，做他的家庭作业。本子上和手上的墨水污迹是因为心中的恐惧不安而弄上去的。当隔壁房间的门被打开时，他能够听到父亲虚弱的呼吸声。两位戴着雪白色帽子的修女在照顾着病人。她们无声无息地走来走去，做着这样那样的事，有时满心忧虑地看着这个现在即将失怙的孩子，看他怎样一笔一画地写字、做算术，怎样一个钟头接着一个钟头读波兰语和法语的历险记、游记和小说。

　　爱国者阿波罗·科热尼奥夫斯基的葬礼变成一场巨大的、无声的游行。沿着交通被封锁的街道，没戴帽子的工人、中小学生、大学生和脱下帽子的市民神情严肃地站着，在楼上向外打开的窗户里，挤着身穿黑色衣服的人。深受丧父之痛的十二岁的康拉德走在送葬队伍最前面，队伍从狭窄的小巷走出来，穿过市中心，路过造型不同的圣母教堂塔楼，向着弗洛里安门走去。那是一个风和日丽的下午。蓝色的天空像拱顶一样罩在屋顶上方，云朵在高高的天空随风飘动，就像一队水手。也许康拉德在葬礼过程中，在神职人员身穿用银丝装饰的沉重法衣向着墓穴中的死者低声诵读着咒语时，抬头看了一眼，看到云朵像帆船一样飘动的奇观，这是他生平从未见过的景象，也许在葬礼上，这位波兰国家英雄的儿子产生了一个不恰当的想法：成为船长。三年后他在他的监护人面前第一次表达了这个想法，之后无论监护人怎么劝说，他都不为所动，即便舅舅塔德乌什让他和他的私人教师普尔曼在夏季去瑞士旅行了几个星期。按照塔德乌什的嘱咐，普尔曼一有机会就要让他的被监护人看到除了海员这个职业以外还有多少种不同的人生道路，但无论是面对沙夫豪森市旁的莱茵瀑布，还是在霍斯彭塔尔，无论是参观圣哥达隧道工地，还是在阿尔卑斯山富尔卡山口上，康拉德都坚持已经作出的决定不动摇。一年后的一八七四年十月十四日，未满十七岁的他告别外祖母特奥菲拉·博普洛夫斯卡和好心的舅舅塔德乌什，他们两个人站在克拉科夫火车站的火车窗外目送他离去。他口袋里有一张前往马赛的车票,值一百三十七古尔登又七十五格罗申[1]。此外他随身携带的只有能够装进他小手提箱的东西。离他将来再次回到他依然没有获得解放的祖国还有十六年的时间。

一八七五年,康拉德·科热尼奥夫斯基坐着三桅帆船"万宝龙号"首次横渡大西洋。七月底,他到达马提尼克岛,轮船在那里下锚停靠两个月。返乡之行持续了将近三个月。直到圣诞节那天,"万宝龙号"才在连遭冬季风暴重击的情况下抵达勒阿弗尔。第一次出海远洋的千辛万苦并没有动摇康拉德·科热尼奥夫斯基,他继续出海航行,前往西印度群岛,前往海地角,前往太子港,前往圣托马斯岛,以及不久后就被培雷火山爆发摧毁的圣皮埃尔。带去的是武器、蒸汽机、火药、弹药。带回的是成吨的糖和砍伐于热带雨林的木材。在马赛,科热尼奥夫斯基既和他的同事,也和优雅之士消磨他不出海的时间。在圣费雷奥尔街的布多尔咖啡馆,在银行家和船主德莱斯唐端庄的夫人开办的沙龙,他进入了一个由贵族、流浪艺人、资助者、冒险家和西班牙正统主义者奇怪地混合而成的社交圈。骑士风度的最后痉挛和肆无

---

[1] 古尔登,德国古代金、银币名。格罗申,德国旧时货币单位。

忌惮的阴谋合为一体，人们编织出错综复杂的诡计，建立了有组织的走私集团，达成了讳莫如深的交易。科热尼奥夫斯基经常被牵连其中，花销远超所得，受到了一位尽管和他年纪相仿，却已经处于寡居状态的神秘女士的诱惑。这位出入于正统主义者圈子并在其中扮演一个有声望的角色的女士，其真实身份从未能得到确切的证实，圈子里的人只知她的名字叫丽塔，且声称她曾是波旁王室的王子唐·卡洛斯的情妇，有人曾想用这样或那样的方式把这位王子推上王位。后来，各方都散播着这样的传言，说住在席尔瓦贝尔街一处别墅中的唐娜·丽塔和某位保拉·德·索莫吉是同一个人。按照这个故事

的说法，一八七七年十一月，唐·卡洛斯在前往俄土战争前线进行慰问后回到维也纳，请求某位汉诺威夫人为他引见一位名叫保拉·霍尔瓦特的年轻的合唱团成员，有人猜测，她肯定是因为美貌而被他看中了。唐·卡洛斯带着他新追求到的陪伴者从维也纳出发，先去了格拉茨他弟弟那里，然后从那里前往威尼斯、摩德纳和米兰，她在米兰是作为德·索莫吉男爵夫人出现在社交场合的。有关这两位情人身份的谣传很可能起源于这一事实，即正好在丽塔从马赛消失的那个时间点，这位男爵夫人被抛弃——据说是因为唐·卡洛斯在儿子杰米的第一次圣餐礼即将到来之际产生了良心危机——改嫁给了男高音歌手安格尔·德·特拉巴德罗，她似乎在伦敦一直幸福美满地和丈夫一起生活到她一九一七年去世。丽塔和保拉是否真的就是同一个人，这个问题我们不得不暂且先放在一边，但是，无论是加泰罗尼亚高原的牧羊女，还是在巴拉顿湖边长大的养鹅女，科热尼奥夫斯基这位青年总想得到其中一位的芳心，这是毫无疑问的。同样没有争议的是，这个在某些情节上已经近乎幻想的爱情故事在一八七七年二月末达到了它的高潮，因为科热尼奥夫斯基的胸膛被枪打穿了，要么被自己，要么被一位竞争对手。直到今天人们依然不清楚这个幸好没有致命的枪伤是决斗造成的，就像科热尼奥夫斯基日后声称的那样,还是如舅舅塔德乌什所猜测的,是因为他想自杀。显然,这位感觉自己是司汤达的年轻人想要确立明确的关系,从而采取了这样一种戏剧性行动,这一行动无论如何受到了歌剧的启发,当时歌剧在马赛以及欧洲其他城市决定了社交礼仪,特别是爱情思慕的表现方式。科热尼奥夫斯基在马赛剧院接触了罗西尼和迈尔贝尔的音乐作品,尤其对当时一直处于上升期的雅克·奥芬巴赫的轻歌剧相当着迷,且以《康拉德·科热尼奥夫斯基和卡洛斯派的阴谋在马赛》为题写过一个剧本,完全可以很好地给奥芬巴赫轻歌剧提供一个可供选择的脚本。不过事实上,科热尼奥夫斯基的法国岁月在他于一八七八年四月二十四日乘着"马维号"蒸汽船离开马赛向着君士坦丁堡方向航行的时候就画上了一个句号。俄土战争已经结束了,但是科热尼奥夫斯基日后写道,他还能够从船上看到像海市蜃楼一样的帐篷之城圣斯特凡诺掠过,和平条约便是在那里签订的。蒸汽船从君士坦丁堡出发前往位于亚速海最外缘的叶伊斯克,在那儿装载了一船亚麻油,据洛斯托夫特港务长日志上记载,"马维号"蒸汽船载着这些油在一八七八年六月十八日星期四到达了英国东海岸。

从七月到九月初去伦敦的这段时间里,科热尼奥夫斯基作为海员乘着货船"掠夺者号"在洛斯托夫特和纽卡斯尔之间往返了六趟。他在与马赛差别巨大的洛斯托夫特海港和浴场是如何挨过六月份下半月的，这一点几乎无人知晓。他会租一个房子，会为他后续的安排作必要的打探。傍晚时分，当夜色在海面升起，他也许会在广场散步，一个二十一岁的异乡人孤独地走在说着英语的男男女女中。比如，我看到他在外面的码头栈桥上站着，在那里，一支铜管乐队刚刚演奏完作为当晚夜曲的《唐豪瑟》序曲。当他走在其他听众中间穿过从水面吹拂而来的阵阵轻柔海风回家时，他感到很惊讶，因为直到那时为止对他来说都很陌生的、日后被用来创作享誉世界的小说的英语突然带着一种轻盈向他飞来，他感觉到了英语如何带着一种全新的信心和坚毅开始填充他的身心。据科热尼奥夫斯基自己说，他最初阅读的英语读物是《洛斯托夫特标准报》和《洛斯托夫特报》。在他到达的那个星期，它们向公众报道的都是下列非常具有这两份报刊特色的混杂新闻：一场发生在维根的可怕的矿山爆炸夺走两百条人命；鲁米利亚发生伊斯兰教徒起义；必须镇压南非的卡菲尔人暴动；格伦维尔勋爵详细论述女性的教育；一艘邮船驶往马赛，目的是将剑桥公爵带往马耳他，他将要在那里慰问并鼓励印度军队；惠特比的一位女佣被活生生烧死，因为她不小心把石蜡油洒在了裙子上，裙子在敞开的壁炉前着了火；"拉戈湾号"蒸汽船载着三百五十二位苏格兰移民驶离了克莱德河；一位来自锡尔斯登的迪克森夫人，因为在美国待了将近十年的儿子托马斯突然站在了她的门前，乐极生悲突发中风；年轻的西班牙女王日渐虚弱；由超过两千名苦力修建的香港防御工事很快就要完工，波斯尼亚所有的公路都受到了强盗的侵扰，其中一些人骑着马。甚至萨拉热窝周围的森林也挤满了各种各样的强盗、逃兵和非正规军狙击队员。因此，旅游业处于停滞状态。

一八九〇年二月，在到达洛斯托夫特十二年之后，在与亲人在克拉科夫火车站分别十五年之后，现在已经获得了英国国籍和船长证书、去过了世界上最遥远的地方的科热尼奥夫斯基第一次回到了他舅舅塔德乌什位于卡齐米尔洛夫斯卡的家。在很久之后所作的记录中，他描写了自己如何在柏林、华沙和卢布林短暂停留后终于到达乌克兰火车站，在那里，他舅舅的马车夫和管家正坐在一辆马车里等待他到站，马车是用四匹棕黄色的马拉套的，但很小，几乎像玩具一样。路上还要走八个小时才到达卡齐米尔洛夫斯卡。科热尼奥夫斯基写道，管家在我身边坐下之前，亲切贴心地帮我穿上一件一直拖到我脚尖的熊皮大衣，给我戴上一顶带有护耳的巨大毛皮帽子。当马车开动，由轻微、有规律的铃铛声伴随着，我开始了返回童年的冬季之旅。凭着可靠的直觉，这位大约十六岁的年轻马车夫在茫茫无尽、冰雪皑皑的原野中找到了路。我注意到,科热尼奥夫斯基继续写道,我们马车夫的方向感令人惊异,他从来不在任何地方犹豫,没有一次走错路,这位年轻的马车夫,管家说,是老马车夫约瑟夫的儿子,约瑟夫原来一直全心全意地给我已经过辈的外祖母博普洛夫斯卡驾车,后来为主人塔德乌什服务的时候忠心也丝毫未减,直到霍乱夺走了他的性命。他的妻子,管家说,也因为这种随着冰雪严寒而来的疾病去世了,一整屋的孩子,只有现在这位坐在我们前面驾御着马的聋哑的年轻人幸存了下来。人们从来没有把他送去什么学校上过学,从来没有想到他会派上什么用处,直到发现马儿不听任何一个仆人的话,却对他很顺从。当他差不多十一岁的时候,一个偶然的机会人们发现整个地区的地图,连每一个拐弯都精确地装在他脑子里,好像他一出生脑子里就有地图一样。我从来没有,科热尼奥夫斯基紧接着陪在他身边的管家告诉他的话继续写道,像当时那样从容安心地驶入在我们周围不断蔓延开来的黄昏之中。就像以前,很久之前,我看到太阳从地平线上落下。一轮巨大的红日沉入雪里,就像在海面上落下。我们极速地驶进现在正在袭来的黑暗,驶入无边无垠的、与星空搭界的白色荒野,在这片荒野上,被树木包围着的村庄就像一座座阴影之岛在漂流。

在去波兰和乌克兰之前,科热尼奥夫斯基就已经在努力谋求上刚果商贸股份有限公司的职位了。从卡齐米尔洛夫斯卡回来后,他紧接着再次前往设在布鲁塞尔的德·布雷德罗德大街的公司总部,拜访了总经理阿尔贝·蒂斯。蒂斯那果冻般的肉体被塞进了对他而言实在太小的小礼服里面,他坐在整面墙都贴着非洲地图的昏暗的办公室,还没有等科热尼奥夫斯基提出要求,就毫不犹豫地给了他船长的职位去管理在刚果河上游运输航行的蒸汽船,很有可能是因为它的船长,一位名叫弗赖斯莱本的德国人或者丹麦人,刚被土著杀害了。经过两个星期匆匆忙忙的准备,在由看起来像鬼怪骷髅的公司顾问医生对其热带适应性进行了粗略的检查之后,科热尼奥夫斯基就乘火车前往波尔多,登上了五月中旬开往博马的"维尔·德·马赛约号"轮船。在特内里费岛的时候,他就受到了不祥预感的侵袭。生活,他在寄往布鲁塞尔刚刚丧夫的美丽阿姨玛格丽特·波拉多夫斯卡的信中写道,就是一场悲剧——许多梦想、一束罕见的幸福之光、一点点的愤怒,然后是幻灭、多年的痛苦和终结[1]——无论好坏,一个人都必须在其中扮演他的那部分角色。因为这种不好的情绪,科热尼奥夫斯基在长时间

---

[1] 原文为法语。

的海上旅行期间逐渐认识到了整个殖民企业的荒诞。日复一日，海岸都不变，似乎人们站在原地不动一样。不过，科热尼奥夫斯基写道，我们还是路过了不同的码头和国外代理点，它们有着诸如大巴萨姆或者小波波的名字，这些名字似乎都来源于荒诞的玩笑话。有一次我们经过一艘战船，它停靠在一处狭长的海滨地带，这片地区荒凉得很，连一个村庄的影子都看不到。目光所及之处，只有海洋、天空和稀稀拉拉的绿色灌木植被。旗子在桅杆上软弱无力地挂着，沉重的铁制驳船在油腻的海浪中迟钝地起伏，那些间隔均匀的六英寸口径加农长炮明显在毫无目的、毫无企图地把炮弹射向陌生的非洲大陆。

波尔多、特内里费岛、达喀尔、科纳克里、塞拉利昂、科托努、利伯维尔、卢安果、巴拿纳、博马——在四个星期的海上航行之后，科热尼奥夫斯基最终到达了刚果，他童年时代最遥远的梦想目的地之一。那时刚果还只是非洲地图上的一块白斑，他经常弯着身子坐在地图旁，一连几小时，口中默念着那些彩色的名字。在世界这一部分的内部，当时几乎还没有画上任何东西，没有铁路线，没有道路，没有城市，因为绘图员喜欢在这样的空白区域中画上某只具有异域风情的动物，比如一头咆哮的狮子或者一条兽口大开的鳄鱼，所以，刚果河被画成了一条横穿这片巨大土地的弯弯曲曲的蛇，当时只知道它的源头远离海岸几千英里。当然现在地图已经被填满了。这块白斑已经成了一片黑暗的地方。事实上，在大部分还没有被书写出来的整个殖民主义历史上，几乎没有比所谓的开发刚果这一章更加黑暗的章节。一八七六年九月，出于人们能够想象得到的最有好意的目的，在把所谓的民族和个人利益放到最后的前提下，国际非洲勘探与文明协会宣布成立。来自社会各界的上层人士，如贵族阶层、宗教界、经济界和经济金融事业界的代表，参加了成立大会。国王利奥波德，这家模范企业的赞助者，解释说，相比今天达成一致的目标，人类的朋友们再也没有其他更加崇高的目的可以追求了，即：开发我们地球上直到今天还没有享受到文明福利的最后一个部分。利奥波德国王说，人们要冲破今天还把许多民族困在其中的黑暗，进行一次十字军东征，它的目的就是要把这个进步的世纪圆满地引向结尾。这一声明所表达的崇高意义在随后自然是蒸发了。一八八五年，利奥波德，现在的头衔是刚果自由邦国王，这位唯一不受任何人管束的统治者统治着非洲第二长河和一百万平方英里、足足是其祖国一百倍大的领土，他现在开始剥削它们取之不竭的财富，无需任何顾虑。剥削的工具就是贸易公司，比如上刚果商贸股份有限公司，它之后传奇般的资产收益都是建立在获得全体股东和所有在刚果工作的欧洲人认可的强迫劳动和奴隶体系基础之上的。在刚果的一些地区,土著居民因为受到超高劳动效率的压榨而大量减少,仅剩下一小部分,而且从非洲其他地区和海外拉来的苦力也一群一群地死于痢疾、疟疾、天花、脚气病、黄疸、饥饿、体虚和肺痨。一八九〇年到一九〇〇年间,据估算,每年都有五十万名没有名姓、在任何一份年报中都没有记录的受害者失去生命。在同一时间段,刚果铁路公司的股票价格从三百二十比利时法郎上涨到了二千八百五十比利时法郎。

到达博马后,科热尼奥夫斯基从"维尔·德·马赛约号"轮船换到了一艘小型内河蒸汽船上,他乘着这艘船于六月十三日到达了马塔迪。从这里开始,他必须走陆路,因为刚果河在马塔迪和斯坦利湖之间的这一段因为数量众多的瀑布和急流而无法通航。马塔迪是一处破落的、被它的居民称为石头之城的居民点,它像一个脓疮覆盖在千百年以来就被丢弃的碎石之上,这些碎石是被不间断地发出隆隆声响的巨型盆地碎石场扔在这条四百公里长、时至今日还没有被征服的河段的出口处的。在碎石堆和被生锈的波纹白铁皮覆盖着的、随意搭建在这一地区的窝棚之间,在水流喷涌而出的高耸礁石之下,以及在河岸陡峭的斜坡之上,到处都可以看见一群群在劳作的黑人和运输队伍,他们排着长队向前走,穿过这片难以通行的地带。只是在他们中间，到处都站着穿着浅色西服、头上戴着白色盔帽的监工。在这座充满了永不停歇的咆哮、让他想起角斗场的巨型采石场待了好些时日，他才偶然在这个居民点以外不远处发现一个地方，就像日后他让他的代言者在《黑暗的心》中讲述的，在那里，被疾病摧毁的人、被饥饿和劳作掏空的人躺倒死去。就像经过了一场屠杀，他们在暗淡的暮色中躺在峡谷的地上。显然人们并不能阻挡这些幽灵，如果它们悄悄离开进入丛林。它们现在自由了，同包围着它们、它们将逐渐溶解于其中的空气一样自由。渐渐地，马洛讲道，由黑暗中渗出光芒，它们来自盯着我看的一些眼睛。我弯下身去，看到我手边有一张脸。慢慢地眼皮抬了起来。过了一会儿，在空洞的目光后面远处的某个地方，一团模糊不清的闪光在挪动，立马又熄灭了。一个尚未长到青春期的人叹出了他最后一口气，而那些尚未累垮的人背着装满食物的重担、工具箱、引爆装置、各种武器装备、机器零件和拆散的船身，穿过沼泽和森林，走过被阳光烤干的高原，或者在帕拉巴拉山边以及姆波佐河边奋力修建日后将会连接马塔迪河与刚果河上游的铁路线。科热尼奥夫斯基精疲力竭地走过的这段路程，沿线日后将会形成松戈罗、图姆巴和蒂斯维尔这几个聚居点。他随身带了三十一名挑夫，还有一个超重的法国人阿鲁充当令人讨厌的向导,每当离下一个荫凉点还有几英里远时,阿鲁经常就会昏厥过去,以至于在很长的路程中必须躺在吊床里被人抬着走。这次长途跋涉持续了将近四十天,在这段时间里科热尼奥夫斯基开始领会到,让他受苦受难的辛劳并没有把他从仅仅由于他身在刚果而承载在他身上的罪责中解脱出来。虽然从利奥波德维尔开始,他还是乘的一艘蒸汽船"比利时国王号"溯流而上直到斯坦利瀑布,但他原本追求的计划,即接任商贸股份有限公司的经理一职,此时却使他感到极其嫌恶。瓦解一切的潮湿空气,随着心跳一起搏动的太阳光,河面上总是被氤氲雾气遮蔽的遥远前方,让他感觉一天天显得越来越不对劲的同伴——他知道,他肯定会返航的。他在寄给玛格丽特·波拉多夫斯卡的信中写道:在这里,男人和事物,尤其是男人,一切都令我感到厌恶。所有这些非洲店主和象牙商人都有种奸猾狡诈。我很遗憾来到这里。甚至痛苦地感到后悔。[1]回到利奥波德维尔后,科热尼奥夫斯基就病了,身体垮了,心理也受到折磨,他想死。从现在开始,他时而拾笔写作,时而陷入长长的绝望,但是从博马踏上回家旅程之前,他还要待三个月的时间。一八九一年一月中旬他到达奥斯坦德,就是在这

---

1 原文为法语。

同一个港口，短短几天后，一位名叫约瑟夫·勒维的先生登上开往博马的蒸汽船"比利时王子号"离开了。勒维，当时才七岁的弗朗茨·卡夫卡的舅舅，作为以前在巴拿马待过的人，自然知道有什么在等待着他。他在马塔迪不同的重要职位上一共将要工作十二年的时间，其中包括五次回欧洲、每次逗留几个月的疗养和休假，马塔迪的生活条件对他这样的人来说慢慢变得稍微可以承受一些。比如说一八九六年七月，时值图姆巴中继站落成仪式，除了当地的美食，受邀客人还可以品尝到欧洲的菜肴和葡萄酒。在这次值得纪念的事件结束两年后，当时已经晋升为贸易工作总负责人的勒维（图中最左边）在刚果铁路线最后一个路段的开通庆典上，获得了由利奥波德国王亲自颁发的金质皇家狮子勋章。

科热尼奥夫斯基在到达奥斯坦德之后立刻就前往布鲁塞尔看望玛格丽特·波拉多夫斯卡,现在他觉得比利时帝国首都建筑越来越浮华,就像一座在黑人躯体大祭礼之上竖立起来的墓碑,而街道上的行人仿佛一个个都身负着黑暗的刚果秘密。事实上在比利时,时至今日还能见到一种在别处很少见到的特别的丑陋性,它被打上了对刚果进行疯狂殖民掠夺的时代烙印,表现为某些沙龙的病态氛围,还表现为引人注意的民众畸形比例。不管怎样我还能清楚地记得一九六四年十二月第一次去布鲁塞尔,我在路上见到的驼背和精神病人比一整年中在其他地方见到的都要多。是啊,有一天傍晚,我在圣海内叙斯-罗德的一家酒吧里面甚至看到一位畸形的、因为痉挛性抽搐而发抖的台球手,轮到他击球的时候,他都要在一种完全安静的状态中平复好一会儿,然后才能保证不出差错地完成艰难的二球连击。我曾在坎布雷森林公园旁的酒店住了几天,酒店用笨重的热带珍贵硬木家具、各种各样的非洲战利品以及大量(有一些相当大株)的盆栽植物,如叶兰、龟背竹和一直长到四米高的天花板的橡胶树装点布置而成,以至于在白天也能有一种巧克力色的昏暗印象。我还在我面前清楚地看到雕有繁复纹饰的结实的餐具柜,柜子上的一边在一个玻璃罩下面放着一件用假树、丝绸蝴蝶和微小的蜂鸟标本制作而成的装饰品，另一边放着水果造型的圆锥形瓷器。不过对我而言，自从我第一次去布鲁塞尔以来，比利时丑陋性的缩影就是狮子纪念碑和人们所说的滑铁卢战场的历史遗迹。我已经不清楚当时为什么去了滑铁卢。但是我还记得我怎样从公共汽车站出发沿着一块光秃的农田，路过一片由像小木屋但同时高高耸立的房子组成的村落，

来到仅仅由纪念品店和便宜小餐馆组成的地方。在那个铅灰色的圣诞节前一天，当然连一个游客的痕迹都没有。连一个学生都看不到。然而，尽管这个地方似乎被人遗忘了，但还是有一小队裹着拿破仑式服装的人，敲锣打鼓地游行穿过寥寥几条小巷，走在最后的是一个邋里邋遢的、妆化得像鬼画符的随军女商贩，她拖着一辆古怪的两侧有栅栏的小车，车上载着一个小笼子，笼子里关着一只鹅。好一会儿我都在盯着这群让我感觉似乎一直在不停地巡游的人，他们一会儿消失在一栋栋屋子之间，

一会儿又从某个地方冒了出来。最后我还买了一张入场券,进入了一座高大的拱顶圆形建筑,在里面,一个人可以站在中央一个凸起的观景平台上全方位俯瞰滑铁卢战争——这是全景画创作者最喜欢的题材——仿佛身处这次大事件的虚构中心点。紧挨着木制栏杆下方的舞台布景里,在血迹斑斑的沙地上,在树桩和灌木丛之间躺着真实大小的马匹,还有被杀死的步兵、骑兵、轻装骑兵,他们的眼睛因为痛苦而扭曲或被戳瞎,还有蜡做的人脸、活动布景、皮革物件、武器、护胸铠甲以及很有可能用海藻、回丝和诸如此类的东西填充而成的色彩鲜艳的制服,它们看起来都十分逼真。在三维的、被昔日时光的冰冷灰尘覆盖的恐怖景观上方,我的目光水平地扫过这幅巨大的环状画作,它是由法国海景画家路易·杜蒙坦于一九一二年在这座像马戏场一样的圆形建筑的一百一十米乘十二米的内墙上创作出来的。如果一个人慢慢绕着圈走,他会想,这是再现历史的艺术。它是以视角的虚构为基础的。我们,这些幸存者,都是从上往下观看一切事物的,而且是同时看到一切事物,不过却并不知道当时的情形。荒野向四周延伸,在这里,五万名士兵、一万匹战马在短短数小时之内突然丧命。在战役结束的那天晚上,这里肯定充满了不绝如缕的痛苦哀吟。而现在这里除了褐色的土地别无一物。人们当时是如何处理这所有的遗体和骸骨的？它们是不是都被埋进了这座锥形纪念碑之下？我们是不是站在死尸堆上？这就是我们最终的观察点？站在这样的地方俯瞰到的历史是否真实可信？在布莱顿附近，别人曾经告诉我，离海边不远的地方有两片小树林，它们是滑铁卢战役之后种植的，目的是为了纪念这场值得纪念的胜利。其中一片形状好像拿破仑的三角帽，另一片好像威灵顿的靴子。当然从平地上是看不到这些轮廓的。人们说，这些象征图案当初是为日后热气球观测而设计的。那天下午在观看全景画的时候，我还往一个箱子里投了一些硬币，聆听了这场战役的佛兰芒语讲解。各种各样的经过我最多只听懂了一半。奥安的凹路，威灵顿公爵，普鲁士炮兵小分队的战车，荷兰骑兵的反击[1]——战斗很可能像大多数情况一样互有胜负。并没有一个明确的说法。那时没有，如今也没有。当我把眼睛闭上的时候，我才看到——我记得很清楚———一颗炮弹划过一道斜线穿过一排杨树，被扯断的绿色枝条在空中飘动。然后我还看见法布里齐奥，司汤达笔下的这位年轻英雄，脸色惨白，两眼通红，在战役中四处奔跑，一位上校从马上摔下来，立刻费力地重新站起来，对他手下的兵士们说道：我只是感觉右

---

[1] 原文为佛兰芒语。

手的旧伤疼，其他没什么。——返回布鲁塞尔前，我在一家餐厅取了一会儿暖。在房间的另一头，一位驼背的退休妇人坐在从比利时牛眼形玻璃照射进来的模糊光线中。她戴着一顶棉质女帽，穿着一件厚厚的粒结面料冬大衣，戴着无指手套。女服务员给她端来了一个盘子，里面有一大块肉。这位老妇人盯着它看了一会儿，然后从她的手提包里拿出一把带木质手柄的锋利的刀，开始切起肉来。她的生日，我现在想，可能应该是和刚果铁路建成的时间点差不多的时候。

一九○三年，时任英国驻博马领事罗杰·凯斯门特将开发刚果过程中对土著居民施加罪行的方式和程度首次公布于众。科热尼奥夫斯基曾经当着一位伦敦熟人的面说,凯斯门特可能报道的都是他——科热尼奥夫斯基——长久以来试图忘记的事情。在一份呈递给外交大臣兰斯唐勋爵的实录中,凯斯门特详细说明了对黑人毫不体谅而无节制的剥削,他们在殖民地的所有工地上都被强迫无偿劳作,只能获得最起码的食物,经常被链条锁在一起,按照固定的节奏从日出一直做到日落,最后毫无疑问因虚弱而昏厥。如果谁沿着刚果河逆流而上,谁没有被金钱的欲望蒙蔽双眼,凯斯门特写道,那么,在他眼前就会展现出整个民族垂死挣扎的场景,各种细节撕裂心灵,残酷性远超《圣经》中的受难故事。凯斯门特言之凿凿地写道,每年都有成千上万的苦工奴隶被他们的白人监工摧残致死,滥用刑罚致残、砍下手脚、用手枪处决属于在刚果为了维持纪律而被每天执行的惩罚措施。为了缓解凯斯门特的干预造成的局面,同时也是为了评估凯斯门特的颠覆活动给比利时殖民事业造成的危害,国王利奥波德邀请他前往布鲁塞尔进行一次当面谈话。他认为黑人的劳动产出,利奥波德说,是完全合法的税收替代方式,如果说有时,他不想完全否认,白人看管人员以引起人们忧虑的方式采取了干预措施,这也是因为刚果的气候在一些白人的脑袋中触发了一种痴呆症,很遗憾他们无法及时避免这种症状,这是一个令人遗憾的但几乎无法改变的事实。因为无法用这种论据改变凯斯门特的观点,所以利奥波德利用了国王在伦敦可以施加影响力的特权。结果就是,借助外交上的双重性,一方面凯斯门特的报道被称赞具有典范性,因此作者被授予了圣米迦勒及圣乔治勋章二等勋的头衔,然而另一方面却没有做什么有可能妨碍比利时获取利益的事情。若干年后,当凯斯门特——很可能出于暂时打发麻烦之人的潜在动机——被派往南美时,他在秘鲁、哥伦比亚和巴西的丛林地区揭露了在许多方面与刚果相类似的社会状况,只是这里实施操作的不是比利时的贸易公司,而是总部位于伦敦市的亚马逊公司。当时在南美洲,所有的部落也都被灭绝了,整个地区都被烧毁了。凯斯门特的报告和他为没有权力和受迫害的人的无条件付出,虽然在外交部绝对唤起了人们的某种尊敬,但同时许多起决定性作用的高官也在摇头,因为他们觉得这种热情是唐吉诃德式的不切实际,对于这位本身大有希望的外交使臣的职业晋升肯定是无益的。他们尝试控制事态,明确表示要将凯斯门特封为贵族,以表彰他为地球上被奴役的部族所作出的贡献。然而凯斯门特并不准备转到权力的身边;恰恰相反,他愈加深入地研究这种权力的本质和根源以及由它产生的帝国主义心性。这么做的后果就是他在此过程中最终发现了爱尔兰问题,也就是他自己的问题。凯斯门特是在安特里姆郡长大的,父亲信仰新教,母亲信仰天主教,从他接受的整个教育来看,他属于那类将维持英国对爱尔兰的政治统治视为毕生使命的人。在第一次世界大战爆发之前的几年时间内,爱尔兰问题开始激化,这时凯斯门特开始把爱尔兰"白种印第安人"的事情看作自己的事情。与其他感情冲动相比,他的意识受到同情的影响更深,因此他愈发强烈地感受到施加在爱尔兰人身上的几个世纪的不公。将近一半的爱尔兰人口被克伦威尔的士兵杀害,后来成千上万的男男女女被作为白种奴隶送到了西印度群岛,不久前超过一百万的爱尔兰人死于饥饿,每一代成长起来的后代中大多数人都一如既往被迫离开祖国流浪异乡,所有的这一切都在他脑子里萦回不散。凯斯门特最终的决定是在一九一四年作出的,那时自由党政府为解决爱尔兰问题而建议实施的地方自治法案失败了,原因在于不同的英国利益团体,无论是公开的,还是秘密的,支持北爱尔兰新教徒发动狂热起义。我们不会屈服于阿尔斯特对爱尔兰自治的抵抗,即便英联邦受到震动。弗雷德里克·史密斯宣布,他是新教少数派最著名的代表人物之一,这一少数派所谓的保王主义已经准备好在必要的时候用武器反抗政府的军队以保卫他们的特权。人们成立了成千上万人的阿尔斯特志愿者组织,在南方,还组建了一支由志愿者组成的军队。凯斯门特参加了征兵和军需装备工作。他把他获得的勋章又送回了伦敦。之前发放给他的退休金他也分文未用。一九一五年年初,他带着秘密使命前往柏林,想要说动帝国政府提供武器给爱尔兰解放军,还想说服在德国的爱尔兰战俘联合成一支爱尔兰小军旅。两项计划都失败了,凯斯门特被一艘德国潜艇送回了爱尔兰。筋疲力尽到奄奄一息,又被冰冷的海水冻透,他在特拉利附近的班拿海滨的海湾涉水上岸。现在他五十一岁了。他接着就会被逮捕。他能做的只是通

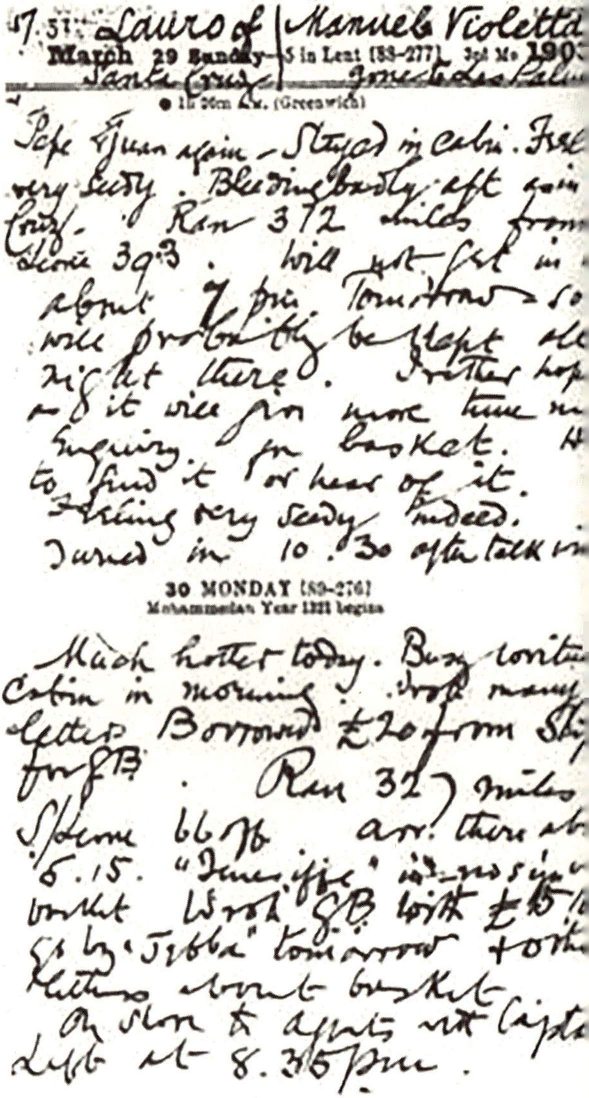
17.51 Lauro of | Manuel Violetta
March 29 Sunday — 3 in Lent [88-277] 3rd Mo 190[illegible]
Santa Cruz | Jones to Las Pal[illegible]
● 1h 26m A.M. (Greenwich)

Pepe & Juan again – Stayed in cabin. Feel very seedy. Bleeding badly aft going Cruz. Ran 372 miles from there 393. Will get in [illegible] about 7 pm tomorrow & so will probably be kept all night there. Rather hope so & it will give more time [illegible] Enquiry for basket. Hope to find it or hear of it. Feeling very seedy indeed. Turned in 10.30 after talk [illegible]

30 MONDAY [89-276]
Mohammedan Year 1321 begins

Much hotter today. Busy writing in Cabin in morning. Wrote many letters. Borrowed £20 from Ship for G.B. Ran 327 miles [illegible] here 66 [illegible]. arr. there ab[illegible] 8.15. "Tenerife" [illegible] no sign [illegible] basket. Wrote G.B. with £15 [illegible] by "Jebba" tomorrow & other [illegible] letters about basket. On shore to agents with Captain. Left at 8.35 pm.

Pepe of Guimar 48

31 TUESDAY [90-275] **March & April**
Tenerife 17

201 miles to noon. Splendid.
286 left to Cape Palmas & total from
now to Axim 840. Read Loti's
"Mon frère Yves". B'boy - on board
d "Smart Set". Very hot indeed

"Mon frère Yves" is peculiar
"John" not very well
our old soul with the
est.

1 April WEDNESDAY [91-274]

Very hot
May did 286 = 1 mile
short of Cape Palmas.
Passed along near it —
steamer there. 344 to
Axim. Passed Cavally &
in & then to sea.
Read "Les Caprices du Roi."
Stupid Expositions of a
art — King.

过一位教士发布未能获得德国帮助这则消息，设法阻止为全爱尔兰策划的、现在注定要失败的复活节起义。如果在都柏林肩负着责任的理想主义者、诗人、工会成员和教师仍然在一场持续七天的巷战中牺牲了自己，也让那些听从他们指挥的人献出了生命，这就是另一回事了。当起义被镇压的时候，凯斯门特坐在了伦敦塔的单人牢房里。他没有法律顾问。弗雷德里克·史密斯被选为控方代表，他现在已经升任为首席检察官，如此一来，审判的结果从一开始就几乎已经被确定好了。为了杜绝有影响力的人物为其发出赦免申请的可能性，他们利用了那本在搜查凯斯门特公寓时无意中发现的所谓的黑色日记本，它里面包含了被告的同性恋关系记录，这些记录的时间明确，他们从中摘选出一些片段转交给了英国国王、美国总统和教皇。直到不久前一直锁在英国国家档案局——位于伦敦西南的裘园——的凯斯门特黑色日记本，其真实性长时间以来都被视为非常可疑，因为一个重要的事实就是：此前不久，在审判所谓的爱尔兰恐怖分子时负责提供证明材料和起草起诉书的国家行政和司法机关多次作出草率的猜测和假设，而且故意伪造犯罪事实。对于爱尔兰独立运动的老兵来说，他们烈士中的一位竟然被宣判了英国的罪名，这是无论如何不可想象的。尽管如此，自从这些日记于一九九四年春被公之于众，

Roger Casement
14 april 1916

人们便不再怀疑它们是凯斯门特的亲笔。唯一能从中得出的结论就是：可能正是凯斯门特的同性恋特质，才使他能够跨越社会阶级和种族，从而认识到远离权力中心且持续存在的压迫、剥削、奴役和灭绝行为。不出人们意料，老贝利街[1]的叛国案审理进行到最后，凯斯门特被判有罪。主审大法官雷丁勋爵，本名鲁弗斯·艾萨克斯，对凯斯门特进行了最终宣判。你将被带到一个合法的监狱，他对他说，然后从那里被带去一个行刑的地方，并将在那里被执行绞刑，直到你死去。一九六五年，英国政府才允许从彭顿维尔监狱院子里扔尸体的石灰坑中把罗杰·凯斯门特的尸骨挖出来，很可能它们再也无法辨认了。

---

[1] 即中央刑事法院，因所在街道老贝利街而通常被称为"老贝利"。

六

离绍斯沃尔德和沃尔伯斯威克村之间的海岸不远的地方，一座狭长的铁桥横跨在布莱斯河上，从前满载羊毛的船通过这条河驶向大海。如今，这条大面积被泥沙淤塞的河里已经几乎没有船只航行了。最多是在下面的岸边、在许多报废的小船当中能看到一两艘帆船系泊在那里。靠着陆地那边，除了灰色的水、沼泽和一片空旷，

就什么都没了。

　　布莱斯河上的这座桥是一八七五年为了在黑尔斯沃思和绍斯沃尔德之间开行的窄轨铁路而建的，不同的地方史研究者都声称，这条铁路的火车车厢原本是为中国皇帝而定做的。具体哪一位皇帝才是人们所猜测的订货商，我在经过了较长时间的调查研究后也未找到答案，也未能了解到供货合同为什么没有完成，由于什么情况这辆原本应该连接当时还被五针松树林环抱着的北京与避暑行宫的皇家小火车最后在大东方铁路的一条支线上被投入使用。在不确切的文献资料里只有一点是一致的，那就是在漆成黑色的、主要由浴疗者和度假客乘坐的、最高时速在十六英里的火车下方，可以清楚地辨认出那只有尾巴的、被它自己吞吐的云雾环绕着的皇家徽章动物的轮廓。关于这只徽章动物，本书开始引用过的《想象的动物》里面就包含了一份东方之龙的相当完整的分类目录和描述,包括天空之龙以及大地之龙和海洋之龙。书中说,它们中有一些背上驮着神仙的宫殿,另一些据说决定了溪水河流的走向,保护着底下的宝藏。它们身裹黄色鳞片组成的护甲,鼻子下面长着胡子,冒火的眼睛上方额头前凸,耳朵又短又厚,嘴总是张开着,以猫眼石和珍珠为食。有些长达三四英里。当它们变换姿势的时候,群山都要倾颓。如果它们在空中飞过,就会引起狂风暴雨,掀翻城市里的屋子,淹没收获的庄稼。如果它们从深海出水,就会产生漩涡和台风。抚慰、平息自然力在中国历来就与围绕着龙位上的统治者的最小日常行为即被视为最大政治事件的统治仪礼非常紧密地联系在一起,这些仪礼同时也为集中于皇帝一人之身的非凡世俗权力的合法化和永久化服务。仅仅由太监和女性组成的皇室家庭的成员就超过六千名,他们日日夜夜中的每时每刻,都在安排准确精密的轨道上,围绕着隐藏在紫色城墙后面的皇宫禁苑中的唯一一个男性居民运转。在十九世纪下半叶,不仅皇权的仪式化登峰造极,其空虚程度也达到了顶点。每一种等级森严的宫廷官职继续根据完善得细致入微的规则履行职务,而帝国在日益增长的内外压力之下陷入崩溃的边缘。在五六十年代,受到天主教-儒教启发的、以救世为信仰的太平叛军以燎原之势几乎席卷了整个中国南方地区。不计其数的被困窘和贫穷击倒的民众，比如忍饥挨饿的农民、在鸦片战争后被免职的士兵、脚夫、船员、戏子和妓女，拥戴自封为天王的洪秀全，他曾在发烧而精神错乱之时看到了一个光明的、公正的未来。不久，一支日渐壮大的军队从广西出发北上，攻克了湖南、湖北和安徽三省，并于一八五三年初春来到煌煌大城南京的城门外。经过两天的围攻后南京陷落，被宣布为太平天国的天京。从那时起，受到民众对幸福的期盼的加持，反叛运动在这个巨大的国家掀起了一波又一波新攻势。超过六千个军营被叛军攻破并在短时间内占领，五个省份被持续不断的战斗破坏得一干二净，在将近十五年的时间里有超过两千万人丧生。毫无疑问，在那时的中央之国，血腥的残暴超过了人的想象力。在一八六四年盛夏，经过清政府军队七年的攻打，南京陷落。保卫者早就耗尽了他们的物资，早就放弃了在俗世构建天堂的希望，而在运动刚开始的时候，这样的天堂还在他们眼前飘荡，似乎唾手可得。他们带着因饥饿和毒品而彻底错乱失常的意识走向终结。六月一日，天王自尽身亡。他的许多追随者也步他的后尘，无论是出于对他的忠诚，还是因为害怕占领者的报复。他们用每一种想象得到的方式自尽，用刀，用剑，用火，用绳索，从城楼、从屋顶跳下去。据说很多人甚至把自己给活埋了。太平天国的自我毁灭在历史上是独一无二的。当他们的对手在七月十九日早晨闯进城门的时候，他们连一个活人都看不到，却到处都听到苍蝇发出的巨大嗡嗡声。一份送往北京的紧急公函写道，太平天国的天王脸朝下倒在街边排水沟里，他肿胀的尸体只是因为被他自己忤逆犯上地穿上的饰有龙纹的帝王黄丝绸长袍裹系着才得以保持完整。

如果在华的英国军队在调解了他们自己与清政府军队的争斗之后没有站在清廷军队一边，那么要击败太平天国运动是不大可能的。英国国家政权在中国的军事存在要追溯到一八四〇年，那年发生了鸦片战争。因为从一八三七年开始中国政府采取了禁止鸦片贸易的措施，东印度公司本来在孟加拉地区种植罂粟，然后把从罂粟籽中提取的毒品主要用船运往广东、厦门和上海，此时它感觉自己获利最大的生意受到了威胁。因此而发动的战争成为强迫两百年以来向异域蛮族闭关的中央帝国对外开放的开端。以传播基督教信仰和推广被视为文明进步基本条件的自由贸易为名，英国人展示了西方枪炮的优势，攻陷了一系列城市，然后用和平来进行敲诈勒索，其条件就是以特定方式保证英国海外代理商在沿海地区的利益，割让香港，以及非常重要的一点——偿付数额巨大得让人头晕目眩的赔款。只要这种从英国的视角看来一开始就只是临时托词的理由没有能够使他们获得内陆地区的贸易资格，那么后续军事行动的必要性从长远来看就不会从手里排除出去，尤其是看到中国人口有四亿之多，而他们可以把兰开夏的纺织厂生产出来的棉纺织品卖给他们。不过一个执行新的惩罚行动的充分借口直到一八五六年才出现，那时，中国的官员在广东的港口强行登上了一艘货船，目的是为了拘捕这支全部由中国船员组成的水手队伍中一些疑似为海盗的成员。在行动过程中，登船的长官降下了主桅杆上的联合旗，很可能是因为当时在非法航行中，英国的国家主权标志经常被升起用于伪装目的。但是因为这艘被登上搜查的船只已经在香港注册了，完全是合法地挂着英国旗帜航行的，这次本身可笑的突发事件被广东的英国利益代表当作一个契机在不久之后蓄意用来与中国官员进行交涉，到最后交涉无果，除了占领港口要塞、炮轰行政长官的办公驻地之外别无选择。巧得很的是，几乎在同一个时间点，法国报纸报道了广西省的官员下令处决了一位名叫马赖的传教士。报道中声称刽子手从已经被处死的神父胸中挖出了他的心脏，然后把它烧成菜吃了，以此把对这场难堪的审判程序的描写推向了高潮。由此在法国引发的要求抵罪和报复的巨大呼声与威斯敏斯特的战争动议非常紧密地联结在了一起，因此经过相应的准备之后，在帝国主义对抗阶段非常少见的一出展现盎格鲁-法兰西共同行动的戏剧开始了。受制于巨大后勤困难的作战行动的高潮发生在一八六〇年八月,当时,一万八千名英国和法国士兵在一支在广东招募的中国后备部队的支援下,从距离北京连一百五十英里都不到的渤海湾登陆,占领了海河入海口被盐碱沼泽、深深的壕沟、巨大的土墙和竹栅栏围起来的大沽炮台。紧接着要塞全体官兵的无条件投降之后,当联军代表努力通过谈判、根据规则结束从军事角度来看已经取得成功的战役,尽管事实上明显占据优势,他们还是越来越深地陷入了噩梦般的迷宫之中,因为中国方面受限于错综复杂的龙帝国礼节要求以及皇帝的恐惧和一筹莫展,采取了拖延的中式外交手腕。最后,谈判失败了,很可能是由于生活在根本不同的观念世界中的双方密使遇到了完全不能相互理解的情况,这种情况没有任何口译员能够克服。就英国和法国这一方面而言,他们把必须达成的和平协定看作对这个老朽的、在很多方面没有受到思想和物质文明触动的帝国进行殖民的第一阶段,而皇帝的特使则在努力向看似对中国习俗根本不熟悉的外国人指出他们必须遵守的本分,即附属国历来有向天子朝贡的义务。最后的结果无非是炮艇沿着海河逆流而上,同时从陆路上向北京挺进。虽然年轻但在健康方面十分虚弱、身患水肿之症的咸丰皇帝，于九月二十二日在一大群混乱的宫廷太监、骡子、装着包裹的手推车、步辇和轿子中间动身前往他位于长城以外的避难所——热河行宫，从而避开了即将到来的对抗。转达给敌军将领的消息说，皇帝陛下按照规定必须参加秋狝。在对后续行动犹豫不决的状态中，联军在十月初似乎偶然发现了位于北京近郊的梦幻花园——圆明园，园中装点着数不尽的宫殿、楼阁、游廊、奇丽的凉亭、寺庙和塔楼，在人工堆砌起来的山体的斜坡上，长着巨大鹿角的鹿儿们在稍缓的坡面和疏落的树林之间吃草，自然以及由人工镶嵌进自然的奇景展现出不可形容的华美，倒映在没有一丝风儿扰动的深色水面上。接下来的几天之内，在这片传奇般的花园地界上发生了可怕的破坏行为，侵略者不把军事纪律和一切理性当回事，世人只能部分地将其理解为愤恨一直拖延的决定的结果。火烧圆明园的真实原因，只能这么猜测，在于这座由真实的尘世创造出来的天堂世界瞬间打破了那种认为中国人尚未开化的观点，对于本身离家万里之遥，除了习惯于约束、贫乏和扼杀他们的向往的战士们来说，这一天堂世界展现出了一种闻所未闻的挑衅。有关十月那些天发生的事情的报道虽然几乎不可信，但是单单日后在英国军营公开拍卖赃物的事实就说明被逃跑的皇室遗留下来的可移动装饰和饰品，用玉石和金子、银子和丝绸制成的所有东西,都落入了强盗之手。随后烧毁与皇宫区域相邻、在这片广阔的花园地界上存在超过两百年的亭台楼阁、狩猎行宫和圣所的命令,据说,是由指挥官下达的,作为英国特使洛赫和帕克斯受到虐待的报复措施,然而事实上主要是为了掩盖之前已经发生的劫掠破坏行为。先头部队少尉查理·乔治·戈登写道,大多数由杉木建造的寺庙、宫殿和园林小居以不可思议的速度接连着了火,火焰发出噼啪声,跳跃着穿过绿色的灌木丛和树林蔓延了开来。不一会儿,除了一些石桥和大理石塔,一切都被毁坏了。烟羽还长时间飘荡在整个地区上空,一大片灰烬遮天蔽日,被西风刮到了北京城,不久之后,尘灰在那里落下,落到了城内居民的头上和人们住的地方,人们误以为遭到了上天的惩罚。十月末,有了圆明园的例子在前,皇帝的文武百官被迫立刻签署了一再被拖延的《天津条约》,协定的主要条款除了几乎不能兑现的新的赔款要求外,还涉及自由通商权、在内陆地区不受妨碍地开展传教活动的权力以及出于将鸦片贸易合法化目的对关税税率进行的协商。作为回报,西方强国已经准备好协助维持王朝的稳定,也就是说帮助清王朝消灭太平军,帮助打击陕西、云南和甘肃河谷地区的民众分裂运动,在援助期间,根据不同的推测,有六百万到一千万人被驱逐离开他们的居住地或者被杀害。

上文已经提到的英国皇家工兵军团上尉查理·乔治·戈登当时还未满三十岁，本身是个羞怯、充满了基督教精神，但同时又脾气暴躁、重度忧郁的人，后来在被包围的喀土穆光荣牺牲。当时他接任了士气低落的清政府军队的指挥官，在短时间内就把他们训练成战斗力非常强的部队，以至于他因为功绩得到认可，在离开的时候被授予了中央帝国的最高荣誉——御赐黄马褂。

一八六一年八月，在经过数月的优柔寡断之后，咸丰皇帝在热河避难之时走到了他毁于纵情声色的短暂生命的尽头。水肿已经从他的下腹向上扩展到了心脏，他逐渐衰败的身体的细胞在从血液循环系统渗透到所有组织间隙的盐性液体中漂浮，就像鱼儿漂浮在海中一样。带着颤动不安的意识，咸丰皇帝以枯萎无力的肢体和被有毒物质充溢的器官经历了外国势力以儆戒性的方式对帝国各省的入侵。现在他自己本身就是一个战场，中国正在这个战场上走向衰亡，直到这个月的二十二日夜幕降临到他身上，最后他也沦陷在死亡的错乱癫狂中。因为皇帝尸身在入殓之前必须进行复杂的占卜学测算，所以在十月五日之前都找不到将尸体运回北京的合适日期。超过一英里长的出殡队伍走了三个星期之久，放置在巨大的金色棺架上的棺椁危险地摇摇晃晃，由一百二十四名挑选出来的人扛着，人们在连绵的秋雨中上坡下坡，穿过黑色的山谷和沟壑，走过消失在荒凉的灰白色暴风雪中的山口。十一月一日早晨，当出殡队伍终于到达目的地，通向紫禁城城门的街道撒上了黄沙，两边竖起了用蓝色的南京云锦制成的屏风，目的是不让普通民众看到五岁的儿皇帝同治的脸，咸丰皇帝在弥留的时日里指定他为龙位继承人，现在，他在父亲的遗体后面，和从宠妃晋升上来的、现在已经享有慈禧皇太后这一显赫头衔的母亲，一起坐着铺着垫子的轿舆，被送回家。从未成年的统治者手中暂时接管支配权力的斗争在皇室返回北京之后一触即发，斗争在短时间内朝着有利于皇太后的方向发展，她充满了一种不屈的权力意志。在咸丰皇帝不在北京的时候代行职权的王爷们被指控犯下了企图推翻合法统治地位的不可饶恕的谋反罪行，被判车裂和凌迟处死。判决改为允许谋逆犯用白绫悬梁自尽，这被视为新政权的一种仁慈的宽容。在郑亲王、肃顺和怡亲王似乎未加犹豫地利用了这一授予他们的特权之后，皇太后就成了中华帝国无可争议的代理统治者，至少一直到她自己的儿子亲政的年龄，此时他打算采取措施来反对她所希望推行的且大部分已经获得实现的、意在持续扩展她权力的完善性的计划。考虑到事态的这种转变，从慈禧的立场来看这几乎等同于天意：同治亲政还没到一年就虚弱地卧病在床，无论是因为天花，还是因为像人们背后议论的在与北京花街柳巷中的戏子和男妓在一起时染上的其他病症,以至于当一八七四年秋天出现一个阴暗的征兆——水星凌日的时候,人们就已经看出年龄未满十九岁的他大限正在来临。事实上,同治皇帝在短短数周之后的一八七五年一月十二日就崩逝了。他的头被冲向南方,身穿去往彼岸的长寿衣。还没等哀悼仪式按照规定结束,许多资料中都记载着,这位已经去见列祖列宗的皇帝的妻子就用一剂超量的鸦片服毒自尽了,她当时才二十二岁,且产期将至。官方的正式通告上写着这一神秘死亡的原因是不可消除的痛苦将她击倒,但这并不能完全驱散人们的怀疑,即年轻的皇后被清除的目的是为了延长慈禧皇太后的摄政权力,现在皇太后指定她两岁的侄子光绪为皇位继承人,以此来巩固她的地位,这个花招完全违反了血缘关系,因为光绪和同治是同一个辈分的,按照不容更改的儒家礼仪,他没有权利对同治进行必需的祭拜和追封以使死者安息。在其他方面观念极其保守的皇太后在必要时再三逾越使人敬畏的传统,这是她年复一年越来越肆无忌惮地要求不受限制地使用权力的表现之一。和其他所有的权力绝对所有者一样,她也力求通过远超人们想象的开支向世人以及她自己展现她的超然地位。仅仅由照片里站在她右边的太监总管李莲英管理的她的私人开支,每年竟达六百万英

镑的总额，在当时确属高得吓人。但是，展示她权威的手段越具有夸耀性，那么对失去她小心翼翼才得来的无限权力的恐惧在她脑子里就越强烈。夜里，当她睡不着的时候，她就在御花园稀奇古怪、影影幢幢的景色中，在假山、蕨类植物、阴暗的崖柏和柏木之间走来走去。一大早，她服下珍珠粉，她是第一个服用珍珠粉的人，这是她保持长生不老的仙丹；白日里，她有时站在她寝宫的窗边望出去，一连几小时盯着安静得像一幅画一样的北海，她能在没有生命的东西上找到最大的快乐。远

处百合花田里的花匠或者冬天在蓝色冰面上滑冰的宫廷侍从，他们的渺小身影并不会有助于她想起人类的善感本性，而是更像玻璃器皿里的苍蝇，已经被死亡的专断制服了。事实上，一八七六年到一八七九年间来华的旅行者记载道，在那时持续数年的干旱中，整个国家给人留下了有如玻璃围起来的监狱一样的印象。在山西、陕西和山东的大部分地区，据说有七百万到两千万人——人们从来没有作过准确的计算——因为饥饿和虚弱而丧命。比如浸礼会传教士李提摩太写道，一个星期接着一个星期，可以越来越清楚地看到，所有人的动作都变慢了，由此可见这场灾难是怎样产生影响的。人们蹒跚地走着，或孑然一身，或结群，或三三两两地队伍拖了好长，被一阵微风吹倒的人并不少见，他们是为了永远倒在路旁不用起来。只是抬起手，合上眼皮，叹出最后一口气，有时都像过了半个世纪。而且随着时间的消逝，所有其他的社会关系也都瓦解了。父母们相互交换他们的孩子，因为不忍心眼睁睁看着自己的孩子遭受死亡的折磨。村庄和城市都被尘土覆盖的不毛之地包围了，在这些荒地上空，一再有溪流淙淙的山谷和树林环抱的湖水的幻景在晃动。在拂晓时分，当树枝上枯叶的簌簌声侵入人们不安的睡梦时，人们竟觉得——有那么一瞬间，与其说是知道，不如说是希望——天似乎开始下雨了。京城及其周边地区受到干旱的影响虽然不是最糟糕，但是当不好的消息从南方传来，每次太白星升起，皇太后就让人在蚕神庙里向蚕桑之神进行血祭，目的是为了桑蚕不缺新鲜的桑叶吃。在所有的生物中，只有这种神奇的虫子才能让她产生好感。养蚕的宫所是颐和园最漂亮的建筑群之一。每天，慈禧都带着身穿白色围裙的随身侍女在通风透气的厅堂中散步，为的是亲睹劳动的过程，夜晚来临的时候，她尤其喜欢一个人坐在架子中间，身心投入地倾听由无数条桑蚕啃咬新鲜桑叶时发出的轻轻的、均匀的、极其抚慰人的声音。这些苍白、几乎透明的生物为了吐出细致的纤维不久之后便抛弃它们的生命，她认为它们是真正忠诚于她的追随者。她觉得它们是理想的民众，勤勉、愿意赴死，能在很短的期限内任意增殖，以给它们指派的唯一任务为目的，与人完全不同，人根本不能信任，不管是帝国的普通大众，还是围在她身边构成最核心圈子的人，她预感，他们每时每刻都可能倒戈投奔第二位由她扶植的儿皇帝，他现在越发经常地表现出自己的固执，这让她忧心忡忡。光绪还被新式机器的秘密深深地吸引着，把大部分时间都花费在拆卸机械玩具和钟表上，这些都是由一位丹麦企业家在北京经营的商店售卖的。有人还承诺给他建造一列真正的铁路火车，他可以坐着它在他的国土上开行，想以此来诱导他正在觉醒的雄心壮志,权力移交到他手上的这一天不再遥远,但是她——这位皇太后——掌权越久就越不想放弃权力。我想象着,这列画着中国龙图案、日后在黑尔斯沃思和洛斯托夫特之间开行的宫廷小火车原本是为光绪皇帝订制的,后来合同退订了,因为这位年轻的皇帝在九十年代中期受到维新变法运动的影响,开始针对慈禧,越来越支持这场运动中完全违背她意图的目标。无论如何可以确定的是,光绪帝将权力收归己有的尝试最后导致他被囚禁在一处位于紫禁城前面的水榭中,被迫签署了一份将执政权力不受限制地托付给皇太后的弃权声明。在长达十年的放逐时间里,光绪帝在瀛台岛久病衰弱,各种病痛——慢性头痛和慢性背痛、肾痉挛、对光和声极度敏感、肺虚和重度抑郁——自从他被剥夺权力的那天起,就日益折磨着他,直到一九〇八年的夏末最终压倒了他。最后,一位精通西医的屈[1]医生被召来征询意见,他诊断出了所谓的布莱特氏病,却注意到了一些不符合事实的症状——脉象震颤、脸呈紫色、舌头发黄,就像自此一再猜测的,这些症状暗示着长期中毒。此外,屈医生在皇帝的住处给病人看病时还注意到地板和所有的陈设都蒙上了一层厚厚的灰尘,好像身处一座早就被

---

[1] 疑为屈桂庭。

它的住户们遗忘了的房子,这是一个标志,说明若干年前皇帝的惬意舒适就已无人管顾。一九〇八年十一月十四日黄昏时分,或者如史料记载在酉时,光绪皇帝在痛苦中宾天,年三十七岁。七十三岁的皇太后计划周详地毁坏了他的身体和精神健康,她比他活得久,奇怪的是,才多活不到一天的时间。十一月十五日早晨,她还有一点力气,主持了御前会议,仔细考虑了出现的新情况,但是在午膳的最后她不顾御医的警告,吃了两份她最爱的菜肴——重奶酪焗野生小苹果,之后突患像痢疾一样急性发作的病症,这次她没能逃脱。三点钟左右就走到了生命尽头。在寿衣穿好之后,她传达了口谕,与这个在她持续了将近半个世纪的摄政统治下来到崩溃边缘的帝国作别。她现在看到,她边回顾过往边说,历史是如何仅仅由降临到我们头上的不幸和争论构成的,就像波浪一浪接着一浪向海岸袭来,以至于我们,她说,当我们在世的时候,也没有经历过片刻真正不害怕的时候。

对时间的否定,有关第三星球的文献中这么说道,是特隆哲学流派最重要的原理。根据这条原理,未来只有在我们当下的害怕和希望中才具有实在性,过去只是回忆。根据另一种观点,世界和现在生活在世界上的一切是在几分钟之前才被创造出来的,同时带着它们既完整又虚幻的前史。第三种学术观点把我们的地球描写成上帝的大城中一条小小的死胡同,一个充满着费解图像的黑暗小房间,或者围绕着一颗更好的太阳的雾晕。第四种哲学流派的代表再度声明,所有的时间已经走完了,我们的生活只是一个不可挽回的进程的反光,光在逐渐黯淡着。事实上我们并不知道,世界有可能已经发生了多少次改变,时间——前提是如果它存在的话——还剩下多少。可以肯定的是,如果把个体生活、整体生活或者时间本身与分别居于它们之上的系统进行比较的话,夜晚就会持续得远比白天长。时间的夜晚,托马斯·布朗在他写于一六五八年的论文《居鲁士花园》中说,远远超过了白天,谁知道什么时候才是昼夜平分点?——这样的想法也会在我脑海中浮现,当我从横跨在布莱斯河上的桥那儿沿着废弃的铁路线往前走一段路,然后从高一点的地方俯瞰从沃尔伯斯威克一直向南延伸到邓尼奇的那片沼泽平原,邓尼奇只不过是一个由少数几栋房子组成的居民点。这片地区是如此空旷和荒凉,以至于一个人如果被丢弃在这里的话,几乎说不出来他是身处北海海滨,抑或是在里海岸边或者辽东湾。我朝着邓尼奇走去,在我右手边是起伏波动着的芦苇地,左边是灰色的沙滩,它看起来如此遥远,好像一个人永远也到不了那里。我感觉像是走了好几个钟头,一些石板瓦屋顶和砖瓦屋顶以及一座被森林覆盖的小山包才在一片苍白中逐渐开始显露出来。今天的邓尼奇是一座在中世纪属于欧洲最重要的港口城市的最后残迹。以前这里有超过

五十座教堂、修道院和救济院，还有船坞和防御工事、一支有八十艘船只的打渔和贸易船队，以及十来座风车磨坊。所有这一切都消亡了，散落在两三平方英里的范围内，被埋在外面海底的冲击沙和碎石之下。圣雅各、圣理纳、圣马丁、圣巴多罗买、圣米迦勒、圣帕特里克、圣玛丽、圣约翰、圣彼得、圣尼古拉、圣斐理斯的礼拜堂一座接一座向着不断在后退的礁石倒塌下去，渐渐地与从前建造过城市的土层和岩石一起越沉越深。奇怪的是，留下来的只有一个个砖砌的水井井筒，它们摆脱了其他一切曾经包围着它们的东西，许多编年史作者写道，几个世纪以来，它们就像地下锻造厂的烟囱那样

耸立在旷远的空中，直到消失的城市的这些标志最终坍塌。不过直到大约一八九〇年，还能在邓尼奇的海滩上看到所谓的埃克尔斯教堂塔楼，没人知道它在出现倾斜

但没有倒塌的情况下是怎样从它以前耸立的巍然高丘向下落到海平面高度的。这个谜至今无解，然而一项不久前进行的模型实验表明，这座神秘的埃克尔斯塔楼很有可能是建造在沙地上的，因此在它自身的重力下慢慢下沉，以至于这座砖石建筑都没有受到损坏。一九〇〇年左右，在埃克尔斯塔楼也倾塌之后，高丘之上，邓尼奇的那些教堂处于绝迹边缘，只有万圣教堂的废墟还伫立在那。一九一九年，它和埋葬在周围的教堂墓地的尸骨

一起从斜坡上滑落了下去，只有西边的那座四角塔楼还在这片幽森的地区耸立了一段时间。邓尼奇的发展高潮出现在十三世纪。那时，每天都有船只来回于伦敦、斯塔福伦、施特拉尔松、但泽、布鲁日、巴约讷和波尔多。一二三〇年五月，一支大船队从朴次茅斯扬帆出海，要把几百名骑士和它们的骏马、一群数千人的步兵以及国王的所有随从运往普瓦图，这支船队的四分之一都由邓尼奇提供。造船业以及木材、谷物、盐、鲱鱼、棉花和动物皮毛的贸易获利颇丰，以至于人们有能力采取所有可以想到的措施预防来自陆上的袭击以及不断侵蚀海岸的大海的暴力破坏。今天已经无法说当时这些防御工作在怎样的程度上保证了邓尼奇居民的信心。可以确定的只是，在一二八六年的新年前夜，一场风暴潮把下城和港口地区破坏得如此惨烈，以至于数月的时间里都没有人知道大海和陆地的界限在哪里，此时它们最终被证明是用处不大的。到处都是倒塌的墙、建筑碎料、瓦砾废

墟、损毁的梁柱、破裂的船身、被泡软的大量泥土、石子、沙砾和水。然后，在重建短短数十年之后的一三二八年一月十四日，在异常宁静的秋天和圣诞过后，又来了一场可能更加可怕的袭击。一场飓风般的东北风风暴潮再次连同这个月的高潮位一起袭来。在夜幕降临的时候，港口地区的居民携带着他们可以拿走的财物向上城逃亡。整个夜里，巨浪掀翻了一排又一排房屋。在水中漂浮的屋梁和支柱像沉重的打夯机撞向还没有倒塌的围墙、内墙。一群幸存者站在晨曦中，数量约在两三千，既有上流社会人士如菲茨理查特家族、菲茨莫里斯家族、瓦莱恩家族和德·拉·法莱瑟家族，也有普通民众，在上面的悬崖峭壁边缘迎着风暴站着，目光穿过一团团的咸水泡沫，充满惊惧地盯着下面的深渊，看到圆桶、被击碎的吊车、被扯碎的风车翼板、衣箱、桌子、盒子、羽绒被、木柴、稻草和淹死的牲畜，这些东西像在被粉碎碾磨一样，在白褐色的水中旋转。在接下来的几个世纪中一再发生这样的海洋侵害陆地的灾难，其间的宁静时期里，海岸线的侵蚀由于自然因素也在不断向前推进。渐渐地，邓尼奇的居民顺从于这种发展的不可逆性。他们放弃了没有前景的抗争，不再理会大海，只要匮乏的材料允许，就向着西边搞建设，这是一次宏大的、延续几代人的逃亡行动，因为这一行动，这座渐渐消亡的城市——反思性地,也许可以说——刻画了地球上人类生命的一种基本活动。我们的定居点中有相当多都是朝向西方,当条件允许的时候,它们又向着西部推进。东部地区等同于没有前景。特别是在殖民美洲大陆的时代,可以看到这些城市是如何向西部铺展的,而它们在东部地区却再次衰败。迄今为止,在巴西,当土地因过度开垦而被耗尽资源,有一半地区像大火熄灭一样没了生机,人们又在西部开拓出新的空间。在北美,不计其数的零散的居民点带着它们的加油站、汽车旅馆和购物中心沿着收费公路向西迁移,在这一轴线上,不可避免地会出现富裕和贫穷的两极分化。是邓尼奇的逃亡行动让我想起了这些。在遭受第一次沉重蹂躏之后,人们在城市的西郊地区开展了建设活动,然而即便是从前矗立在那的方济各会修道院今天也只剩下了一些断壁颓垣。邓尼奇带着它的塔楼和好几千居民一起溶解在了海水、沙子、碎石和稀薄的空气中。当一个人从大海上方的草地向着以前城市所在的方向眺望,他可以感觉到空旷的强劲吸引力。很可能,邓尼奇因此在维多利亚时代就成了忧郁作家的一个朝圣地。比如阿尔杰农·斯温伯恩,在七十年代,当与伦敦文学生活相关的激动情绪即将撕破他从非常小的时候就被绷紧的神经时,他就和他的监护人西奥多·沃茨·邓顿多次来过这里。早年间就获得传奇般名誉的他，一再因为在拉斐尔前派艺术家沙龙里梦幻的艺术谈话，以及在创作他充满美妙诗意、文风浮华的悲剧和诗歌时的劳心费神，而陷入这种激情爆发状态，以至于失去了对情绪和肢体的控制。在这种好似癫痫一样的病症发作之后，他经常卧病长达几个星期之久，很快就变得不适合一般社会，基本上只可以和个别熟人打交道。一开始他是在家族的农庄里度过恢复期的，后来就常常和那位可靠的沃茨·邓顿在海滨疗养。穿过被风吹弯的芦苇地从绍斯沃尔德远足到邓尼奇，眺望海滨沙滩，这些对他来说有一种镇静剂一样的效果。《在北海边》这首长诗是他对生命逐渐自我消溶的赞许。像灰烬一样，低矮的悬崖崩塌，堤岸坍塌为尘土。我想起来在一份有关斯温伯恩的研究报告中看到他如何在一个夏夜，当他和沃茨·邓顿去探寻万圣教堂时，觉得自己在远处的海面上看到了一团泛着绿色的光。据称，他说这团光亮让他想起了忽必烈汗在日后的北京这片地方所建造的宫殿，而在同一个时期，邓尼奇是当时英吉利王国最大的城镇之一。如果我没有弄错的话，这份令人质疑的研究报告谈到了斯温伯恩在那个傍晚是怎样向沃茨·邓顿细致地描述这座具有传奇色彩的宫殿：一面超过四英里长的雪白色的墙，一座座装满了各种辔具、马鞍和军事装备的城堡武器库，一座座库房和珍宝库，一间间站满了许多排骏马的马厩，一座座可以容纳六千多名宾客的宴会大厅，一间间起居室，一座带有独角兽兽苑的动物园，以及一座可汗命人在北边堆起来的三百英尺高的瞭望山。完全由绿色天青石覆盖的锥形山体的陡坡，据说斯温伯恩这样描述道，在一年之内种上了最最奢华和稀奇的成年常绿树，它们被从原来生长的地方连同根部和土壤一起挖出来，由特意受驯从事运输的大象走了很长的路途运到这里。据说斯温伯恩那天傍晚在邓尼奇声称，从前没有、将来也不会有比这座由人工堆砌起来的山体更美丽的山，即便在寒冬时节它都是绿色的，山顶坐落着一座同样是绿色的供人休息的宫殿。——阿尔杰农·查尔斯·斯温伯恩，他的寿数与慈禧皇太后差不多相同，只是生卒年份不一样。他出生于一八三七年四月五日，是海军上将查尔斯·亨利·斯温伯恩和妻子、第三任阿什伯纳姆伯爵的女儿简·亨丽埃塔的六个孩子中最为年长的一位。这两个家庭都是从遥远的时代流传至今的，那个时代，忽必烈建造了他的宫殿，邓尼奇与当时所有可以通过海路通达的国家保持着贸易交往。就人们所能回想起来的历史而言，斯温伯恩家族和阿什伯纳姆家族祖上曾是国王的护卫、著名的武士和军人、拥有大片田产的地主、探险旅行者。阿尔杰农·斯温伯恩的叔祖父罗伯特·斯温伯恩将军很奇怪地，人们不得不猜测，因为明显的教皇极权主义倾向成了奥匈帝国皇帝的仆从,并晋升为神圣罗马帝国的男爵。他在米兰执政官任上离世,他儿子直到一九〇七年因高龄去世之前一直担任弗朗茨·约瑟夫皇帝的宫廷总管。有可能,这一政治天主教的极端形式在这个家族的旁支中就是一个先期的颓废征兆。撇开此方面不谈,一个处事能力极强的家族为什么会出现一个持续在精神崩溃的危险中漂浮的人,依然是个悖论,详细研究斯温伯恩的出身和遗传的传记作者也长期为这个问题伤脑筋,直到最终他们取得一致意见,将《卡吕冬的阿塔兰特》的作者视为一个超越所有自然可能性,仿佛产生于虚无的次生现象。事实上,斯温伯恩单单因为他的外形便必然地显得很特殊。他娇小的体格在成长的每个阶段远远落后于标准尺寸,身材简直纤细得吓人,然而这名男孩在他从颈部陡然下塌的柔弱肩膀上,却担负着一颗超过一般大小的巨型脑袋。一头向侧面突出的火红色头发和闪烁着水绿色光芒的眼睛使得这颗脑袋确实不同寻常、很有特点,就像斯温伯恩的一位同龄人写的,伊顿公学里的奇物。在他上学的那天——一八四九年夏天,斯温伯恩刚好十二岁——他的礼帽在伊顿的所有礼帽中是最大的一顶。有一位名叫林多·迈尔斯的先生在日后的一八六八年秋天,和斯温伯恩一起从勒阿弗尔出发横渡英吉利海峡,他描写了斯温伯恩的

礼帽被一阵风从头上扯下来在甲板上空刮走之后,他们在到达南安普顿时是怎样才在第三家礼帽商店好不容易找到一顶合适的帽子。即便如此,迈尔斯补充道,还必须把皮带和里衬扯下。斯温伯恩却不顾自己身材方面的比例失调,从很早的时候,特别是从他在报纸上看到有关巴拉克拉瓦攻势的描写之后,就不断梦想加入骑士军团,从而可以作为一名风度翩翩的剑客在一场类似的无意义的战役中辞世。当他还在牛津上大学期间,这一幻想主宰了他对自己未来的所有想法,只是作为英雄阵亡的希望最终因为他发育不良的身材破灭时,他才毫无顾忌地投身文学领域,因此也陷入了一种也许程度并不更

加缓和的、激进的自我毁灭状态。如果斯温伯恩没有逐渐把自己托付给他的生活伙伴沃茨·邓顿进行照料的话，他很可能经受不住他接下来变得越来越严重的神经危机。沃茨·邓顿不久之后负责了所有的书信往来，照管了不断使斯温伯恩陷入极度恐慌中的一切小事，因此拯救了这位诗人，使他苍白无力的生存状态还持续了将近三十年。一八七九年，斯温伯恩在一次精神病发作之后，虽生犹死一般，被一辆所谓的四轮车送到了伦敦西南的帕特尼山。此后，这两位单身汉便住在那里的一栋地址是松树林二号的简朴的郊区别墅里，有意避免哪怕是极小的情绪激动。日常生活总是遵照沃茨·邓顿准确安排好

的计划进行。据传,沃茨·邓顿曾带着某种对他设计的这一行之有效的体系的自豪说,斯温伯恩总是在早晨散步,下午写作,晚上阅读。还有,更重要的是,他吃饭的时候像一条毛虫,睡觉的时候像一只睡鼠。他们有时会在中午邀请某个想亲眼看一下这名在郊区放逐的传奇诗人的人来做客。然后他们三人一起坐在阴暗饭厅的桌边。耳朵不大灵的沃茨·邓顿在大声地谈话,而斯温伯恩就像一个有教养的小孩子那样把头埋在盘子上,安静地吃着一份巨大的牛肉。在世纪之交去过帕特尼的客人中有一位这样写道,他觉得这两位年迈的先生就像是莱顿瓶[1]里两只奇特的昆虫。看着斯温伯恩的时候,他继续说,他会一再不由自主地想到烟灰色的蚕——家蚕,不管是因为他一块一块地吃光端给他的菜的方式,还是因为他从午餐结束后袭来的半瞌睡状态中突然受到电能刺激而重新醒来,颤抖着双手像一只受到惊吓的蝴蝶在他的书房里走来走去,借助画架和梯子爬上爬下,目的是为了从架子上取下这件或者那件珍宝。他在这期间陷入其中的激动情绪表现在对他最喜爱的诗人马洛、兰德和雨果的狂想式评论,也经常表现于对他在怀特岛和诺森

---

[1] 最原始的电容器,1746年由荷兰物理学家穆森布罗克发明,以其所在的莱顿大学命名。

伯兰度过的童年的回忆之中。在这样一种场合下,据说他会在一种完全出神的状态中回忆起,比如他小时候坐在他上了年纪的阿什伯纳姆阿姨的脚下,阿姨怎样对他讲述她还是小姑娘时在母亲的陪伴下参加过的第一场隆重的舞会。舞会结束之后,她们朝着家的方向在被雪光照亮的、寒冷刺骨的冬夜里走了许多英里,直到马车突然在离一群黑暗的人影不远的地方停住,他们,当时看起来,正在一个岔路口埋葬一个自杀身亡的人。在写下这个已经过去一个半世纪的回忆时,这位自己也已经过世很久的客人写道,他就会看到一幅恐怖的霍加斯[1]式夜景,就像斯温伯恩那时描绘的那样,再次清清楚楚浮现在眼前,同时也会看到这位长着大脑袋、火红色头发在头上堆成山的小男孩,看到他如何急切地绞着双手恳求道:继续讲啊,阿什伯纳姆阿姨,请继续讲下去吧。

---

[1] 威廉·霍加斯(1697—1764),英国画家。作品经常讽刺和嘲笑当时的政治和风俗,这种风格后来被称为"霍加斯风格"。

七

当我午休之后在海滩边登上孤零零地高于海面之上的邓尼奇荒原时,天已经变得不同寻常地昏暗和闷热了。这片令人哀伤的地区的形成史,不仅与土壤特性和海洋气候的影响紧密相关,而且在重要得多的程度上,和茂密森林的退化和毁坏关系密切,这一过程在许多个世纪甚至数千年中不断发展,在最后一个冰期扩展到了不列颠群岛的全部区域。过去在诺福克和萨福克主要生长的是橡树和榆树,它们越过平原,像波浪一样连绵起伏地越过平缓的丘陵地区和溪谷,一直延伸到海岸边。退化是伴随着第一批定居者的出现开始的,他们在他们想要安家的少雨的东部海岸地带放火焚烧森林。有如从前森林以不规则的图案在这块土地上扎根并渐渐生长一样,现在,烧成灰烬的原野不断扩展,以类似的没有规律的方式不断侵噬着枝繁叶茂的绿色世界。如果一个人今天乘着飞机飞过亚马逊地区或婆罗洲上空,看到一片片巨大的烟峦在从天上看像一片柔和的苔藓地一样的雨林树冠上方似乎一动不动，那么他就很容易能够想象这样的有时持续数月之久的大火可能产生的影响。远古时期在欧洲受到保护的森林日后被人们砍伐用来建造房屋和轮船以及获取熔铁所需的大量木炭。整个岛国在十七世纪时就已经只剩下一些任其毁灭的原始森林的小片残留了。大火如今在大洋的另一边被人们点燃。巴西这个难以测量的国家，其名字源于法语中的"炭木"这个词，并不是没有理由的。高大植物种类的碳化，所有可燃烧物质不断燃烧，是我们在地球上散布开来的推动力。从第一盏风灯到十八世纪的街灯，从街灯的光到比利时高速公路上弧光灯的苍白光芒，所有的一切都是燃烧活动，燃烧是每一样被我们制造出来的东西的最核心原理。一个鱼钩、一只瓷杯、一套电视节目的制作，最终都是以同样的燃烧过程为基础的。由我们设计出来的机器同我们的身体以及我们的渴望一样，有着一颗慢慢燃烧殆尽的心。整个人类文明一开始只不过是一团一点点变得越来越强烈的火焰，没人知道它会上升到多少度，没人知道它什么时候会逐渐消失。眼下我们的城市正在发出光芒，火光还在不断蔓延。在意大利、法国和西班牙，在匈牙利、波兰和立陶宛，在加拿大和加利福尼亚，森林在夏天起火燃烧，更何况热带地区无法估量、从来不会熄灭的大火。在希腊，一个岛上在一九〇〇年前后还覆盖着森林，前些年我却在那儿看到干枯的植被被一场大火以何种速度席卷而过。那时候我正在我所停留的港口城市的市郊，站在街边一群激动的人中间，我们身后是黑暗的夜晚，我们眼前，远在下面的一个山谷的地面上，是奔跑着、跳跃着的大火，火苗已经被风卷上了陡峭的斜坡。我永远也不会忘记，黯然站在反光中的刺柏树怎样一棵接着一棵，在前面的火舌几乎还没有碰到它们时，就发出爆炸一般的沉闷声音，然后熊熊燃烧起来，火焰冲天，仿佛它们是火棉做的，我也不会忘记它们怎样立马在悄然无声的火花迸发中倒塌。

我从邓尼奇出发，首先路过了方济各会修道院的废墟，沿着一片片田地，穿过一片凌乱的小树林，它明显是在不久前才被砍伐的，树林里残缺的松树、桦树和金雀花灌木丛茂密杂乱地生长，因此我只能非常费力地往前走。到了我已经差不多想要回去的时候，突然在我眼前出现了一片原野。它向着西边延伸，从淡紫色一直变为深紫色，一条白色的车道微微弯曲地从原野上面穿过。我一直走在浅色的沙路上，迷失在我脑海里不断旋转的思绪中，迷醉在绚烂盛放的花海里，直到惊奇地——不说惊恐地发现，再次站在同一片野草丛生的小树林前面，而大约一个小时前，或者我现在感觉好像在过去某一个遥远的时间点,我刚从里面走出来过。在这片连一棵树都没有的原野上,唯一的定位点是一栋很奇怪的别墅,它有一座四周装了玻璃的瞭望塔,很奇怪的是这栋别墅让我想起了奥斯坦德,我现在才明白过来,它在我漫不经心地走路的时候一再出现在一种完全出乎意料的角度下,一会儿在近处,一会儿又离得远了,一会儿在左边,一会儿在右边,而且瞭望塔甚至在极短的时间内,就像下国际象棋时王车易位那样从房子的一边移到了另一边,仿佛我眼前看到的不是真正的别墅而是它的镜像。此外,我的迷惘也在升级,因为我在继续走的过程中越来越生气地发现,岔路口和十字路口的指路牌无一例外都没有字在上面,总是没有地点和距离说明,只有一个不会说话的箭头指向这个或那个方向。如果有人听从他的直觉,那么他走的路迟早会不可避免地被证实越来越偏离目的地。因为木质化了的石楠树丛几乎有齐膝那么高,所以一直向前走穿过田野的选项就被排除了,我别无选择,只能继续沿着弯曲的沙路往前走,尽可能准确地记住每一个极为细小的特征、视角每一次微不足道的移动。我屡次在这片也许只有从山居别墅的玻璃舱里才能完全鸟瞰的土地上往回走了很长的路,最后我因为所有这一切而陷入了一种越来越恐慌的状态。铅灰色的天空深深下垂,原野上病态的紫色使人眼花缭乱,无声的寂静好比贝壳里的大海那样在耳朵中嗡嗡作响，成群的苍蝇不停地围着我飞，所有这一切都让我觉得不安、害怕。我不知道我在这种状态下迷失了多久，说不出来最后我是以怎样的方式找到出路的。我只记得我突然出来了，站在乡村公路边一棵巨大的橡树下，周围的地平线在旋转，好像我刚从一个旋转木马上跳下来一样。在遭遇这次至今让我百思不得其解的经历数月之后，我再次在梦中去到邓尼奇的那片原野，走过那些无尽蜿蜒的路，再一次没能从这个在我看来是特意为我量身定制的迷宫中走出来。我精疲力竭，已经准备好随便在哪里躺下，在黄昏到来的时候，我来到了一块稍微高一些的地方，这里和萨默莱顿的紫杉迷宫中央一样，建了一座中式小亭子。当我从这个视点往下俯瞰的时候，我也看到

了这座迷宫本身，看到浅色的沙质地面，看到树篱比人还高，几乎已经像夜那般黑，呈现出精心布置的清晰线条，看到一个图案，它和我走过的歧路相比算是简单了，我在梦里非常确定它在我脑海中展现出了一个横截面。在迷宫的另一边，阴影在原野的烟雾上方移动，然后星星接二连三地从深邃的空间里现身。夜晚，这令人惊异的、对于所有人类而言的陌生者，在山顶上方哀伤而闪亮地流逝。[1] 仿佛我身处地球最高处的点，在那里，冬季的天空始终停滞不动，闪耀着光芒；仿佛原野在严寒中冻僵了，仿佛透明的冰制蝰蛇、蝮蛇和蜥蜴在沙坑里打着瞌睡。我从亭子的休憩长椅四处张望，目光越过原野看向黑夜。我看到整个地区从海岸向下往南断裂了，淹没在了波浪中。山居别墅已经在悬崖上方晃动了，而在瞭望塔的玻璃舱里，一位身材胖胖、穿着一身船长制服的人依然动作匆忙地在探照设备旁边忙忙碌碌，它那强烈聚集的、在黑暗中探寻着的光柱让我想起了战争。尽管我在原野之梦中因为惊讶而一动不动地坐在中式小亭里面，但同时我也站在外面，一只脚在边缘的最外侧，我很清楚向下看得如此之深有多么糟糕。在半空中盘旋的穴鸟和乌鸦看起来还没有甲壳虫大；海滩上的渔夫看起来像

---

1 似化用自荷尔德林长诗《面包和酒》第一诗节中的诗句。

老鼠一样，拍岸的浪花发出沉闷的声音，碾碎无数的砾石，却并不会向我扑上来。但就在礁石下面，在一堆黑土上散落着一栋爆炸了的房子的废墟。在断壁残垣、裂开的衣箱、楼梯扶手、翻倒的浴缸和弯曲变形的暖气管之间夹着住户四肢异常扭曲的身体，他们之前刚好还在床上睡觉，或坐在电视机前，或正在用吃鱼的专用餐刀切着比目鱼。离这个毁灭场景不远的地方，一个孤单的男性人物白发杂乱，正跪在他死去的女儿旁边，两个人都很渺小，就像在一个数英里以外的舞台上。听不到最后的叹息，听不到最后的话，连毫无希望的最后的请求都没有：*借一面镜子给我；要是她的气息还能够在镜面上呵起一层薄雾，那么她还没有死。*[1] 没有，什么都没有。一切都是安静的、无声的。然后轻轻地，以刚好能察觉到的程度，响起了葬礼进行曲的声音。夜晚结束了，黎明来临了。在苍白的外海的一座岛上，装配镁诺克斯型反应堆的塞兹韦尔核电站像一座陵墓映现出轮廓，那里是人们猜测多格滩所在的地方，是鲱鱼曾经产卵的地方，从前，很久之前，还是莱茵河三角洲形成的地方，是绿色的河谷草地在冲积沙里生长的地方。

在我神奇般地摆脱原野迷宫大约两小时后，我终于

1　引自《李尔王》第五幕第三场。

到达了米德尔顿村,我想拜访从将近二十年前开始就一直住在那里的作家米夏埃尔·汉布格尔[1]。那时将近四点钟了。村道上和花园里都看不到人,一栋栋房子给人留下了拒人千里之外的印象,我手里拿着礼帽,肩上背着背包,如此不合时宜,以至于我感觉就像来自从前某个时代的漫游的工匠,如果此时此刻一群街头小青年从我身后跳出来,或者米德尔顿的一位房主跨过他的门槛,冲我喊一句"你快走吧!",我丝毫不会感到惊讶。终究每一位徒步旅行者都会立刻招来本地居民的嫌疑,即便是在今天,是啊,就是在今天,而且特别是如果他不符合业余徒步旅行者的惯常形象。很可能正因为如此,这家乡村商店里的小姑娘才会用她的蓝眼睛如此惊愕地看着我。这家小小的杂货店门铃早就不响了,每个角落都堆满了食品罐头和其他不易腐坏的商品,我在店里站了好一会儿,然后她才从随着电视机光线闪烁的侧屋里走出来,就那么嘴巴半张地盯着我,像盯着一个外星来的生物。在心绪稍微平复之后,她用一种不满意的目光打量着我,目光最后在我沾满灰尘的鞋子上停住了,当我问候她下午好的时候,她又全然迷茫地盯着我的脸。我

---

[1] 米夏埃尔·汉布格尔(1924—2007),生于柏林的犹太人家庭,1933年移民英国,以英译荷尔德林、策兰的作品著称。

一再注意到,乡下的人们在看到外国人的时候就会浑身上下感到惊恐,即便这位外国人对他们的语言掌握得很棒,他们通常也很难明白或者根本不理解他的话。米德尔顿村杂货店的这位姑娘也是这样,她用不理解的摇头来回应我要买一瓶矿泉水的请求。她最后卖给我的是一罐冰冷的樱桃可乐,在我离米夏埃尔家还有最后几百米的时候,我靠着教堂的墙把它当作一杯毒堇汁[1]一样一口气喝完了。

一九三三年十一月,米夏埃尔和兄弟姐妹们、母亲以及外祖父母一起来到英格兰,那时他九岁半。他父亲在几个月前就已经离开柏林,裹着一条羊毛毯坐在爱丁堡一座实际上无法供暖的石屋里,直到深夜还在翻阅字典和教科书,因为尽管他从前是夏里特医院儿科学教授,但现在如果他还想继续从事医生职业,他就要用他不熟悉的英语、在五十多岁的年纪再参加一次行医许可考试。米夏埃尔在后来的自传里写道,没有父亲陪伴的一家人前往陌生之地,外祖父的两只虎皮鹦鹉一路上经受住了运输的颠簸,却要在多佛的海关检查大厅被没收,他们说不出话而只能眼睁睁看着,他们的担心和害怕就这样

---

[1] 毒堇为欧洲一种常见的有毒香草,相传苏格拉底被处决时便是喝的毒堇汁。

到达了顶点。损失了这两只温顺的鸟儿，只能软弱无能地站在一边看着它们如何永远消失在一面屏风之后，米夏埃尔写道，这比一切其他事物使我们更加清晰地看到在当时的情况下迁居另外一个国家是何等叫人害怕。两只鹦鹉消失在多佛海关大厅，是在接下来的数十年里一步一步获得新的身份背后，柏林的童年消失的开始。我的祖国在我身上保留得何其之少，这位编年史作者在审视他身上几乎没有保留下来的回忆时这样断言，它们几乎不够用来悼念一位下落不明的小男孩。普鲁士狮子的鬃毛，照顾小孩子的普鲁士小保姆，肩上有地球仪的女像柱，从利岑堡大街传上来的神秘的交通噪音和汽车喇叭声，在黑暗角落（小孩子们被罚去面壁思过的地方）的裱糊纸后集中供暖管道的嘶嘶声，洗衣店里恶心的肥皂水味道，夏洛滕堡绿地里的弹珠游戏，麦芽咖啡，甜菜糖浆，鱼肝油，以及装在安托妮娜祖母银盒子里不允许吃的覆盆子糖果——这难道不仅仅是消散在空空如也的空气中的幻象和错觉吗？祖父别克轿车里的皮座椅，格吕内瓦尔德的哈森施普龙公共车站，波罗的海海滨，鲱鱼村，周围空无一物的沙丘，阳光及其如何降落……每当一个人因为内心世界里出现的偏移在脑子里浮现出这样一块碎片，就认为他能够回忆起过去的事。但事实上当然回忆不起来。太多的建筑倒塌了，太多的废墟堆在那里，堆积物多得清理不完。今天我再回过头去看柏林，米夏埃尔写道，我看到的只是一片黑蓝色的背景和背景上面一块灰色的斑点，一幅石笔图画，不清楚的数字和哥特体字母，一个锋利的S，一个Z，一个像鸟儿一样的V，被海绵擦抹掉、擦去。这个模糊不清的地方或许也是废墟场景的一种残像，一九四七年我曾经到过那里，那是我第一次回到我的家乡，为了寻找我失落了的时代的痕迹。当时，我在一种接近梦游的状态中走了几天，穿过夏洛滕堡没有尽头的街道，路过空空的房屋立面、防火墙和废墟，直到意外地重新来到利岑堡大街那栋——不可思议地，在我看来——免遭毁灭的出租公寓前，我们曾经在里面居住过。我还能感觉到在走进门厅时向我迎面拂来的冰冷气息，还记得铸铁的楼梯扶手、墙上的石膏花环、从前一直放着童车的地方以及铁皮信箱上大多数都没有变过的名字，它们让我感觉像是字谜画的元素，仿佛我必须正确地猜中它们，才能使这些闻所未闻的、自从我们移民国外以来发生的大事犹如不曾发生过。似乎现在只取决于我，似乎稍微动动脑筋就可以让历史倒退，似乎只要我愿意，拒绝和我们去英国的安托妮娜祖母就能像从前一样活在康德大街，似乎她没有走，就像在所谓的战争爆发后不久寄给我们的红十字明信片上写的那样，而是一如既往操心着她的金鱼的安好无恙，她天天在厨房的水龙头下面冲洗它们，天气好的时候还把它们在外窗台上放一会儿，让它们透透新鲜空气。也许只需要一瞬间的高度专注，将隐藏在谜语中的关键词一个音节一个音节地组合起来，然后所有的一切就会一如往昔。但我既没有获得这个关键词，也没有鼓足勇气爬上楼去敲我们公寓的房门。我怀着一种胃里不舒服的感觉离开了这座房子，漫无目的、毫无思绪地一直往前走，一直走过了西十字站或者哈勒门或者动物园，我也不知道是哪里；我只知道最后我来到了一片空旷地带，从废墟中抢救出来的砖块整整齐齐地码放在那里，总是十乘以十乘以十，每一立方体有一千块，其实是九百九十九块，因为第一千块砖垂直地放在每一堆的最上面，作为一种赎罪的形式，或者为了计数更加容易。如今回想这片堆置场时，我看不到任何一个人，只看到砖块，数以百万计的砖块，一种在某种意义上圆满构建出来的砖的秩序，直到视野可及之处，在那上方是柏林十一月的天空，雪花马上就会旋转着飘落下来——一幅死寂的秋冬之交的图景，对于这样的图景，有时我会想，它的源头难道不是一种幻觉吗？特别是当我以为从超越任何想象力的空旷中听出了《自由射手》[1]序曲的最后节律，以及之后一

---

[1] 又译《魔弹射手》，为德国早期浪漫派作曲家韦伯（1786—1826）所作。

天又一天、一周又一周连续不断地以为听到了留声机探针的刮擦声。我的幻觉和梦境，米夏埃尔在别的地方写道，经常在一种环境中上演，这种环境的特征一部分指向国际大都市柏林，一部分指向乡野地区萨福克。比如我站在我们房子楼上的一扇窗户边，目光却没有注意到外面熟悉的湿地草场和不断被风吹动的柳树，而是从一座数百米高的山丘上看下去，看到成群的市郊小果菜园，它们像一整个国家那样大，一条笔直的马路从中间穿过，黑色的出租车在马路上向城外的万湖方向呼啸而去。或者我在黄昏时分从一次长途旅行中回来。我肩上背着背包，走在回家的最后一段路上，家门前不可思议地停着各种各样的汽车，一辆辆高大的大轿车，一辆辆侧面安装了巨大手刹和球形喇叭的机动轮椅，一辆不吉利的象牙白色救护车，里面坐着两名女护士。在她们的注视下，我迟疑地跨过门槛，此时我已不知身在何处。房间里光线模糊，墙上光秃秃的，家具都不见了。银器放在木地板上，有为许多人吃利维坦而准备的非常重的餐刀、调羹、叉子以及一套吃鱼专用刀叉。两个穿着灰色大衣的男子正在取下一幅织花壁毯。木绒从瓷器箱中冒出来。在我的梦中也许过了一个钟头或者更多的时间后，我才明白我不是在米德尔顿的家里，而是身在我外祖父母位于布莱布特罗伊大街宽敞的公寓中，在我小时候去做客时,它那像博物馆一样的空间感给我留下了不逊于无忧宫成排房间的印象。而现在,所有人都集合在这里:柏林的亲戚,德国和英国的朋友,我的岳父母,我的孩子们,在世的和去世的人们。我从他们中间穿过,没有被认出来,从一个客厅走到另一个客厅,穿过画廊、大厅和挤满客人的过道,直到在一条略微倾斜的走廊的另一头,我来到了没有暖气的起居室,从前在我们爱丁堡的家里,它被称为"寒冷的荣耀"。我父亲坐在一张非常非常矮的小板凳上练习大提琴,而我祖母盛装华服地躺在一张高高的桌子上。她那双漆皮鞋的闪亮鞋尖冲着天花板,一块灰色的丝巾盖住了她的脸,她几天以来都不说一句话,就像她的忧郁定期反复出现时那样。我从窗户望出去,看到了远处的西里西亚地区。一个金色的圆顶从一处被长满蓝色森林的山包围着的山谷中向上闪着微光。这是梅斯沃维采,波兰的某个地方。我听见我的父亲说,当我转过身来,我看到被他的话带出来的白色雾气还在冰冷的空气中没有消散。

当我到达米夏埃尔位于米德尔顿边缘地区湿地草原上的家时,下午快要过去了。我很感激,能够在宁静的花园里从荒原上错综复杂的路中平息过来,我现在不自觉地感觉这些路,当我描述它们的时候,表现出一种纯粹的虚构的特性。米夏埃尔端出了一壶茶,热气时不时从壶里冒出来，就像一台玩具蒸汽机一样。此外就没有什么东西在动了，甚至连花园另一边低草地上的柳树的灰色叶子都一动不动。我们闲聊着八月这个空闲的、无声的月份。一连几个星期，米夏埃尔说，连一只鸟都看不到。仿佛所有的东西不知怎么的都被掏空了一样。所有的一切都快倒下去了，只有杂草在不停地生长，田旋花在扼杀灌木丛，荨麻黄色的根在泥土下面不断匍匐前行，牛蒡长到高出人一个头，褐腐病和壁虱在蔓延，甚至连人辛辛苦苦码了词语和句子的纸都摸起来让人觉得沾满了蚜虫蜜。一天又一天，一周又一周，一个人徒劳地绞尽脑汁，当被问起的时候，他不知道写作到底是出于习惯还是因为想出风头，或者因为没有学过其他什么技能，或者因为对生活感到惊奇，因为爱说实话，因为绝望或者愤怒，同样他也几乎说不出来自己通过写作是变得更加聪明了还是更加疯狂了。或许我们中间的每一个人都恰好在继续构建自己作品的尺度上失去了对全局的整体观，因而我们倾向于把我们思想体系的复杂同知识的进步相混淆，而我们同时已经预感到永远不能够把握事实上决定我们人生道路的不可衡量性。一个人因为生日比荷尔德林晚两天，所以他的阴影就会陪伴这个人一生吗？他是否会因此一再试图像抛弃一件旧大衣一样抛弃理性，将书信和诗歌非常谦卑地署名为斯卡达内利¹，用比如阁下和陛下之类的称呼来和前来做客的不讨喜的客人保持距离？一个人会因为被驱逐出故乡，就在十五岁或者十六岁的时候开始翻译哀歌吗？有没有可能，一个人在萨福克的一处房子定居下来，只是因为在他花园里的一个铁质水泵上写着一七七〇这个数字，即荷尔德林的出生年份？因为当我听说附近有一个岛屿是帕特默斯时，我非常希望住在那里，以接近黑暗的洞穴。²难道荷尔德林不是把颂歌《帕特默斯》献给冯·霍姆堡伯爵，而霍姆堡不是母亲婚前的姓氏吗？选择性的亲和³与契合隔了多久时间？一个人如何在另一个人身上看到自己，以及如果看到的不是自己，又是如何看到他的先行者的？我第一次通过英国海关要比米夏埃尔晚三十三年，我正想着放弃我的教书生涯，就像他曾经做过的那样，他在萨福克、我在诺福克受着写作的折磨，我们两个都怀疑我们的工作的意义，都酒精过敏，这些并不太令人惊奇。但是为什么我在第一次拜访米夏埃尔的时候就立马有了一种印象，好像我现在或者曾经生活在他的房子里，在所有方面都和他一样，这一点我不明白。我

---

1 荷尔德林在文学创作后期常用的笔名。

2 荷尔德林颂歌《帕特默斯》中的诗句，作者引用了米夏埃尔·汉布格尔的英译文。另，帕特默斯岛在《圣经》中译为拔摩岛。

3 该说法来自歌德。

只知道我在那间窗户朝北的高高的工作室里着迷地站在笨重的、还是从柏林的公寓里运过来的硬木写字柜前，米夏埃尔告诉我他已经不用它来办公了，因为工作室甚至在盛夏时节都是冷冷的，而我们谈及老房子取暖的困

难时，我越来越感觉仿佛离开了这间冷冷的办公室的不是他而是我，似乎在温和的北极光照耀下显然连着好几个月一动不动地躺在那里的是我的眼镜盒、书信和文具。在通往花园的前屋里，我也感觉好像我或者一位比如我这样的人长年在那里干活。用柳条编的篮子里装着用极

为细小的树枝剪成的干柴枝，放在淡蓝色的墙前面的五斗柜上无声地收集着磨光的白色和铅灰色的石头、贝壳以及从海岸上捡回来的其他东西，通往食物储藏室的门边的角落里堆放着包装盒和纸板箱，它们等着被再次利用，我感觉它们仿佛是在我自己最喜欢保留没用的东西的手底下产生的静物写生。在那间对我来说具有特别吸

引力的食物储藏室里，大多数架子上空空如也，几个里面密封着水果的玻璃容器失去了光泽，被一棵紫杉树挡住光线的窗户前面摆着架子，上面有几十个很小的金红色苹果在闪耀，就像《圣经》寓言里那样发散着光芒。

我在往储藏室里看的时候，一种不可否认地完全有违理性的想法侵袭了我，我想象这些东西，干柴枝、纸板箱、密封起来的水果罐头、海贝和海贝里的沙沙声，比我更长命，我想象我被米夏埃尔带着参观了一座我肯定在很久以前住过的房子。但是就像这种想法很快地出现，它们很快也就消失了。无论如何我在已经过去的这些年中没有继续追踪这些想法，也许因为一个人，为了不发疯，根本不能去继续追踪它们。因而不久前，当我重读米夏埃尔的自传，遇到斯坦利·凯利的名字时，我就感觉更加不可思议了，这个名字是我在曼彻斯特的时候曾经熟悉的，但此后几乎忘记了，我第一次读的时候因为某种原因根本没有察觉出来。米夏埃尔在一处有争议的地方写道，一九四四年四月在进入女王的私人皇家西肯特团九个月后，他是怎样被从梅德斯通调往一个驻扎在曼彻斯特附近的布莱克本、安置在一家废弃的棉纺织厂里的军营的，在抵达后不久他是怎样受到一位战友的邀请在他位于伯恩利的家里度过复活节星期一的。伯恩利这座城市给他留下的印象比他到那时为止在英国所见到的更加悲惨：石块路面在雨中闪着黑光，一家家纺织厂停业倒闭了，工人住房的屋顶冲着天空展现出锯齿形曲线的轮廓，好像龙牙一般。奇怪的还有，二十二年后的一九六六年秋天，我从瑞士回曼彻斯特之后，和一位国民学校的教师在万灵节那天结伴同行，第一次出去郊游，目的地就是伯恩利市，或者更确切地说，是伯恩利北面的高沼地。我还清楚地记得，我们乘着这位老师的红色小货车，从沼泽往南开，穿过北方十一月下午四点钟就已经降临的暮色，经过伯恩利和布莱克本，最后到达曼彻斯特。我不仅和米夏埃尔在一九四四年时一样，第一次从曼彻斯特乘车出发进行郊游时就去了伯恩利，而且斯坦利·凯利也是我在曼彻斯特结识的头几个熟人之一，米夏埃尔在当时也和他一起从布莱克本去过伯恩利。当我在曼彻斯特大学踏上我的教师岗位时，斯坦利·凯利肯定是除了两位教授之外德语系任职最久的讲师。他有一种性情古怪的名声，表现在和同事保持着距离，比起拓展他的德语专业知识，把研究时间和空闲时间更多花在了学习日语上，且进步令人称奇。当我来到曼彻斯特时，他已经开始专心练习日本书法了。他在大开纸张前度过一个又一个小时，用毛笔在纸上专心致志地写下一个又一个字。我现在也记得，他在我面前曾经表露过写字时的主要困难在于随着笔尖仅仅思考将要写的字词，而彻底忘记他想要描写的东西。我还记得，当斯坦利作出这个对作者和书法练习者同样适用的表述时，我们正站在他位于威森肖的小别墅后面，他在那里建造了一座日本式庭园。傍晚将至。丛生的苔藓和石块开始变得昏暗，但在最后几缕透过枫树丛射过来的太阳光里,还可以看见我们脚边的细小碎石地上被耙子耙过的痕迹。斯坦利像平常一样穿着一件有点被压皱的灰色西装和棕色的麂皮鞋,和往常一样在说话时,由于兴趣和出于必要的礼貌,整个身体尽可能地向前倾。他此时采取的姿势使人想起一个人在迎风走路,或者一名滑雪者刚从滑雪跳台起跳。事实上,一个人在和斯坦利谈话时经常有这样的印象,感觉他像是从高处滑翔下来一样。当他倾听别人说话时,他笑眯眯地带着一种极乐的神态把头偏在一边,然而当他自己说话时,就好像他在绝望地竭力呼吸。他的脸经常扭曲变形而现出怪状,由于使劲他不禁额头上冒出汗珠,词语以冲动的、急促的方式从他嘴里说出来,这种说话方式证明他性情郁结,且在那时就已经使人预感到他可能去世会比较早。当我现在回想斯坦利·凯利这位在人前特别羞怯的人,我感觉我不能理解在他的身上,米夏埃尔的生命轨迹和我的竟然有交叉,不能理解我们,当我们分别于一九四四年和一九六六年遇见他时,都是二十二岁。我越是告诉自己,这样的偶然经常发生,远比我们预想中更加频繁,因为我们所有人都一个接一个沿着同样的、由我们的传统和我们的希望预先规定了的道路前行,我就越不能理性地对待在我身上愈加频繁地神出鬼没的重复现象。我刚刚来到一群人中间,就感觉仿佛以前不知在什么地方目睹过同样的观点为同样一群人持有,用恰好相同的方式,用同样的话、措辞和姿态。最能够拿来和这种有时持续很久、极其陌生的状态进行比较的身体感觉,是一种因为失血过多而招致的麻痹感,这种麻痹可以扩展成思维能力、语言器官和肢体的一种暂时性瘫痪,如同一个刚好中风而对此毫不知晓的人的感觉。可能这种至今没有找到合理解释的现象是诸如预见结果发生一样的事情,是踏入虚空,是一种出离,它类似于一台一再播放同样曲调的留声机,这与其说关系到机器损伤,不如说是不可修复的、在机器上播放的曲子的毛病。不管怎样,八月里的那一天的晚些时候,我在米夏埃尔家中几次失去脚下土地的实感,要么因为过度劳累,要么因为别的什么原因。到了我该告别的时候,安娜进了房间,在我们身边坐下,她之前休息了几个小时。我记不起来是不是她谈起如今没有人穿丧服了,连黑袖章都不戴,翻领上也不别黑扣子。总之,她在谈话中说到了某位住在米德尔顿、差不多已经到了退休年纪的斯奎勒尔先生,在人们的记忆中,他除了丧服从来不穿别的,即便在他的青年时代,当他还没有在韦斯特尔顿殡仪馆工作时就已经如此。与他的名字所引起的猜测不同,[1]安娜说,斯奎勒尔先生并不特别性急和灵巧,而是一个

---

1 英文 Squirrel 意为松鼠。

忧郁、迟钝的大个子，殡仪馆很可能不是因为他的丧服癖才雇用他的，而是因为他力气大，能够抬得动棺材。安娜说，在当地，人们声称，斯奎勒尔先生没有一丝记忆，想不起他童年、去年、上个月或者上星期发生的任何事情。他是怎么纪念死者的，也是一个人们不知道答案的谜题。很稀奇的是，斯奎勒尔，不考虑他没有记忆这件事，从小就怀抱着成为演员的希望，他带着这种愿望向不时在米德尔顿及其周边地区排练戏剧作品的人们恳请了好久，以至于人们有一次在韦斯特尔顿的草原上露天演出《李尔王》时最终给他分配了一个贵族的角色，这个角色只需要在第四幕第七场登台，默不作声地跟随着情节发展，只是在最后说上一两句话。整整一年，安娜说，斯奎勒尔都在学习这些句子，而在最关键的那晚，他的确极为生动地将它们说了出来。至今他还会在合适的或者不那么合适的场合重复着这些话里面的这一句或那一句，就像我自己，安娜说，也遇到过，有天我清晨向他问好，他从街对面大声回复说：他们说他被放逐的儿子和肯特伯爵一起在德国。安娜讲完她的故事后不久，我请她为我叫一辆出租车。当她打完电话回来时，她说，在放下电话听筒的时候她又想起了下午睡觉醒来前不久做的一个梦。我和米夏埃尔去了诺里奇，她说，由于某些职责他必须留在那里，所以我给她叫了一辆出租车。

车子开到门前的时候，发现是一辆闪闪发光的大型轿车。我给她打开车门，她坐进了后座。大轿车静静地开动了，在她可以把身子向后靠之前，她已经离开了城市，沉浸在一片森林中，森林深邃得不可想象，由星星点点的灯光照耀着，一直延伸到米德尔顿的家门前。车子以说不上来到底是快是慢的速度走着，但不是在马路上，而是在一条软得不可思议的、有时微微拱起的路上。车子行驶在其中的气体比空气浓稠，差不多有点像平静流动着的水。我清清楚楚看见了在外面掠过的森林，看到它最为微小但无法复述的细节，看到地衣的极小的花，细如发丝的草茎，抖动着的蕨类植物，以及正耸立着的、灰色和褐色的、光滑的和粗糙的树干，它们只露出几米高，就消失在生长在它们中间的亚灌木的树叶中了。那边稍微远一点的地方，一片含羞草和锦葵的海洋在延伸，在一团团部分雪白色、部分玫瑰色的云彩中，各种各样的攀缘植物向下垂到这片海洋中来，它们来自这片草木丛生的森林世界的上面一层，来自那些由繁多的兰花和凤梨装点着的、好似大帆船的挂帆横杆一般的树枝中。在那上方，眼睛看不到的高处，棕榈树树梢在晃动着，它们细细的、像羽毛和扇子般的叶子呈现出墨绿色，上面看似不可思议地泛着金色和黄铜色，在达·芬奇的画作中，树冠就是用这样的墨绿色画出来的，比如《圣母领报》

和肖像画《吉内芙拉·本奇》。这一切美得不可思议,安娜说,现在,我对此只有一种完全模糊的印象,也不能正确描述坐在这辆似乎无人驾驶的大轿车里的感觉。也许这根本不是坐车,而是一种漂浮,我童年时还能够在地面上方几英寸滑翔前行,自那以后我就一次都没能感受过这样的漂浮。我们在安娜说话的时候一起走出了屋子,来到已经被夜色笼罩的花园。在等出租车到来的时候,我们站在荷尔德林水井[1]边,我一阵浑身战栗,在从卧室照到被围起来的井口的微弱光线中,看到龙虱在水面上划行,从昏暗的一侧井岸划到另一侧。

---

1 上文提及米夏埃尔·汉布格尔家花园里有一个铁质水泵,上面写着1770,恰好是荷尔德林的出生年,此即指同一口水井。

八

那天，在我去米德尔顿拜访完故人后，我在绍斯沃尔德皇冠酒店的酒吧里和一位名叫科内利斯·德·容的荷兰人聊天，他以前去过萨福克多次，现在打算买下一块面积有一千多公顷的巨大地皮，这块地皮常常被不动产商们挂牌出售。德·容告诉我，他是在泗水[1]附近的一处甘蔗种植园里长大的，之后在瓦赫宁恩农学院上学，学成后延续了家族传统，在代芬特尔地区进行甜菜种植，只不过略微缩减了规模。德·容说，他现在计划把他的兴趣转移到英格兰首先是有经济原因的。像在东英吉利经常被拿出来出售的这么大片的相连农场在我家乡根本不会挂牌上市，像在收购这些领地时实际上分文不收一起附带随送的地主宅邸在荷兰也是找不到的。荷兰人在

---

1 位于印尼爪哇岛泗水海峡西南侧，隔峡与马都拉岛相望，是印尼的第二大海港。

他们的辉煌时期把钱主要都投到城市里去了,德·容说,与之相反,英国人则主要把钱投到了乡下。那个傍晚,我们在酒吧里一直聊到打烊,我们聊了两个国家的崛起和衰落,聊了糖的历史和艺术的历史之间一直到二十世纪都存在的独特而又紧密的关系,因为通过掌握在极少数家族手里的甘蔗种植和糖类贸易而获得的利润中的相当一部分在长时间内都被用来建造、装潢和保养奢华的农庄和城市宫殿了,因为将积累的财富有意义地呈现出来的其他可能性是有限的。是科内利斯·德·容向我指出,许多重要的博物馆,比如海牙的莫瑞泰斯皇家美术馆或者伦敦的泰特美术馆,历史上都获得过糖王朝的捐赠或者以其他方式与糖类业务相关。德·容说,十八和十九世纪通过不同形式的奴隶经济积累起来的资本,现在依然一如既往地流通着,利滚利、利生利地增值着,成倍增长着,用自己的力量持续绽放出新的花朵。将这些钱合法化的最为有效的手段之一历来就是资助艺术、购买和展出艺术品,以及像今天人们可以观察到的那样,在大型的拍卖会上连续不断地、几乎已经荒谬地驱高价格,德·容说道。半平方米画了画的油布价值一亿的界限在短短几年之内就被超越了。有时候,德·容说,我感觉仿佛所有的艺术品都罩上了一层糖料涂层,甚至就是由糖做成的,就像一位维也纳宫廷面包师做成的埃斯

泰尔戈姆战役模型那样，据说玛丽亚·特雷西亚女皇在心情极郁闷的时候把它一点不剩地吃完了。早上，在我们还谈论了印度支那的糖类种植和生产方法之后，我和德·容一起去了下面的伍德布里奇，因为他想亲睹的这块耕地从这座小城市的边缘向西延伸，北边直接和人迹罕至的博尔奇庄园接壤，而去参观一下这个庄园反正也是我的打算。因为将近两百年前，作家爱德华·菲茨杰拉德，下文会讲到他，就是在那里、在博尔奇长大的，一八八三年夏天，他也是在那里入土为安的。在我向科内利斯·德·容诚挚告别，而他以某种方式向我回礼——我感觉是这样——之后，我首先从A12公路横穿过田野前往布莱德菲尔德，在那里，菲茨杰拉德于一八〇九年三月三十一日出生在人们所说的白房子里，今天，它只剩下柑橘暖房还在。这座建于十八世纪中期的建筑的主

体部分为人口众多的家庭和数量并不少的仆人提供了足够的地方,一九四四年五月,它被一枚很可能指向伦敦的导弹彻底毁坏了,这枚导弹就像许多被英国人称为飞机式导弹的德国报复武器那样,突然从它的飞行轨道上坠落下来,在这偏远的布莱德菲尔德造成了一场可谓完全没用场的损失。附近的博尔奇府,菲茨杰拉德家族于一八二五年迁入其中,也已经不复存在。它在一九二六年被焚毁后,长久以来只有被烧得漆黑的房屋立面还竖立在庄园中央。直到战后,人们很可能是为了获得建筑材料才把废墟整个拆除了。今天,这座庄园本身已经荒芜破败了,多年来杂草丛生。巨大的橡树一根树枝接着一根树枝地枯萎,这里那里凑活着用碎砖修修补补的车行道坑坑洼洼,里面淤积着黑色的水。同样破败的还有那片小树林,它环绕着并未得到菲茨杰拉德家族非常仔细修缮的博尔奇小教堂。到处都乱堆着腐烂的木头、生锈的铁器和其他垃圾。坟墓已经一半陷入泥土,上方被一棵棵长得越来越大的枫树遮盖住。人们不禁会想,菲茨杰拉德,他讨厌葬礼甚至一切形式的隆重仪式,不想被葬在这个昏暗的地方,特意嘱咐把他的骨灰撒在波光粼粼的海面,这并不奇怪。然而他还是被葬到了这里,葬在他丑陋的家族陵墓旁的一座墓穴中,出于那种一个人用其遗嘱也对之无能为力的邪恶的讽刺。——菲茨杰

拉德的祖上是盎格鲁-诺曼人，在爱德华·菲茨杰拉德的父母决定落户萨福克郡之前，这一家族已经在爱尔兰定居了六百多年。这份一代又一代通过与其他封建领主进行的战争、通过对当地民众肆无忌惮的压迫和同样冷酷粗暴的联姻策略而获得的家族财富，甚至在社会最上层阶级的财富开始冲破传统规模这样一个时代背景前，都被视为是富有传奇色彩的，除了英国的财产以外，它们主要由绝对不容忽视的爱尔兰田产，由坐落在这些田产上的全部可移动和不可移动的财物，由至少在实际上几乎像农奴一般的数以千计的农民组成。玛丽·弗朗西斯·菲茨杰拉德，爱德华·菲茨杰拉德的母亲，作为这些财产的唯一继承人，毫无疑问是这个帝国最有资金实力的女性之一；她心里记挂着"同样的血液，同样的命运"这条家训，与她的表兄约翰·珀塞尔成婚，后者认识到

妻子的突出地位，所以为了菲茨杰拉德家族的名字放弃了自己的名字。反过来，玛丽·弗朗西斯·菲茨杰拉德并没有因为与约翰·珀塞尔结婚而使她的财产权受到限制，这也是显而易见的。流传下来的肖像画显示出她是一位强有力的人物，有着壮实的削肩，上半身简直令人害怕，对于许多同时代人而言，这一半身像整体显示出了一种与威灵顿公爵的惊人相似性。想想就知道，入赘的表兄在她身边不久之后就变成了一个不重要的，即便不是受到蔑视的形象。更何况，他作为矿山企业主想要通过各种其他冒险投机计划在以空前速度上升的工业领域内使自己获得一个独立地位的尝试一次接着一次失败，最后导致他自己为数不少的财产以及他妻子划分给他的金钱一分不剩地都被浪费掉了。在伦敦一家法庭走完破产诉讼程序之后，除了没有前途、出于夫人仁慈而受到供养的破产者名声之外，他一无所有。因着这些情况，他大多数时间也是待在萨福克的祖宅，打打鹌鹑和山鹬，做着类似的事情，而玛丽·弗朗西斯则住在她伦敦的宅邸。偶尔，她也会乘着由四匹黑马拉着的淡黄色马车，后面跟着自己的行李车和一整队奴仆和婢女，前往布莱德菲尔德，为了去看望孩子们，在屋子里作短暂的停留，维持在这块即便对她来说十分遥远的地区的权力要求。每当她来或者走的时候，爱德华和他的兄弟姐妹们都会像石化了一般站在最顶楼的儿童房的窗户后面，或者躲藏在大门边的灌木丛中，被她的庄严吓得不轻，都不敢走到她身前或者向她挥手告别。到了六十多岁，菲茨杰拉德仍能回想起他母亲在布莱德菲尔德探望的时候有时会上楼来到儿童房，回想起她在那里如何——把自己裹在簌簌作响的衣服里和一团巨大的香水雾气中——像一位陌生的女巨人一样在一定的时间里面走到这、走到那，看看这、看看那，不一会儿就又顺着陡峭的楼梯下楼消失不见了，把我们小孩子不怎么自在地留在那里。因为父亲也越来越迷失在他自己的世界中，所以看管孩子的任务就完全听凭保姆和家庭教师了，他们的房间同样在最顶楼，自然而然地就把他们因经常受到东家蔑视而压抑的怒气发泄在他们的学生身上。对这种惩罚措施及与之相关的屈辱的害怕；没完没了的算术和写字作业（其中可能数每周给妈妈夫人写一篇报告最让人讨厌）；几乎让人高兴不起来的与家庭教师和女佣一起用餐——它们规定着孩子们的日程，在带来制度之余，也带来了极端的无聊，因为他们和同龄人之间几乎一点接触都没有，所以除了连续几小时心不在焉地躺在房间打了蜡的蓝色木地板上，或者眺望窗外几乎没有活人出现的庄园，他们都不知道做些什么来打发空余时间。最多有位园丁推着一架独轮车走过草坪，或者父亲带着一位猎场看守人打猎归来。只有在难得的水晶天，菲茨杰拉德日后回忆，他的目光有时才可以穿过布莱德菲尔德，在树冠上方隐隐约约地瞥见在十英里之遥的海岸边游弋的船只的点点白帆，懵懂地梦想着从这间儿童牢房中解脱出去。日后，当菲茨杰拉德从剑桥大学学成归来，面对家族铺着沉重地毯，摆满镶金家具、艺术品和旅行纪念品的房子，他的惊恐是如此之巨，以至于拒绝重新踏足进去，以至于他不在那里居住，而是不顾身份地搬进了庄园边缘一栋只有两个房间的渺小村舍里，在那里，他在接下来的十五年内，也就是一八三七年到一八五三年，过着乱七八糟的单身汉生活，这种生活在许多方面都是他日后的古怪习惯的预演。大多数时间里，他都在这座隐居小屋中忙着阅读各种语言的书籍，忙着写不计其数的信件，忙着为编辑一本套话大辞典做笔记，忙着为制作一份完整的航海和海上生活词汇表收集单词和词组，忙着编排所有能够想得到的剪贴簿。他怀着特别的偏好埋头研究过去的通信来往，比如说塞维涅夫人的书信往来，她于他而言甚至要比他尚在人世的朋友们还真实得多。他一再阅读她写的东西，在自己的信件中引用她的话，不断扩展他针对她所作的注释，拟定计划编辑一本塞维涅字典，在这部字典里不仅要记录所有的通信伙伴以及所有在书信中提及的人物和地点，而且据说会提供像一把钥匙一样打开她创作艺术发展史的东西。像他其他的文学工程一样,菲茨杰拉德没有完成这部塞维涅字典,很可能根本就没有想要完成。直到一九一四年,那个时代行将结束的时候,他的一位侄孙女才以如今再也找不到的两卷本的形式出版了这些规模浩大、内容丰富的材料,这些材料今天仍然装在一些厚纸板盒子内被保管在三一学院图书馆里。菲茨杰拉德生前由自己全部完成并出版的唯一作品是他那令人赞叹的波斯诗人欧玛尔·海亚姆的《鲁拜集》译本,在诗集中,他——跨越八百年的时间——发现了他最近的选择性亲和。菲茨杰拉德把在翻译这部篇幅达二百二十四行的诗歌时所花费的无尽时光视为与逝者的专题讨论,从中他努力为我们带来有关逝者的消息。由他出于这一目的而思索出的英文诗行,在其看似漫无目的的美妙中,虚构了一种将作者身份的所有权力留在身后的匿名性,并且一字一句地指出了一个不可见的点,在这一点上,中世纪的东方和正在幻灭的西方以不同于不幸的历史进程中的方式彼此相处。进进又出出,上上下下地回迁,/这个只是一出走马灯的戏剧;/灯里的蜡烛是太阳,在它周围/是我们这些幻影在来来去去。[1]一八五九年是《鲁拜集》出版的一年,也是威

---

[1] 译文据黄杲炘。

廉·布朗因病痛去世的一年,他之前在一场围猎中受了严重的伤,对于菲茨杰拉德而言,他很可能比世界上其他所有人都重要。他们两个人的轨迹第一次交叉发生在威尔士的一次假期徒步旅行中,那时菲茨杰拉德二十三岁,布朗刚刚十六岁。布朗去世之后,菲茨杰拉德紧接着就在一封信中再一次回忆道,当他们在从布里斯托尔顺流而下的蒸汽船上交谈了一会儿之后,一个早晨,他在藤比的寄宿公寓中又见到了他,因为他们俩都住在那里,当时他是何等感动——他脸上还沾着些打台球时留下的粉——就像看到一个牵挂好久的人那般。在威尔士第一次相遇之后的那些年里,布朗和菲茨杰拉德分别多次前往萨福克或者贝德福德郡看望对方,他们一起乘着单架马车在乡间行走,穿过田地,大概中午时分到一家餐馆休息,盯着总是向东飘去的云朵看,有时也许在额前感受到了时间的涌流。一天中无非是骑骑马、开开车、吃吃喝喝之类的事情(别忘了还有抽烟)。菲茨杰拉德这样记录道。布朗大多数时间都带着钓具、他的步枪和一些画水彩画的工具,菲茨杰拉德则带着一本书,但几乎不会看,因为他的眼睛离不开他的朋友。我们并不清楚他那时或者从一开始是否意识到了使他感动的思慕,不过光是他对布朗健康状况的持续关心就标志着他内心的热情。毫无疑问的是,布朗对于菲茨杰拉德而言代表着一种理想，但是正因为如此，他似乎从一开始就让他觉得处于短暂性的阴影中，让他担忧也许我看不了他太久，因为，菲茨杰拉德注意到，他有衰弱的迹象。布朗之后结婚了，这并没有改变菲茨杰拉德对他所怀有的感情，而只是证实了他的不祥预感，即他抓不住他，这位朋友注定英年早逝。菲茨杰拉德很可能绝对不敢公开的爱情宣言在他写给布朗遗孀的信中才第一次出现，她即便不是带着某种惊愕，多半也是带着诧异放下了这封奇怪的信。失去布朗的时候，菲茨杰拉德五十岁。他越来越自闭。如果说他长时间以来已经拒绝参加他母亲早年间定期把他传唤去伦敦参加的奢靡宴会，因为他觉得长桌宴会的礼仪是上流社会所有令人厌恶的习俗中最令人厌恶的，那么他现在连偶尔去首都参观画廊和音乐厅的活动也放弃了，仅仅还会在离他很近的周边地区转转。我想我应该把自己关在萨福克最偏远的角落，让我的胡子长起来。他这么写道，如果不是因为新一代的土地所有者尽可能多地从他们的地产中获利，使得周边环境让他失去了兴趣，那么他肯定会安于原状。他抱怨道，他们砍掉了所有的树木，把灌木丛连根拔起。鸟儿们很快不知栖身何处。小树林一片接着一片消失了，春天时长满樱花草和紫罗兰的田埂小道都被犁净、铲平了，如今沿着这条曾经如此美丽的小路从布莱德菲尔德前往哈斯克顿，感觉仿佛在穿越荒漠。由于菲茨杰拉德在童年时代就已经对自己的阶级产生了反感，所以，他在思想上十分厌恶对土地年复一年越来越肆无忌惮的利用、以越来越成问题的方式增加私人财产、越来越极端地限制公共权力。因此，他写道，我要去到水里：那里没有朋友被埋葬，没有道路被堵塞。事实上，一八六〇年以后菲茨杰拉德就在海岸边，或者说在一条被命名为"丑闻"的远洋游艇上度过了他大部分的时间，这条游艇是他命人为自己制造的。他从伍德布里奇沿着德本河顺流而下，并沿着海岸北上直到洛斯托夫特，在那里，他从捕捞鲱鱼的渔民中招雇他的船员，仔细寻找着一张能够让他想起威廉·布朗的脸。菲茨杰拉德也会乘坐帆船远航前往德意志海，就像

他一直拒绝为了特别的场合穿戴打扮那样，他这时也没有穿着当时正流行的游艇服，而是穿着一件旧大衣，头上戴着一顶绑紧的大礼帽。他对一位游艇所有者应有的高贵仪表作出的唯一妥协是那件白色的羽毛披肩，据说，他喜欢把它放在甲板上，远远就可以看见它在他身后随风飘动。一八六三年夏末，菲茨杰拉德决定乘着"丑闻号"前去荷兰，目的是为了在海牙博物馆观赏由费迪南德·博尔[1]创作的年轻的路易·特里普的肖像画。在到达鹿特丹后，他的旅伴，一位来自伍德布里奇的乔治·曼迪说服他先游览一下这座大型海港城市。然后，菲茨杰拉德写道，我们整天就坐着一辆敞篷车在街上转悠，一会儿往这个方向，一会儿往那个方向，直到最后我根本不知道我在哪里，晚上精疲力竭地躺倒在床上。第二天在阿姆斯特丹也是以类似令人不舒服的方式度过的，到了第三天，经历了各种愚蠢的意外事件后，我们才终于抵达海牙，当时碰巧遇到博物馆闭馆到下星期初。菲茨杰拉德，此时由于陆上旅行的烦躁不安已经非常疲惫，把这种让他费解的措施看成一种荷兰人故意针对他个人的卑劣行径，陷入了一种可怕的愤怒和绝望状态，在这样一种状态中，他轮流地骂着狭隘的荷兰人、他的旅伴乔治·曼

---

[1] 费迪南德·博尔（1616—1680），荷兰画家，伦勃朗的学生。

迪和他自己，坚持毫不耽搁地回鹿特丹并扬帆回家。——那些年，菲茨杰拉德整个冬季都生活在伍德布里奇，在那里，他向市场旁的一位军械维修工租住了几个房间。那时人们经常看到他神思恍惚地在城里漫步，穿着他的爱尔兰式斗篷，在大多数情况下，甚至是天气不好的时候，都穿着拖鞋。一条黑色的拉布拉多犬布莱索跟在他后面，它还是布朗送给他的。一八六九年，他和军械维修工的太太吵了一架，因为她觉得她租客的古怪习惯令人难以接受，之后他就搬到了他最后的住处，一座位于市镇边缘、相当破败的农舍，他在里面，如他所说，作好了准备迎接最后的结束。他一贯以来极其朴素的要求随着时间的推移变得更低了。如果说他几十年来已经食素为生了，因为他的同时代人为了维持生命力把大量食用半生的肉类视为必需让他害怕，那么他现在几乎完全放弃了让他觉得荒诞的烹饪消耗，除了面包、黄油和茶以外只吃非常少量的其他食物。在天气清明的时候，他会坐在花园里，被一群扑扇着翅膀的白鸽围着，要不就经常长时间地坐在窗户边，望向窗外被修剪过的树木围着的放鹅滩。在这样的孤独中，他令人惊奇地保持着好状态，这一点可以从他的信中看出，即便他经常出现被他称为蓝色魔鬼的忧郁情绪，这种情绪在许多年前曾经毁掉了他美丽的姐姐安达露西亚。在他七十七岁那年的秋天,他再次前往伦敦,为了观看《魔笛》的演出。但在最后一刻,因为被十一月的雾,被潮湿和街上的污秽弄得心情沮丧,他决定取消原定的科芬园歌剧院之行,据他所写,反正科芬园说不定只会败坏他对马利夫兰和松塔格[1]的回忆,尤其这种回忆于他而言如此珍贵。我想现在最好的是,他写道,按照自己的回忆来观看这些歌剧。当然,不久之后菲茨杰拉德再也组织不起这些回忆了,因为音乐在他的头脑中已经被耳朵里一种持续不断的嗡嗡声盖过了。此外,他的视力也明显变得越来越弱。现在,他大多数时候必须戴着蓝色和绿色的眼镜片,需要他女管家的儿子来帮他朗读。一张七十年代拍摄的相片——这是唯一一张他让人给他拍的照片——展现了他的侧脸,因为,就像他给他的外甥女们的道歉信中所写的,他患有疾病的双眼在直视照相机时会眨动得太厉害。——菲茨杰拉德习惯几乎每个夏天在他的朋友乔治·克拉博那里待上几天,后者在诺福克的默顿担任教区牧师一职。一八八三年六月,他最后一次做这样的旅行。默顿离伍德布里奇大约六十英里远,但是,由于在菲茨杰拉德生活的年代复杂的路网在全方位扩展,乘火车需要换乘五

---

[1] 玛丽亚·马利夫兰(1808—1836),西班牙女高音歌手。亨丽埃特·松塔格(1806—1854),德意志女高音歌手,两位都是19世纪声誉极隆的歌剧演员。

次、耗时一整天。当他倚靠在车厢的靠垫上，看着外面的灌木丛和庄稼地从身边掠过，此时会是什么东西打动了菲茨杰拉德的内心，这并没有被记载下来，但是也许就像从前有一次，当他坐在邮政马车上从莱斯特前往剑

桥的途中看到夏天的景色，他感到自己像一个天使，因为突然——他也不知道为什么——幸福的泪水就湿润了他的眼眶。在默顿，克拉博用一辆轻便双轮马车把他从车站接了回去。那是一个漫长而又极其炎热的日子，菲茨杰拉德却说风凉飕飕的，在小马车里把自己紧紧裹在他那条爱尔兰花格子旅行毛毯里。他坐在桌边喝了一点茶，不过没有吃东西。九点钟左右，他要了一杯兑水的白兰地，然后起身上楼，想去躺着休息。第二天清晨时分，克拉博还听见他在房间里来回走动，但之后想去喊他吃早饭，却发现他四肢伸展地躺在床上，已经死了。

当我从博尔奇庄园回到伍德布里奇镇上时，影子已经很长了。我在镇上的公牛客栈过夜，老板给我安排的房间在阁楼上。吧台里玻璃杯碰撞的声音和客人们低沉的轻声细语穿过楼梯间传到楼上来，有时也有喊叫声或者笑声。打烊之后渐渐安静了下来。这座老旧的木结构建筑的梁柱在白天的炎热中膨胀，现在又一毫米一毫米地再次收缩，我听到它们在接口处发出嘎吱声。我的眼睛在这个陌生房间的昏暗中不由自主地向这些响动传来的方向望去，寻找着也许刚才顺着低矮的天花板开裂的口子，寻找着石灰从墙上脱落或者灰泥从壁板后面泄漏的地方。当我把眼睛闭上一会儿，我感觉似乎我正躺在船上的一间舱房里，正身处大海，似乎整栋房子升上了一波浪潮的顶峰，正在那里微微颤抖，然后随着一声叹息沉下了深渊。直到天空发白我才睡着，耳朵里伴随着一只乌鸦的叫声，不久之后又因此从梦里醒过来了，在梦里，我看到菲茨杰拉德——我前一天的同伴——穿着一件胸部有黑丝绸襞饰的长袖衬衫，头上戴着大礼帽，坐在他家花园里一张蓝色的铁皮桌边。他周围盛开着比人还高的锦葵，接骨木树丛下的沙坑里有几只母鸡正在用爪子刨着地，那只黑狗布莱索四肢伸展着趴在阴影里。但是在梦里，我看不到自己，就像幽灵一样坐在菲茨杰拉德面前，和他一起玩着一局多米诺骨牌。在花园那边，一座绿得均匀、空空如也的庄园一直延伸到世界尽头，即呼罗珊[1]的清真寺尖塔高高耸立的地方。但这并不是菲茨杰拉德位于博尔奇的那座庄园，而是一座位于爱尔兰布鲁姆山脉脚下的农庄，几年前我曾在那里短暂地做客。在梦里，在非常遥远的远方，我可以辨认出那座被常春藤覆盖的三层建筑，阿什伯利一家很可能直到今天都在楼房里面过着他们不同寻常的生活。无论如何，在我认识他们的时候，那就是一种极其不同寻常的，可以说是古怪的生活。我从山上下来的途中在一家位于克拉拉山

---

1 波斯语，意为太阳升起的地方，也可指今天的伊朗、阿富汗和土库曼斯坦的部分地区。

的光线朦胧的小店打听哪里有住宿的地方时，被店主——某位奥黑尔先生——缠着聊了好久，他穿着一件少见的肉桂色薄棉平布大衣，我还记得我们聊的内容与牛顿的万有引力理论有关。在聊天过程中，奥黑尔先生突然停下来并喊道：阿什伯利家可能会给你提供食宿。几年前，他家有个女儿来过这里，带着一张纸条，上面写着提供住宿和早餐。她让我把它贴在商店橱窗里。我不知道这事后来怎么样了，也不知道有没有客人去过。也许它褪色后我就把它拿下来了。或者他们自己来把它拿下来了。接着奥黑尔先生就开着他的货车把我送上山去找阿什伯利一家，他在屋前长满草的场地上一直等到有人请我进屋为止。在我敲了很多次门之后，门才打开，凯瑟琳站在我面前，穿着她洗得发白的红色夏装连衣裙，她很奇怪地僵在那里，好像是在行进中被不请自来的陌生人的目光冻住。她睁大眼睛看着我，或者说看穿了我。这场面持续了好一会儿，在我表示了我的要求之后，她才从她的僵化状态中觉醒过来并往边上挪了一步，用左手做了一个几乎察觉不到的手势，让我进屋并在门厅的一张单人沙发上坐下。当她一言不发地踏着石质地砖走开时，我才发现她赤着脚。她寂然无声地消失在背景的昏暗中，几分钟后——我觉得似乎没办法计算这段时间——她又寂然无声地从黑暗中重新走上前来，朝我点点头，陪我沿着宽宽的、使攀爬轻松得令人吃惊的楼梯上到二楼，穿过好一些走廊来到一间大房间，从高高的窗户望出去，目光越过马厩和车棚的屋顶、越过菜园，可以看到一片被风吹得上下起伏的美丽牧场。在距离更远的地方，沿着低岸横向流动的水在一处河湾那里泛着光。那后面，在一丝绿色中是一棵棵树，树的上方是群山在均匀的天蓝色背景下映衬出的模糊不清的线条。今天，我已经不知当时深陷这幅景象的我，在三个窗龛的中间那个站了多久，只还记得在门框边等着的凯瑟琳问我这行不行？，记得我转过身去对着她结结巴巴地说了一些愚蠢的话。凯瑟琳走后，我才正儿八经地打量起这间像大厅一样的房间来。地板上罩着一层天鹅绒般的灰尘。窗帘和墙布被取下来了。像死尸皮肤一般的石灰白的墙上布满了淡青色的条纹，我心想，它们就好像那些令人惊叹的北极地区地图，图上面几乎什么都没有画。一张桌、一把椅子和一张铁床组成了这间房间的全部家具，那床很窄，可以借助一些把手拆卸，就像从前在征战途中为高级军官随军携带的铁床。接下来的几天只要我在这张床上休息，我的意识就从边缘地带开始瓦解，以至于不知道我是怎么来的这里或者我到底在哪。我一次次地感觉我似乎患有创伤热，正躺在野战医院的病床上。从外面传来了让人毛骨悚然的孔雀叫声，但在我的意识里，我看到的并不是它们栖于院子里若干年以来层层积聚的垃圾堆的最高处,而是在伦巴第某个地方的一处秃鹫聚集的战场,周围都是被战争毁掉的田野。军队早就继续前行了。只有我还在一阵阵软弱无力中躺在这栋被劫掠一空的房子里。这些图景在我脑海里之所以越来越密集,是因为阿什伯利一家在自己家中活得像难民,他们经历过可怕的事情,不敢在停留的地方栖身。值得注意的是,这个家庭的所有成员一直在走廊和楼梯间走来走去。很少看见他们或独自或一起从容地坐着。他们甚至连吃饭时都是站着。他们所做的工作本身就有某种无计划性和无意义性,看起来表现的并不是任何一种日常而更多是一种怪异的强迫症以及一种严重的慢性精神错乱。埃德蒙,最年轻的男性,从一九七四年毕业离校后就在制作一条足足十米长的大肚船,尽管他,就像他偶然当面对我说的,既不了解轮船制造也不打算开着这条畸形的船出海。它不会下水的。这就是我做的事。我总得有事做。阿什伯利夫人把花籽收集在纸袋里,我看到她在为纸袋写上名字、日期、地点、颜色和其他信息后,在荒芜的花坛里,有时也会在外面稍远一点的草地上,仔细地把它们倒扣在枯萎的花朵头上并用一根线系好。然后,她把茎秆剪下来,把它们带回家并张挂在一条打了很多结的、在从前的藏书室交叉往来的绳子上。这些裹着白色袋子的茎秆悬挂在藏书室的天花板下,其数量之多,以至于组成了一种纸片云,当阿什伯利夫人站在藏书室的画架上忙着挂上或者取下簌簌作响的种子储存袋时,她就像一位飞升到天空中的女神那样半身消失在这片云朵里。拿下来的袋子被按照一种令人捉摸不透的体系保存在显然很久以前就从书籍的重压中解脱出来了的搁板上。我想,阿什伯利夫人并不知道有朝一日这些由她收集的种子要在什么地方发芽抽枝,就像凯瑟琳和她的两位妹妹克拉丽莎和克里斯蒂娜,她们不知道自己为什么要在北边一间堆了许多零头碎布的房间里每天花上几个钟头来缝制各色枕头套、床套之类的东西。就像中了一条恶毒魔咒的巨型孩子,这三位几乎同岁的未婚女儿坐在地板上像山一样的材料堆之间连续不停地干着活,相互之间难得交谈一言。她们每缝一针后就会把线引向一边的空中,这动作让我想起了一些事情,它们是那么久远,使我为现在剩下的时间太少而变得焦虑。克拉丽莎有一次告诉我,她和她的姐妹们曾经想过成立一家室内装饰店,但是,她说,这个计划失败了,因为她们没有经验,而且这样一个店在周边地区也不会有顾客。也许正因为如此,她们通常会把她们在头一天缝制的东西在第二天或者第三天又重新拆开。也有可能是她们的幻想中浮现着某种如此不同寻常的美,以至于完工的作品必然让她们失望,在我第一次去参观她们工作室,她们把一些没有被拆开的物件给我看的时候我这么想到,因为其中有一件是用几百片丝绸碎片缝合起来的、用丝线绣了花的,或者更确切地说,好像织满蜘蛛网的婚纱,它挂在一个没有头的成衣人体模特身上,无论如何这件婚纱是一件华丽而完美到几乎有了生命的彩色工艺品,以至于当时我不敢相信我的眼睛,就像今天我不敢相信我的回忆一样。

在我离开的前一天晚上,我和埃德蒙一起站在外面的露台上,靠着石头栏杆。此时如此安静,以至于我觉得听到了蝙蝠的叫声,它们依照锯齿形的轨迹迅疾地飞过天空。庄园沉浸在黑暗中,这时埃德蒙在长时间的沉默之后突然说道:我在藏书室里准备好了投影仪。妈妈想知道你是否会想看看这里以前是什么样子。藏书室里,阿什伯利夫人已经在等着开始放映了。我在她身边、在纸袋天空下面坐了下来,灯关了,投影仪开始发出嘎达嘎达的声响,在壁炉台上方光秃秃的墙壁上出现了以往的无声画面,有时几乎静止不动,有时一阵阵地串在一起,接踵而来,或者因为密集的线条而模糊不清。它们无一例外地都是外景拍摄。或从楼顶的窗户俯瞰周围的田野、绿岛、耕地和草坪,或者反过来,从庄园朝着屋前的场地移动,房屋正面一开始从远处看只有玩具般大小,然后越来越高耸突起,最后几乎从画面框中倾斜出去。没有任何一处地方被忽视。车行道上撒了沙子,灌木丛被修剪妥当,菜园里的菜畦被打理得干净整齐,如今已经倾塌了一半的杂用建筑物那时还保养得好好的。晚些时候,在一个阳光明媚的夏日,可以看到阿什伯利一家在一顶无顶帐篷里坐着喝茶。那是美好的一天,阿什伯利夫人说,那天是埃德蒙的洗礼。克拉丽莎和克里斯蒂娜在打羽毛球。凯瑟琳胳膊上抱着一只黑色的苏格兰㹴。在背景中,一位年老的男管家拿着一个沉重的托盘匆匆朝大门走去。一位头上戴着女帽的女仆出现在门后,一只手放在眼睛前面挡着太阳光。埃德蒙放上了一盘新的胶卷。接下来放映的许多画面与花园和农庄里的劳作有关。我记得有一个瘦削的年轻人推着一架巨大、古老的独轮车,记得有一台由一匹小马拉的、由一位长成侏儒体格的车夫操控的割草机,它在草坪上沿着直线来来回回地开动,记得看到过一间昏暗的温室,里面长着黄瓜,记得有一块曝光过度、看起来几乎雪白的田地,十来个收割庄稼的人在地里忙着收割谷物和捆扎麦秆。当最后一盘胶卷播毕,这时只有从门厅照进来微弱灯光的藏书室长时间地寂静无声。直到埃德蒙把投影仪装进罩子里离开房间,阿什伯利夫人才开始说话。她说她是一九四六年结的婚,就在她丈夫从陆军复员后,事实上与他们俩对未来生活的设想完全相反,在她公公突然去世的数月之后，他们就去了爱尔兰，为了接受继承下来的、当时几乎卖不出去的财产。阿什伯利夫人说，她那时候对爱尔兰的社会状况没有一点点认识，今天她依然对此非常陌生。我记得我在这栋房子里的第一个晚上是如何带着完全与世隔绝的感觉醒过来的。月亮从窗边照进来，月光如此孤独地照在一百多年以来从蜡烛上滴落下来的蜡油覆盖住地板形成的硬脂层上，以至于我觉得我像是漂浮在一片水银湖面上。我丈夫，阿什伯利夫人说道，尽管他必定在内战期间目击过可怕的事情，或者可能正因为如此，他基本上从不对爱尔兰的社会状况发表任何看法。渐渐地，我才从他针对我与之相关的问题的扼要回答中，从他家族的历史以及在内战后几十年内毫无希望地贫困衰退的土地所有者阶级的历史中猜出来这样那样的事情。我用这种方式给我自己建构出来的图像从来都只有隐隐约约的轮廓。除了我极其冷漠的丈夫之外，阿什伯利夫人说，有关一方面具有悲剧性，另一方面又十分可笑的爱尔兰社会状况，我只有一些传说作为信息源，这些传说形成于长期衰落的过程中，形成于连同剩下的家具被我们继承下来的、某种程度上可以说本身已经属于历史的家仆们的头脑中。比方说，我是在我们搬到这里几年后才通过我们的男管家昆西了解到有关那个可怕夜晚的一些事情，那是一九二〇年仲夏，大概六英里之外的伦道夫家在当晚着了火，而他们一家人当时正和我日后的公公婆婆一起共进晚餐。据昆西说，反叛的共和派首先把仆人们聚集在门厅里，直截了当地告诉他们，他们可以有一个小时打包他们的行装并为自己和自由斗士煮一壶茶，时限到了后，他们会放一把复仇之火。首先，阿什伯利夫人说，必须叫醒孩子们，捉住通过预感到不幸已经完全惊慌失措的狗和猫。之后，根据昆西的描述，他那时候是伦道夫上校的侍从，这栋房子的所有居民都站在了外面的草地上，站在各种各样的行李和家具以及在害怕中匆匆收拾的没有意义的东西中间。昆西说，他在最后一刻还必须再次跑上三楼，为了救老伦道夫夫人的那只白鹦鹉，第二天人们就会发现，老夫人因为这场灾难丧失了直到那时还完全清楚的意识。最后所有人都不得不软弱无能地亲睹共和派分子是如何把一大桶汽油从汽车棚里滚出来，穿过庭院，然后嗨哟嗨哟地吆喝着，滚上门厅的台阶，也就是他们让它泄油的地方。在扔了几分钟的火把之后，火焰已经从窗户和屋顶冒出来了，不久，他们仿佛看到了一个被暴怒的炽热和飞溅的火花完全填满了的巨大炉门。我不认为，阿什伯利夫人说，一个人能够大致理解在看到这样一种场景时这些遭遇不幸的人的脑海里在想些什么。不管怎样，一位骑着自行车逃出来的花匠为伦道夫一家带来了这条他们虽然一直有预料到，但从不认为有可能发生的可怕消息，他们在我公公婆婆的陪伴下，连夜赶往从远处都能看得到的大火现场。当他们到达破坏现场的时候，那些纵火焚烧他们屋子的人早已消失不见，他们别无他法，只能抱着他们的孩子，坐在因为巨大的恐惧而吓呆了的、瞠目结舌的人群旁边，那群人就像待在木排上的遭遇海难的人们那样，蹲坐在火灾现场前。直到拂晓时分，火势才渐渐平息，废墟的黑色轮廓从烟雾中显现出来。之后，阿什伯利夫人说，废墟就被拆掉了。我自己并没有看见过这片废墟。据说，在内战期间，总共有两三百处地主庄园宅邸被焚毁。在这种事情上，相对简朴的房产和豪华的乡村宫殿之间并没有区别，比如夏山宫，

奥地利的伊丽莎白皇后曾经在里面度过了一段欢乐的日子。就我所知，阿什伯利夫人说，反叛者倒是从来没有对人动过手。显然，想要消灭和驱逐那些对可恨的英国当局具有认同感的家庭，烧毁房屋的举动是最有效的手

段，不管对还是不对。在内战结束后的若干年内，甚至连那些幸免于难的人，如果有可能的话，都离开了这个国家。留下来的只有那些除了在他们的田产上能够得到的收获以外没有收入的人。所有出让房屋和地产的努力从一开始就注定是失败的，因为：第一，根本没有买家；第二，即便找到了一位买家，靠着比如说在伯恩茅斯和肯辛顿的收益，也活不了几个月。另一方面，在爱尔兰人们也不知道将来会是什么样子。整个农业产业不景气，工人要求的薪水付不起，种植面积越来越小，收入越来越低。年复一年，状况变得越来越没有前景，到处可见的贫困迹象变得越来越令人沉郁。即便只是将就地保养房屋，也早就不在人们的考虑范围之内。窗框和门上的颜色剥落了下来，窗帘被磨花了，墙布从墙上脱落，软垫家具被磨破了，到处都漏雨，到处都放着铁皮盆、碗和锅子，用来接水。不久之后，人们就被迫放弃顶楼甚至所有侧翼的房间，搬到底楼凑合着还能住的几间房间里。被封闭的楼层里，窗玻璃在蜘蛛网后面变得暗淡无光，心腐病在蔓延，害虫把真菌的孢子传播到最后面的角落里去了，墙上和天花板上出现了形状怪异的褐紫色和黑色的菌类植物，经常有牛头那么大。地板开始弯曲，屋顶的支撑梁在下沉，护壁镶板和楼梯间内部早已经腐烂，有时一夜之间就化为硫黄色的灰尘。在渐进式的、某种程度上已经成为生活常态的、不再被人理会的、日复一日也没什么可理会的倾颓期间，经常是在长时间的雨季或者旱季或者总的来说在气候转变的时候，一再发生突然的、灾难般的倒塌事件。正当人们觉得能够维持某种状况的时候，他们就必须因为情况出其不意地迅速变坏而去清理其他的地方，直到——事实上别无他法——发现自己被逼退到了最最远的地方，像是自己家里的一名囚犯。我丈夫有一位在克莱尔郡的舅公，阿什伯利夫人说，据说最后只能住在他曾经的大豪宅的厨房里。好多年了，他在晚饭的时候据说只吃一道由他的管家、现在也是他的厨师做的简单的土豆菜，然而却一如既往地穿着黑色的礼服，开一瓶从还没有完全空的地下储藏室拿出来的波尔多红葡萄酒。这位舅公和这位管家的床据说也摆在厨房里，昆西还告诉我说，他们俩都姓威廉，都是在八十好几的岁数上在同一天去世的。我常常想，阿什伯利夫人补充说，这位管家是不是被他的责任意识维持着，直到他的主人不再需要他了，或者说这位舅公在他精疲力竭的仆人离世之后，断然放弃了生命，因为知道没有他的帮助，他连一天都不能存活下去。仆人们经常数十年如一日拿着几乎不值一提的报酬做着自己的工作，在他们的岁数也许很难另外找到一个像他们的东家一样的住处，很可能只是因为他们，日常流程还可以保持运转。当他们死去的时候，被他们照顾的人的终点也即将来临。在我们这里也没有两样，即便我们感受这种普遍的衰落要稍微迟一点。阿什伯利家族直到战后还能够维持着他们的产业，只是因为——就像我不久之后就已经预感到的——有一笔较大的、三十年代初继承的、到我丈夫去世的时候已耗剩到最后一点零头的遗产的不断帮补。尽管如此，我还总是相信，事情会有变好的时候。我纯粹就是不想承认，我们所属的这个社会早就已经崩溃了。在我们到达爱尔兰之后不久，戈尔曼斯顿城堡就被拍卖了，斯特拉芬城堡是一九四九年被卖掉的，卡顿城堡一九四九年，法兰西庄园一九五三年，基林·罗金厄姆庄园一九五七年，鲍尔斯考特庄园一九六一年，且不谈一些小规模的房产田庄了。当我必须完全独自一人继续努力养活我们自己的时候，我才清楚我们家族破败的程度。因为缺少资金付工钱给工人，所以我除了停止农业生产之外没有别的选择。一块块地变卖田产使得我们在几年内免于陷入最糟糕的境地，只要我们还有一两个仆人在家里，就还有可能保持住体面的外表，不管是对外还是面对我们自己。直到昆西去世，我才开始完全不知所措。首先我把银器和瓷器拿去拍卖，然后逐渐是画作、藏书和装饰物。自然，这个越来越荒废的屋子找不到任何一个买家，于是我们就被束缚在这里，就像该死的灵魂被束缚在它们的栖身之处。我们所有的活动，女孩们没完没了的针线活儿，埃德蒙在花园中开始干的活儿，接待客人的计划，所有的一切都失败了。自从我们大概十年前在克拉拉山的小杂货铺贴了一张告示在橱窗里以来，阿什伯利夫人说，您是找到这里来的第一位客人。很遗憾，我是一个本质上不切实际的、被纠缠在无尽思考中的人。我们统统是生活无能的幻想者，孩子们和我并没有区别。在我看来，有时候我们似乎从未习惯于生活在这个世界上，而生活只是一个巨大的、持续的、不可理解的错误。当阿什伯利夫人讲完她的故事后，我感觉它的意义对于我来说就在于这个没有明示的要求：我应该留在他们家，分担他们日复一日变得越来越无辜的生活。我并没有这么做，这次拒绝今天依然有时像一个阴影一样笼罩着我的灵魂。第二天告别的时候，我不得不长时间寻找着凯瑟琳。最后我在长满颠茄、缬草、当归丛和往上窜的大黄的菜园里找到了她。她穿着那件她在我到达那天穿的红色夏装连衣裙，靠在桑树的树干上，它当时是这个被高高的砖墙围起来的园子的中心点。我穿过有用的和没用的草，为自己开辟出一条通往那片凯瑟琳正从中朝我望过来的绿荫岛的路。我是来说再见的。我说着话，走进由伸出的树枝搭成的凉亭下面。她两手托着一种朝圣帽，像她的连衣裙那么红，有宽宽的帽檐，我觉得她此时此刻虽近在身边却十分遥远。她目光空洞，看到我像没有看到一样。我留下了我的地址和电话号码，以便你要是想……我没有说完这句话，也不知道该怎么把它说完。我注意到，反正凯瑟琳没有仔细听。曾经有一度，她说，我们认为可以在其中的一间空房间养蚕。但后来我们从没有这么做。哎，由于有无数失败的事情！——和凯瑟琳·阿什伯利聊完最后这几句话的若干年后，我还看见过或者觉得看见过她一次，那是一九九三年三月在柏林。我乘着地铁去西里西亚门站，在那个荒凉的地方闲逛了一会儿之后，我遇到一小撮人，他们在一栋以前也许是车棚或者类似地方的破房子前等着被放行。剧院显然就在这个一点都不像剧院的门脸后面，根据一份告示，剧院的节目单上写着我那时还不熟悉的雅各布·米夏埃尔·莱茵霍尔德·伦茨的未完成作品。在里面光线朦胧的屋子，人们必须坐在低矮的木椅上，因此立刻就进入一种童真的、渴望奇迹的状态。在我能够对这种思想作出解释前，她就已经出现在了舞台上，令人不可思议地穿着那同一条红色连衣裙，头上是同样浅色的头发，戴着同一顶朝圣帽。她，或者说与她长相极其相似的人，锡耶纳的圣加大利纳，在一个空房间里，然后远离她父亲的房子，厌倦了日间的炎热、荆棘丛和石块。我记得背景只有一座山，也许是特伦托的一个斜坡，在阿尔卑斯山山脚下，水绿色，就像刚从冰海中浮出水面。当日光下沉的时候，加大利纳倒在一棵看不见的树下，脱下鞋，把她的礼帽放在一旁。我想，她说道，我想在这里睡觉，至少打个盹。请安静，我的心。安静的夜晚正给病弱的知觉盖上它的大衣……

从伍德布里奇往南直到奥福德海边要足足四个小时。道路和交通线穿过一片空旷、多沙的地区，在漫长而干旱的夏日之末，它的大部分几乎就像一片沙漠一样。这片土地历来极少有人居住，几乎没有人耕种，其实只是一片四周与天相接的牧羊草地。十九世纪初绵羊和羊群消失后，石楠和歪七扭八的树就开始到处蔓延开来。这一发展状况被伦德尔沙姆府、萨德伯恩府、奥威尔庄园和阿什高墅的地主们根据实力加速推进了，他们把这一整片所谓的桑德林斯地区瓜分得只剩下些许不值一提的地块，目的是为小型兽类的捕猎活动创造有利的前提条件，而这种活动在维多利亚时代变得越来越流行。市民阶层出身的男人们通过他们的工业事业获取了巨大财富，现在需要将自己在更高阶层内的地位合法化，便购置了巨大的乡村庄园和田产，他们在这些田产上面放弃了一贯受到他们高度重视的功利主义原则，为了开展本身而言毫无用处、纯粹是以毁灭为目的，却不被任何人视作不恰当的狩猎活动。如果说从前在特为开辟的、经常维持若干世纪的兽苑和猎场内打猎是王室或者说当地贵族的特权,那么现在每一位想把他在证券交易中获取的利润投到影响和名声中去的人,会多次在当令时节用尽可能引人注意的花费于其宅邸中召集所谓的狩猎集会。一个人作为这样一个聚会的主人能够为自己赢取的声望,如果不考虑被邀请者的地位和名声的话,与被捕获的牺牲品的数量是成准确的比例关系的。因此,庄园的整个管理活动都是由为了保证并增加野生动物总量所必需的事情规定的。一年一度,雉鸡被数以千计地赶进兽苑,之后又被放进巨大的、失去农业用途的、大部分被设为不可进入的猎区。乡村居民在他们的权利方面被限制得越来越多,如果他们不饲养雉鸡、养狗,不做猎场看守人、围猎者,或者不在其他与狩猎事宜相关的事务中找到工作,常常就会被迫放弃他们世代传承下来的居住地。典型地,本世纪初,在霍斯利湾,就在海岸后面,针对没有工作的人设置了一个劳教所,它就是日后人们所说的殖民学院,大量人员在一段期限之后大多数都会从那里启程流亡新西兰或者澳大利亚。今天,位于霍利斯湾的机构大楼内的是一座拘禁青少年罪犯的开放式监狱,经常可以看到他们成群结队在周边的田里劳作,穿着老远就很醒目的橙红色上衣。雉鸡狂热在第一次世界大战前几十年达到了它的最高峰。光是萨德伯恩府那时就雇佣了二十四名猎场看守人和一位特别的裁缝来制作和保养他们穿的制服。有时候，这里一天之内就有六千只雉鸡被射杀，更不消说其他的禽类以及野兔和家兔。这些令人头晕的数字被清清楚楚地记录在这些处于相互竞争中的家族的资料册里面。桑德林斯地区最有名的猎场和农庄中有鲍德西庄园，它在德本河北岸扩展到了八千多摩尔干的规模。卡思伯特·奎尔特爵士，一位从较低的阶层升上来的企业主，在八十年代初期曾经让人在河流入海口的显眼位置建造了一座祖宅，它一部分使人想起伊丽莎白一世时代的地主庄园宅邸，一部分又有着印度土邦主宫殿的风格。随着这座建筑艺术奇迹的落成，奎

尔特认为它不容更改地展示了他所获得的地位的合法性，就像通过他所选择的、拒绝一切市民式妥协的徽章题词 Plutôt Mourir que Changer（宁死也不改变）所展示的那样。像他这样的男人那时正处于他们权力意识的高峰。从他们的立场出发，他们并不能认清为什么态势不会一直这样持续下去，从一次惊人的成功走向下一次。河对岸的费利克斯托镇在过去几十年间已经发展成为一处雅致的海滨浴场，而从前德国皇后为了休养在此停留并不是没有道理的。在那里下锚停靠数周之久的"霍亨索伦号"游艇是一个现在给企业家精神展现了可能性的明显标记。北海海滨，在皇家主权的保护下，可以脱颖而出成为上层阶级的一处配置了新时代生活的所有成果的健康疗养地。到处都有宾馆从贫瘠的地上拔地而起。林荫步道和浴疗设施得到修建，码头栈桥向大海中延伸。甚

至在整片地区最为荒凉的这个小镇,今天只剩下一个由唯一一排荒无人烟的低矮房屋和茅舍组成的村庄——星格街,我还从未在那里看到过一个人,而在那个时代,如果可以相信原始资料的话,人们在那里建造了一座估计可以接待两百位客人、现如今消失得无影无踪的疗养大楼,它有个宏大的名字——德意志海大厦,里面的工作人员全都是从德国聘请过来的。总的来说在那些年间,看似在不列颠和德意志帝国之间出现了跨越北海的各种各样的关联,这些关联首先有代表性地表现在他们的趣味上面,他们都想不惜一切代价拥有阳光下的一个位置,这一误入歧途的趣味是具有历史纪念意义的。毫无疑问,卡思伯特·奎尔特建造在沙丘中央的那座盎格鲁-印度式梦幻城堡很可能会符合德国皇帝的艺术鉴赏力,众所周知,德皇对各种能够想得到的奢侈浮华有着超出对其他一切东西的热爱。反过来,可以很轻易地把奎尔特——他会为他财富中增加的每一百万给他的海岸宫殿再添加一座塔楼——想象成"霍亨索伦号"甲板上的一位客人,比如与同样受邀的海军部老爷们一起,共同参加每逢星期天在公海上举行的礼拜仪式之前开展的体操训练。有什么大胆的计划是奎尔特这样一个男人在一位像威廉皇帝这样的志同道合者的激励下没有想到过的呢？比如，一座从费利克斯托镇经过诺德奈[1]一直延伸到叙尔特岛[2]、服务于公共国民训练的新鲜空气天堂。比如建立一种新的北海文明，且不谈盎格鲁－日耳曼世界同盟，作为其标志，可以在赫尔戈兰岛上建立一座在遥远的海面就能够看到的国家大教堂。历史的真实进程自然是另一回事了，因为，正当人们为自己描绘出一幅极其美好的未来图景时，事态已经正在走向下一次灾难了。战争发生了，德国的仆人们被送回了家乡，夏日的游客都不来了。一天早晨，一架齐柏林飞艇就像一条飞翔着的鲸鱼出现在海岸上空。在英吉利海峡那边，没有尽头的军队和物资队列开赴前线。整个地区被石榴红色的火焰翻耕着，在前线之间的死亡地带一具具尸体散发着磷光。德国皇帝失去了他的帝国，卡思伯特·奎尔特的帝国也慢慢地衰败了，他看到他曾经貌似取之不竭的资金正在萎缩，缩水的规模使得对这些财富进行有意义的经营已经不再能够获得保证了。与此同时，雷蒙德·奎尔特作为下一位继承鲍德西庄园财产的人，通过在海滩上空引进轰动刺激的跳伞运动，为娱乐费利克斯托镇现在不那么讲究的度假客作出了贡献。一九三六年他不得不

---

[1] 德国下萨克森州的一个镇，位于德国北部的北海海边。
[2] 位于德国北部，北弗里西亚群岛在德国境内面积最大、位置最北的岛屿。

把鲍德西庄园卖给国家。收益足够清偿所欠的税款，并且继续资助对于他而言超越一切的飞行热情。此外，雷蒙德·奎尔特在移交家庭财产时搬进了从前司机的临时住处，但保持了在伦敦不在别的地方投宿而只在多彻斯特酒店入住的习惯。为了证明人们在那里对他特别尊敬，每次在他到达的时候都会在英国国旗旁边升起那面黑底上有一只金色雉鸡的奎尔特小方旗，这种罕见的特权或许可归因于其骑士风度的名声，自从显然是毫无憾色地与他伯祖父购置的田产分开之后，自从——撇开一些流动资金不谈——除了他的飞机和一条位于偏远原野上的起飞跑道什么都不是他自己的以后，他就在矜重的酒店工作人员那里享有在这类事务上的这种名声。和奎尔特家族的鲍德西庄园一样，在第一次世界大战后的若干年里，数量众多的庄园也消散了。一座座地主庄园宅邸要么被听凭破败，或者被用作其他目的，比如为小男孩开设的寄宿学校、劳动教养所和疯人院、养老院，以及安置第三帝国来的难民的临时收容所。鲍德西庄园长期都是研究小组的住处和实验室，小组在罗伯特·沃森·瓦特的领导下研发出了雷达搜索系统，它现在凭借它看不见的网络穿越了整个大气层。此外，伍德布里奇镇和大海之间的这片地区今天也仍然布满了军事设备。一个人漫步穿过这片广阔的高地时，会一再路过军营大门和被围起来的区域,在那里,武器半掩半藏地存放在稀疏的赤松种植场后面、伪装色的飞机库里以及长满草的地下掩体中,凭借这些武器——必要的时候——所有国家和陆地都会在最短的时间内被变为冒着烟的石头堆和烟灰。在离奥福德不远的地方,已经因为漫漫长路而疲惫的我在陷入一场沙尘暴时,不禁产生了这个想法。这块绵延数平方英里的伦德尔沙姆森林在从一九八七年十月十六日到十七日的可怕的飓风之夜,大部分都被摧折为断枝残叶,当我靠近这片森林的东边时,短短数分钟内,刚刚还艳阳高照的天空就变暗了,一阵风刮起,它用幽灵般转动的涡流把灰尘吹上已经干涸了的土地上空。残余

的日光开始变淡,全部轮廓消失在灰褐色的、不久后被狂风不停晃动的、使一切窒息的昏暗中。我在一堵被堆在一块儿的根茎形成的墙后面蹲下来,看见一条线从地平线上被慢慢拉起。我尝试着透过变得越来越密集的混乱去看刚刚还在我视野中的标记,但这是徒劳的,每一瞬间这个空间都在变得更加狭窄。甚至在近在咫尺的附近也已经看不见一点线条或者形状了。灰尘粉末从左涌到右、从右涌到左,从四面八方涌向四面八方,它升上天空又从高处落下,嗡嗡作响声和光影闪烁持续了大概一个钟头,而在深入内陆的方向,我之后得知,下了一场激烈的雷阵雨。当暴风雨停了之后,波浪形的沙堆渐渐从昏暗中显露,它们把断枝残叶埋在了底下。我,在荒漠中覆灭的沙漠商队的最后幸存者,我这么想,气喘吁吁,嘴巴和喉咙发干,从在我身边形成的坑中爬了出来。四周一片死寂,没有一丝风在吹动,听不到一声鸟叫,没有一丝声响,什么都没有,尽管现在又变亮了,但中天的太阳还是隐蔽在依然长时间悬在空中的由花粉般细微的粉末组成的一片片旗帜后面,这些粉末是慢慢变碎的泥土最后残留下来的。——我在一种麻木的状态中走完了剩下的路。我只记得我的舌头黏在了上颚上,只记得我感觉自己在原地踏步。当我最终到达奥福德,我首先登上了城堡主楼的屋顶,从那上面可以眺望居民点的低矮砖瓦房，眺望绿色的花园和灰白的沼泽地，一直可以往下看到朝着南北两个方向消失于远方雾气中的海岸。

奥福德城堡完工于一一六五年，它在几个世纪当中都是防御经常威胁此地的侵袭的最重要的堡垒。直到拿破仑有了占领不列颠群岛的想法时——众所周知，他最大胆的工程师计划在英吉利海峡底下挖一条隧道，梦想着组建一支气球舰队——这里才采取了新的防卫措施，在海滩上建造了坚固的圆形要塞，它们之间仅仅间隔数英里。仅仅在费利克斯托和奥福德之间就有七座这种通常所说的马铁洛塔，据我所知，它们的有效性从来没有受到过检验。防守部队不久之后也被撤离了，空荡荡的破屋从那时起主要服务于从城垛上向下进行它们无声的夜间飞

行的猫头鹰。四十年代初期，鲍德西的技术员沿着东边的海岸设置了第一批雷达杆，它们是令人害怕的、高达八十米的木质构造物，在安静的夜里可以听到它们吱嘎吱嘎作响，对其目的人们一概不知，就像不知道在奥福德周围的军事研究站进行的数量众多的其他秘密工程的目的。所有这一切自然都成了各种各样的猜测的诱因，比如看不见的致命射线、一种新型的神经毒气，或者一种在其效果方面超过一切想象力的集体屠杀手段，据说这种手段会在德国人试图登陆的情况下被投入使用。事实上直到不久前，在国防部的档案中都有一份标题叫作《从萨福克星格街疏散平民》的卷宗，与在三十年之后就可以解封的类似卷宗不同，它要被密封七十五年，因为根据一则看似不能根除的流言，它包含着有关一场意外事件的细节，这次事件发生在星格街，令人毛骨悚然，直到今天政府也不能在公众面前对其负责。比如说，我听说过那时候在星格街试验过为了使整个地带变得不适合居住而被研发出来的生物武器。我也听说过一套一直延伸到海里的管道系统，借助于此，在遇到入侵时能够以爆炸一样的速度点燃石油大火，其强度之大，以至于水面都可以开始沸腾。在这些实验的过程中，据说一整个连队的英国工兵，由于疏忽，如果可以这么说的话，都丧命了，而且据目击者说是以最最恐怖的方式，这些目击者声称他们亲眼看到因为疼痛而肢体扭曲、烧焦了的尸体躺在海滩上或者依然蹲坐在外面大海中他们的小船里。另有人宣称，这些在大火中丧命的死者与穿着英国制服的德国登陆部队有关。一九九二年，《星格街》档案在当地报纸上经过一场较长时间的宣传运动之后被公布了出来，那时人们发现这些档案，除了一些相对无害的有关毒气实验的说明以外，没有包含什么可以为保密级别提供理由以及证实自从战争结束就一直在流传着的故事的内容。但是看起来，其中一位评论员写道，似乎敏感的材料在这份文件获得公布之前就已经被移除了，因此星格街的神秘依旧存在。——诸如星格街传闻这样的流言之所以保持着顽固性，尤其还因为冷战期间国防部在萨福克海滨继续运作着一座座所谓的秘密武器研究机构，对其工作实施了最严格的保密措施。比方说，奥福德的全体居民在任何时候都能够对位于奥福德角的研究机构中的活动进行猜测，这些机构尽管在当地就可以看得清清楚楚，但事实上对于他们来说就像内华达海滩或者南海环礁一样不可接近。就我而言，我还清楚地记得一九七二年第一次来奥福德的时候是怎样站在码头边眺望那片地区的，它通常被当地人称为那座岛，就像远东的罪犯流放地一样。之前我已经在地图上研究过奥福德海滨地区的独特形状，被享有可以说是治外法权的奥

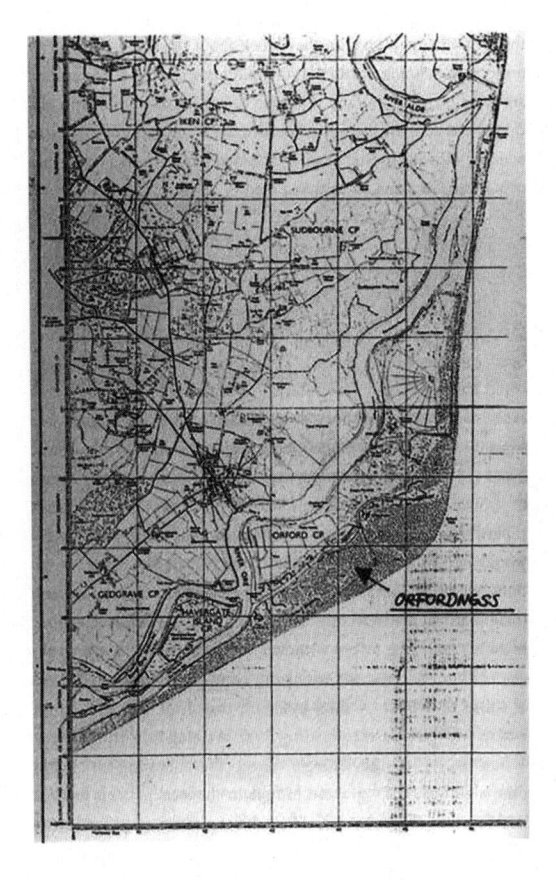

福德角所吸引，它在跨越数千年的时间里从北边开始一块石头一块石头地推移到了阿尔德河的河口前面，也就是说如此一来，这条在下游被称为奥尔河的潮汐河在注入大海前有大约十二英里是在今天的海岸线后面亦即以

前的海岸线前面流淌。那时，当我第一次在奥福德逗留的时候，渡河前往那座岛上是绝无可能的，而今天这样的行动已经不再受到任何阻止。国防部在几年前就停止了秘密的研究活动，一位无所事事地坐在码头墙边的男人毫不迟疑地主动提出花费几英磅就可以开船把我送过去，然后等我走完一圈在另一边向他挥手，再把我接回来。当我们坐在他蓝色的柴油快艇里横渡河流，他告诉我说，人们依然尽可能地避开奥福德角。甚至众所周知对孤独的熟悉远超一切的近海渔民，在尝试过几次之后就放弃了夜里在那儿钓鱼，表面上说是因为不值得，事实上是因为这个陷入一无所有的地点异常冷落，让人受不了，而且在某些情况下确实会导致持久的精神疾病。到了对岸之后，我和我的摆渡人作别，在爬上高高的防波堤之后，沿着一条有些地方长满了杂草的沥青道路走着，穿过一片苍白的、向远处延伸的田野。那天阴沉沉的，让人感觉气闷，没有一丝风，以至于头发丝那样细的野草的穗子都一动不动。短短几分钟之后，我就感觉我仿佛穿过了一片还没有人发现的大地，同时觉得，我现在还记得，我完全解脱了，一点都不压抑。我脑子里面没有任何想法。我每踏出去一步，心里的空处和周围的空处就更大，宁静就越深。很可能因此，我想，我受到了几乎致命的惊吓：就在我的双脚前，一只藏在路边草丛中的兔子突然跳出来往前蹿，首先顺着有裂纹的马路，拐了几下就又跑到田野中去了。它不得不——当我靠近的时候——蜷缩着，在它待着的地方心跳飞快地耐心等候，直到快要来不及逃命的时候。把它攫住的麻痹骤变为慌忙的逃亡行动的一瞬间，也是它的害怕把我穿透的那一刻。我现在还能够带着丝毫没有减弱的、超出我理解能力的清晰度，看到在这还不到一刹那的可怕时刻里发生了什么。我看到灰色柏油路的边缘、每一根草茎，看到那只兔子是怎样从它的藏身之处跳出来，耳朵耷拉在后面，有一张因为恐惧而僵硬的，不知怎么的分裂的、人一样的奇特的脸，我从它在逃亡中往后看的、因为害怕而转得几乎从脑袋上掉出来的眼睛里看到了我自己，我和它是一样的。半个小时后，当我到达将草原与向下一直倾斜到海边的巨大碎石滩隔开的壕沟时，血液才逐渐停止在我的血管中澎湃激荡。我在通往从前的研究所的桥上站了好久。在我身后遥远的西方，居民区地带的缓缓山坡隐约可见。一条狭窄的小溪南北走向地穿过干涸支流的污泥河床，波光粼粼。前方是一派被摧毁的景象。那些四周都填塞了大量石头的水泥建筑在我生命中的大多数时间都有上百名技术人员在里面专心致志地研发新的武器系统，很可能是因为它们奇特的圆锥形状，这些建筑从远方看起来就像史前时期埋葬伟大的统治者以及他们的

全部装备和所有金银的坟堆。我身处一片用途不同寻常的场地上的印象,因为若干像寺庙和亭台一样的建筑得到了加强,我怎么也不能把它们和军事设施联系起来。

我越靠近这些废墟，有关一座充满秘密的死人岛的想象就愈发烟消云散，我感觉似乎正身处我们自己在一场未来灾难中毁灭的文明的废墟中。就像后世一位不了解我们社会的任何特性、游走在我们遗留下来的一座座金属废料和机器废品堆之间的陌生人，对于我来说，是什么样的生物曾经在这里生活过、工作过，地下掩体内部的简陋装置、屋顶下面的铁轨、有些地方还贴着瓷砖的墙上的挂钩、像盘子一样大的喷嘴、装卸台和阴沟都是用来干吗的，这些也都是个谜。我那天在奥福德角实际上在什么时候去了哪里，我现在，当我正在写这篇东西的时候，也说不出来。我所知道的是，最后我沿着那座高高的堤岸从那座中国长城桥开始，经过老泵房漫步朝着码头的方向走去，在我左手边的荒原上有一座黑色的临时木头营房，右手边，在河的对岸是陆地。当我坐在防

波堤上等着我的摆渡人时,夕阳突然从云层中露了出来,照耀着那片折了一个大弯的海岸。潮水涌进了河流,水面像白铁皮一样闪着光,一座座无线电电杆从湿地草场耸立突起,从那上面发出均匀的、几乎听不到的嗡嗡声。奥福德的屋顶和塔楼从树冠之间显露,似乎伸手就可以抓住那么近。那里,我想,曾经有我的家,而这时,在越来越刺眼的逆光中,我突然看见,到处有早就消失了的磨坊的翼板,在越来越昏暗的色彩中,在风中缓慢沉重地转动。

九

结束了在奥福德的逗留后,我乘东部郡公共汽车公司的一辆红色公共汽车,经伍德布里奇朝内陆方向前去约克斯福德,再从那里向西北方向沿着一条从前的罗马大道步行前往一片居民非常稀少、在哈尔斯顿这座小城市南边绵延的地区。我在路上花费了将近四个小时,除了大部分已经收割完毕、一直延伸到视野尽头的庄稼地,被低低的云层覆盖着的天空以及从远处看起来相距一两英里远、大多被一片片树岛包围着的农庄以外,我什么都没有看到。当我从这条似乎没有尽头的直路上经过的时候,我几乎没有遇到一辆汽车,不管是那时还是今天,我都不知道我从这趟孤独的旅途中感受到的是一种享受还是一种痛苦。在我回忆中有时像铅一样沉重,有时又相当轻盈的这一天,云层也会间或消散。然后,扇形的太阳光线就向下照到了大地,照亮了这片或那片村庄,就像从前普遍出现在宗教描写中的那样,这些描述象征着一种被置于我们之上的权威的存在。下午,我来到了公路边,它跨过一条所谓的拦畜沟栅[1]从罗马大道向下穿过一片草场通往被深色的水渠环绕着的壕沟农场,亚历克·加勒德从整整二十年前开始就在那里专心地制作耶路撒冷神庙的模型。亚历克·加勒德可能刚六十出头,他整个一生都在乡下工作,在他离开乡村学校后不久就投入制作模型当中,像许多模型制作者一样,他在漫长的冬夜首先用小木块粘合制作各种各样的帆船和水手以及有名的轮船,比如"卡蒂萨克号"和"玛丽·罗斯号"。这项不久之后发展成为一种激情的活动以及他作为卫理公会的信徒宣教师很久以来就对《圣经》故事的事实基础所产生的兴趣,使他萌生了一个想法,那是六十年代末的一个晚上,他告诉我,正当他给牲畜喂夜食的时候,他想到要建造耶路撒冷神庙,而且就按照它在我们的公元初所呈现的样子。——壕沟农场是一处寂静、有点昏暗的家园。每次我前去拜访,从公路过来,穿过壕沟上的桥,来到大门前,都看不到一个人。即使叩动沉重的黄铜门环,里面也没有人应声。智利南洋杉纹丝不动地伫立在前院。就连水渠里的鸭子也不动弹一下。如果透过窗户望向似乎在它们摆放的位置上一直不动地打着盹的家具,望向光亮如镜的饭桌和单人扶手沙发、桃花心

---

[1] 铺在公路坑洞上方的金属栅栏,防止牲畜通过,人和车可以通过。

木五斗柜、包裹着暗红色天鹅绒的靠背椅、壁炉以及整齐摆放在壁炉架上的装饰品和瓷器人像，一个人就会有这样的印象，似乎住在这屋里的人出门远行了或者去世了。然而正当他经过长时间的等待和侧耳细听，感觉自己也许是一位来得不是时候的客人，想要再次转身离开时，他注意到在旁边稍远一点的地方，亚历克·加勒德已经在等候着自己了。我从约克斯福德步行上来的那个夏日也是这样。亚历克·加勒德和往常一样穿着他的绿色工作服，戴着钟表匠眼镜。神庙是在仓库里制作的，在走去仓库的时候，我们说了几句无关紧要的话。不过，因为建筑模型占了将近十平方米大小的面积，而且由于单个部分的微小和精确，收尾阶段进展得如此缓慢，以

至于一年过后几乎辨认不出有什么进步，尽管亚历克·加勒德如他告诉我的，将这段时间的农业生产收缩得越来越多，为了全身心投入神庙的制作。他只还有一些牲口，他说，更多也是出于喜好，而不是为了获得收益。屋子周围的广阔农田，如我所见，几乎全部又变成了草场。他说他把干草的草茎卖给他的一位邻居。他自己已经很久不开拖拉机了。现在，如果他不在神庙上至少忙活几个钟头，一天就算没有过完。过去的整整一个月，他几乎只用来给一百个还不到一厘米高的人物塑像上色，此时在神庙的场地上已经聚集了远超两千个这样的人像。更何况，亚历克·加勒德说，如果我的调查有了新的结果，还必须在结构方面一再实施改动。众所周知，考古学家对于神庙的准确结构还没有达成一致，而我自己的、经常是费力才获得的知识，亚历克·加勒德说，并不是在所有的情况下都比相互之间闹翻的科学家的意见更加可信，即便由我制作的这座模型今天被普遍看作是已经创作出来的最为细致的神庙仿制品。现在定期有参观者从世界各地过来，亚历克·加勒德说，有来自牛津的历史学家和来自曼彻斯特的《圣经》研究者，来自圣地的文物发掘专家，来自伦敦的极端正统派犹太人，来自加利福尼亚的天主教教派代表人，他们向他提出建议，根据他的数据在内华达州的荒漠重新建造这座神庙。许多电视台和出版社都用他们的计划去逼迫他,甚至罗斯柴尔德勋爵也已提出在神庙完工之后把它放在他位于艾尔斯伯里附近的乡村府邸的门厅供公众参观。对他自己来说,他的工作引起的轰动所带来的唯一好处在于,他的邻居们以及他自己家庭圈子的成员以前或多或少地明确表达过对他行为责任能力的怀疑,而现在他们在同样的轻视性评论方面已经有所克制。他完全明白,亚历克·加勒德说,一个人如果年复一年持续陷在幻想中,在一间不供暖的仓库里面忙着制作一件突破所有普通框架的、终究毫无意义毫无目的的手工作品,人们很容易把他看成疯子,特别当这个人同时耽搁了耕地种田、收取他有权得到的补贴时。虽然他从未在意过他因为布鲁塞尔荒唐的农业政策而变得越来越富有的邻居对他怎么看,但他的妻子和孩子们必定有时也会觉得他头脑不再清醒。这,亚历克·加勒德说道,让我的心情有时比我承认的更加压抑。就这一点而言,罗斯柴尔德勋爵坐着他的豪华轿车来到我的花园的那天,确实是我生命中一个重要的转折点,因为从那天起我在我家人中间也被视为一位致力于严肃事情的学者。当然另一方面,持续增长的拜访者数量也妨碍了我的工作,还在等着我去完成的工作一如既往地多,你可以说,相比十年前或者十五年前,由于我变得愈发精确的知识,今天要完成这些工作对我而言

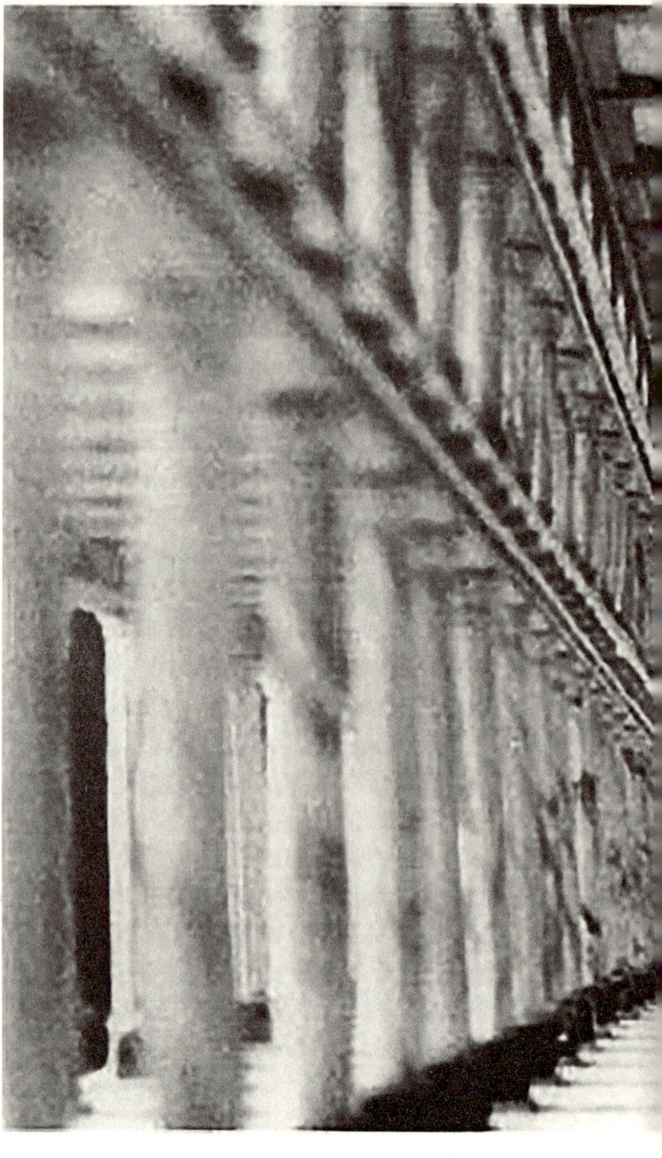

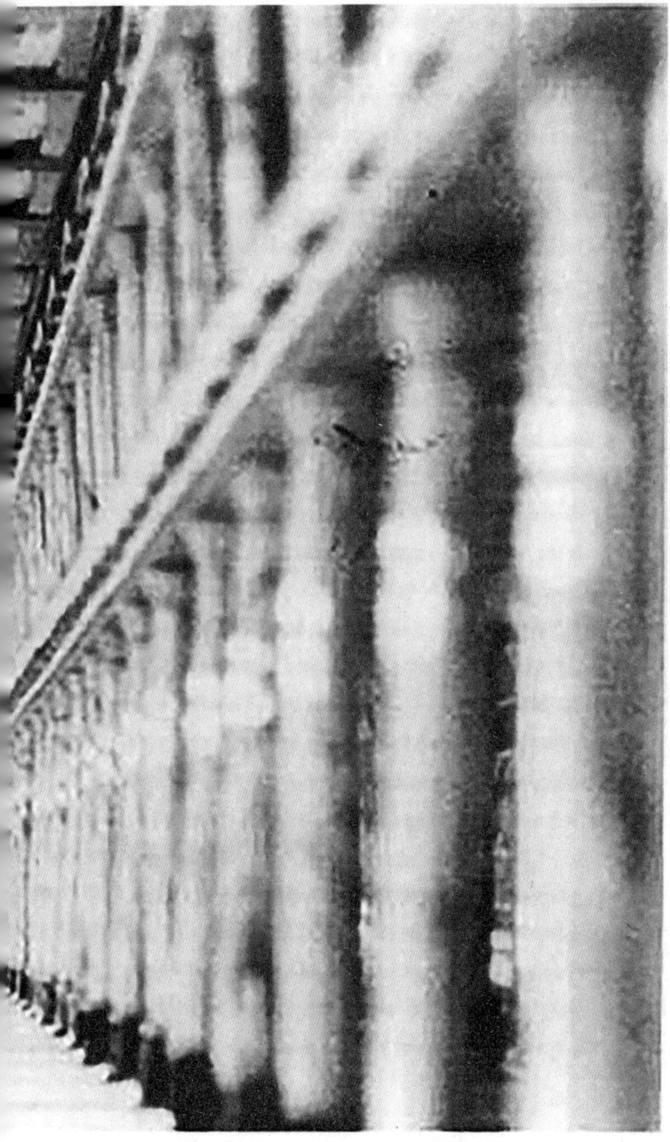

在各个方面都更加困难了。美国天主教徒中有一位曾经问我,我对神庙的想象是否是通过一种宗教启示获得的。当我告诉他这和神的启示没有关系时,他非常失望。如果有神的启示,我对他说,那在进展中我为什么还要作出改动呢?不,它真的只是研究和工作,没完没了的工作。亚历克·加勒德说。你必须研究《密西拿》,他继续往下说,和所有其他可以获得的文献资料以及罗马建筑艺术,以及由希律王在马萨达[1]和博洛登建造的建筑物的特征,因为只有这样才能获得正确的思想。人的思想随着时间的推移不断发生着变化,它也因此经常促使一个人再次拆毁人们认为已经尽善尽美的东西然后从头开始,我们所有的工作最终都只是建立在这样的思想基础之上。如果我预先知道这项变得越来越冗蔓和细致的工作对我所提出的要求,我很可能根本不会从事神庙的制作。最后,如果总体上要给人们留下忠实于生活的印象,柱廊天花板上的每块一平方厘米大小的镶板、几百根柱子中的每一根、数以千计的小方石中的每一块都必须手工制作并且特为上色。现在,在我视野的边缘开始渐渐变暗的时候,我有时候会想,我是否完得成这项制作,我迄今为止完成的一切是否仅仅是低级的劣质品。但是另一天,当傍

---

[1] 位于犹地亚沙漠与死海谷底交界处的一座岩石山顶,古代以色列王国的象征。

晚的光线从旁边穿过窗户透进来，当全貌展现在我面前，我在一瞬间看到神庙和它的前廊，看到神职人员居住区、罗马卫戍部队、浴室、食品市场、献祭处、游廊和兑换所、大门和台阶、前院和外面的偏僻地区、背景中的山脉，觉得似乎一切都已完成，似乎我看到的是一片永恒的风景。最后，亚历克·加勒德给我看了一张他从一堆纸下面翻出来的画报，这是一幅两页的神庙区的空中影像，和今天一样：白色的石块，深色的柏树，在中心闪闪发光的是岩石大教堂的金色圆顶，它让我立马想起了塞兹韦尔新建的核反应堆，在月光皎洁的夜晚它们就像一座圣塔一样远远地照耀在大地和海洋上空。在我们离开他工作室的时候，亚历克·加勒德说耶路撒冷神庙只存续了一百年。也许这一座会存在得更久一点。我们还在水渠小桥上站了一会儿，亚历克·加勒德和我说起他对鸭子的偏爱，它们中有几只现在正安静地在水面上划着水，找寻着他时不时从裤袋里掏出来向下撒给它们的饲料。他说，我一直把鸭子看作小孩子，我一直感觉它们羽衣的色彩，特别是深绿和雪白，是素来让我思索的问题的唯一可能的答案。就我能够回想到的而言确实是这样。当我在分别时说我今天是从约克斯福德走上来的，现在想要继续去哈尔斯顿，亚历克认为我可以和他一起坐车去，因为他反正要在市里办些事情。到哈尔斯顿所需的一刻钟时间内,我们沉默不语地并排坐在他的皮卡车驾驶室里,我希望行驶在田野上的短暂车程永远不要结束,那样的话我们就可以一刻不停直到耶路撒冷。但是我必须在哈尔斯顿的天鹅宾馆下车,这是一座已经有数百年历史的房子,它的客房布置着人能想象的最可怕的家具。玫红色床的床头由一组将近五英尺高的黑色大理石装饰板结构组成,带有各种不同的抽屉和格层,好像一座圣坛建筑,细腿的梳妆台点缀着金色的阿拉伯式藤蔓花纹,镶嵌在衣橱门里的镜子将人照得古怪畸形。因为木地板非常不平整,而且朝窗户一边倾斜得非常厉害,所以这些家具都有些歪斜,以至于一个人沉睡中还被一种身处一栋快要倒塌的房子里的感觉纠缠着。因此,我第二天早上离开天鹅宾馆,朝东从城市走向田野时,真有种轻松的感觉。我现在拐着大弯穿越的地区不比我前一天走过的地区居民更加密集。每两英里就会穿过一个房子很少有超过十栋的村庄,这些村庄无一例外地都是根据各自礼拜堂的主保圣人命名:圣玛丽、圣米迦勒、圣彼得、圣雅各、圣安德鲁、圣劳伦斯、圣约翰和圣十字,因此这整片地带才被它们的居民叫作"圣徒"。比如人们会说:他在圣徒买了地,云朵正飘在圣徒上空,那是圣徒的某个地方,等等。我自己在穿越这片大部分地区没有树却还是看不到全貌的平原时就在想,我可能会在圣徒迷路,弯弯曲曲的英国人行道系统经常让我改变方向,虽在地图上标注着道路但已经被犁过了或者被草覆盖了的地方,让我在穿过田野时得碰运气地继续前行。有几次我都认为已经迷路了,这个时候,将近中午,我的目的地伊凯瑟尔圣玛格丽特教堂的圆形塔楼出现在了远处。半个小时后,我背靠着一块墓碑,坐在这个自中世纪以来数量就几乎没有变化的堂区墓地里。十八和十九世纪,在这些偏远地区履职的牧师经常和他们的家人住在最近的小城市,每个星期乘着马车来乡下一两次,为了做礼拜或者稍微查看一下一切是否秩序井然。伊凯瑟尔圣玛格丽特的这些教士中有一位艾夫斯牧师大人,他是一位稍有名望的数学家和希腊学家,与他的太太和女儿住在邦吉,相传他喜欢在黄昏时分喝一杯加那利香槟酒。发生在一七九五年的一些事情被记录了下来。在夏季,经常有一位年轻的法国贵族前来拜访,他是因为害怕革命而逃到英国来的。大多数时候,艾夫斯和他聊的都是荷马史诗、牛顿的算术和他们两个都游历过的美国。那里土地广阔,森林绵延,树木高耸,树干比最宏伟的大教堂的柱子都要高。还有尼亚加拉大瀑布坠向深渊的水,如果没有一个人站在瀑布的岸边并意识到他在这个世界的孤独,它持续不断的咆哮有何意义。夏洛特,堂区长十五岁的女儿,全神贯注地倾听着这些谈话,特别是当这位优雅的客人绘声绘色地讲述离奇故事的时候,故事里有用羽毛装饰的战士和印第安姑娘,她们的深色皮肤展现出了苍白伦理中的一丝色彩。有一次,她甚至因为太过感动而不得不迅速跑到花园里去,当时讲的是一位隐士的乖巧的狗陪着一位身心都献给基督教的小姑娘安全地穿过危险重重的荒野。后来讲述者问她,他的故事里是什么让她如此特别感动。夏洛特说,首先是狗狗的形象,它嘴里咬着一根棍子,棍子上挂着一盏灯,走在前面为充满恐惧的阿塔拉照亮夜路。她说,相比高深的思想,像这样让她感动的小事物总是要多得多。如此,这位被驱逐出家乡、在夏洛特的眼里无疑被一种浪漫的气息环绕着的子爵在几个星期的时间里逐渐接管了一位家庭教师和知心者的任务,当然也就在事情的发展之中。他们用法语练习听写和对话,那是自然而然的。不过夏洛特也请求她的朋友为她制订有关古希腊罗马历史文化、圣地地志以及意大利文学的涵盖面非常广的研习计划。他们在漫长的下午会一起阅读塔索的《耶路撒冷的解放》和但丁的《新生》,在这期间,这位年轻姑娘的脖子上经常出现绯红色的斑点,而这位子爵领前皱褶花边下的心也常常快跳出嗓子眼。每天通常是以音乐结束。屋子里面已经有点昏暗了,但是在外面,西方的光芒照耀着花园,夏洛特从她会弹的曲目中选了某一首进行演奏,子爵则靠在钢琴的那一头，沉默不语地听着。他们因为共同学习一天天地走得越来越近，尽力克制着自己，这个事实他是明白的，他相信他不敢为夏洛特拿起手套，但是感觉自己不可抗拒地被她吸引着。带着一丝惊愕，他日后在他的《墓中回忆录》中写道，我不久就预见到了我不得不离开的时刻。告别晚餐是一件极度悲伤的事情，这时候没有人知道该说些什么合适的话，让子爵吃惊的是，最后不是母亲而是父亲带着夏洛特去了客厅。这位母亲不得不抛开所有因循的礼节扮演一个不同寻常的角色，然而，子爵注意到，她自己现在也非常有诱惑力，她为她的女儿向这位可以说正要走的人求婚——如她所言——在他们的感觉中她已经完全属于他。您没有了祖国，她说，您的田产被变卖了，您的父母不在了，还有什么能够把您召唤回法国去。您就留在我们这儿吧，做我们的养子，继承您的遗产。子爵几乎不能相信这番向一位身无分文的政治流亡者所提出的慷慨，由于这次显然获得艾夫斯牧师大人同意的求婚，他感觉自己陷入了内心极其巨大的激荡之中。因为一方面，如他所写的，没有什么比能够不为世人所知地在这个孤独家庭的怀抱中度过他的余生，更让他感到渴望，另一方面，戏剧性的时刻现在已经来临，因为他必须坦白，他已经成婚了。虽然他在法国允诺的、在某种意义上由他的姐妹们越过他安排的婚姻只是一种形式，但是这丝毫改变不了自己共同造成的这种尴尬局面的不可维持性。他绝望地呼叫着不要说了！我结婚了！[1]，拒绝了艾夫斯夫人稍稍低垂着眼说出的提议，她随即昏厥了过去。他没有其他选择，只能带着永远不回来的打算当场离开了这栋好客的屋子。日后，在写下对这个不幸日子的回忆时，他自问，要是他改变了主意并在英国这个偏僻的郡过着绅士猎人的生活，情形又会是怎样的。很可能我就写不出哪怕是一个字来了，很可能我最后甚至连我的语言都忘记了。他自问，如果我就像这样消散在空气中，法国会有多少损失？最后会不会有更好的生活？为了发挥一个人的天赋而挥霍他的幸福难道不是不公平的吗？我写的东西在死后还能被人们接受吗？在一个彻底改变了的世界里还会有某个人能够理解它们吗？——这位子爵在一八二二年写下了这些字句。此时他是法兰西王国驻乔治四世宫廷的大使。一天早晨，当他坐在他的小房间里工作的时候，他的侍从向他报告，有一位萨顿女士经过这里，想要和他说话。当这位陌生的女士在两位同样戴着孝、大约十六岁的男孩的陪同下跨过门槛的时候，他感觉她因为内心的激动几乎站不稳了。子爵拉住她的手把她领到沙发椅前坐下。两位男孩

---

[1] 原文为法语。

站在她边上。这位夫人把从她的帽子垂下来的黑色丝带捋向一边,用轻柔、断续的声音说道,阁下,您还记得我吗?我,子爵写道,又认出了她,在二十七年之后我又坐在了她的边上,泪水涌进了我的眼眶,我透过模糊的泪水,看到她和那个已经长时间尘封在阴暗处的夏天里的样子一模一样。你呢,夫人,你认得我吗?[1]我问她。她却没有作出任何回答,而只是用如此悲伤的微笑看着我,以至于我知道,我们曾经相爱过,远比我当时承认的要深。——我为我妈妈戴孝,她说,父亲几年前就已经去世了。说着这些话,她把手从我这儿抽了回去,遮住了她的面容。我的孩子们,她过了一会儿接着说下去,是海军上将萨顿的儿子,我在您离开我们三年之后嫁给了他。请您原谅我。今天我说不了更多了。——我向她伸出了我的手臂,子爵的记载里这样写道,当我陪着她穿过屋子走下台阶回到她的车边,我把她的手放在我的胸口,感觉到她浑身都在颤抖。当她乘车离开的时候,两个黑发男孩像两名不会说话的仆人一样坐在她对面。多么动荡的命运![2]我,子爵写道,在接下来的四天里,还去萨顿夫人给我的位于肯辛顿的地址拜访了她四次。

---

1 原文为法语。
2 原文为法语。

儿子们每次都在屋子外边。我们说话,我们沉默,每说一句"您记得吗?",我们过去的生活就从时间的灰色深渊中更加清晰地显露出来。在我第四次前去拜访的时候,夏洛特请求我为她两个儿子中年龄较大的、打算去孟买的那一个,在乔治·坎宁面前说句话,后者刚刚被任命为印度总督。就是为了这个请求,她说,她才来到伦敦的,现在她又要回邦吉去了。别了!我不会再见您了!别了!——在这场令人痛苦的分别之后,我长时间把自己锁在使馆内我的小房间里,把我们的不幸故事写下来,中途一再被徒劳的考虑和深思打断。我心中有个问题挥之不去,即我用书写的形式是否会再次并最终背叛、失去夏洛特·艾夫斯。但是除了通过书写来抵抗经常出其不意地击溃我的回忆,我别无他法,这也是真的。如果它们被锁在我的记忆中,那么它们的分量随着时间的推移会变得越来越沉重,以至于最后我在它们不断增长的负担下肯定会崩溃。回忆在我们的内心沉睡数月、数年,悄悄地不断疯长,直到它们被某个微不足道的小事唤起,并以古怪的方式让我们在面对生活时变得盲目。我因此经常感觉我的回忆以及把回忆记录下来是一种有失身份的、本质上卑鄙的事情!然而,如果没有回忆的话我们会怎样?我们也许都不能处理最最简单的思想,感情丰富的心灵也许会失去倾心于另一个人的能力,我们的存在也许仅仅是一个由无意义瞬间组成的无尽链条，过往的痕迹也会不复存在。我们的生活多么悲惨！它是如此地充满了错乱的幻想，如此地徒劳，以至于仅仅是我们记忆所释放的空想的影子。我内心的疏离感越来越可怕。昨天在海德公园散步的时候，我在五颜六色的人群中感觉有一种不可言说的可怜，感觉我被抛弃了。我就像从远处看见了美丽年轻的英国女子，带着我从前在拥抱中所感觉到的那种强烈困惑。今天，我的眼睛几乎没有移开过我的工作。我几乎看不见了，某种程度上已经和一个死人一样了。也许这就是为什么我觉得这个几乎被我抛在身后的世界被某种特殊的神秘所笼罩。

和夏洛特·艾夫斯相遇的故事，只是夏多布里昂子爵卷帙浩繁的回忆录中的一个微小片段。一八〇六年在罗马，他第一次产生了探测他灵魂深浅的愿望。一八一一年，夏多布里昂严肃地开始了这项工程，从这时起，只要他荣耀而痛苦的生活的环境允许，他就致力于撰写这部扩展得越来越庞大的作品。自己的感情和思想在那些年巨大转变的背景中获得了发展：革命、恐怖统治、流亡、拿破仑的上位和垮台、复辟以及公民王国[1]交替出现在这出上演于世界舞台且不愿收场的戏剧中，

---

[1] 即七月王朝，国王不再是法国的国王，而是法兰西人的国王。后被1848年二月革命推翻。

这出戏让享有特权的观众受到的损失并不比无名的人群更少。幕布不断地移动。我们从一艘轮船的甲板上眺望弗吉尼亚海滩，参观格林尼治的海军武器库，惊叹于莫斯科大火的恢弘画面，在波希米亚温泉花园中散步，成为蒂永维尔轰炸的目击者。烟火照亮了被数千名士兵占领了的城垛，迸发出炽焰的炮弹的抛物线轨迹在黑暗的空中交叉，加农炮每一次发射之前，一束耀眼的反光就会穿过堆叠的云层直上蔚蓝的天顶。有时候，冲突的喧闹声会停顿几秒钟。然后就能听到鼓声滚滚、铜号阵阵，以及让人毛骨悚然、在精神失常边缘颤抖的发号施令声。哨兵，你们要当心！[1] 可以说，这类对军事场面和政治事件的花哨描绘与回忆记录关联在一起，构成了盲目地从一次灾难跌跌撞撞地走向下一次灾难的历史的高潮。这位参与其中且再一次回顾他之所见的编年史作者，以一种自残的方式把他的经历铭刻在自己身上。通过这样的描写，他成为上天所施加给我们的命运的模范殉道者，在有生之年就已经躺在了他的回忆录所表现的坟墓里面。对过往的重述从一开始就以获得解脱之日为归止，就夏多布里昂的情况而言，即一八四八年七月四日，在这一天，死亡在位于巴克街的一间底楼内夺走了他手中的笔。

1　原文为法语

孔布尔、雷恩、布雷斯特、圣马洛、费城、纽约、波士顿、布鲁塞尔、泽西岛、伦敦、贝克尔斯和邦吉、米兰、维罗纳、威尼斯、罗马、那不勒斯、维也纳、柏林、波茨坦、君士坦丁堡、耶路撒冷、纽沙特尔、洛桑、巴塞尔、乌尔姆、瓦尔德明兴、特普利采、卡罗维发利、布拉格和比尔森、班贝格、维尔茨堡和凯泽斯劳滕以及其间常去的凡尔赛、尚蒂伊、枫丹白露、朗布依埃、维希和巴黎——这仅仅是现在行将结束的旅程中的一些站点。在生涯开始的时候,他在孔布尔度过了他的童年,对童年的描写让我在第一次阅读的时候就难以忘却。弗朗索瓦－雷内是十个孩子中年纪最小的一个,在他们中间,头四个都只活了几个月。晚生的几个孩子被取名为让－巴蒂斯特、玛丽－安娜、贝尼涅、朱莉和露西。所有四个姑娘都美丽非常,特别是朱莉和露西,她们两个都在大革命浪潮中丧了命。夏多布里昂一家和一些仆人完全隐居在孔布尔的庄园宅邸,在房子宽阔的空间和过道里,半支骑士队伍都有可能走散。除了一些相邻的贵族,比如蒙卢埃侯爵或者戈永－博福尔伯爵,几乎没有人前去这座城堡拜访。尤其在冬季,夏多布里昂写道,长达数月就这么消逝,没有一个过路的旅客或者陌生人叩响我们城堡的大门。因此,比荒原上的悲伤更深的,是寂寞的房子内部的哀愁。谁如果在拱顶下面来回走动,那么他就会有踏入卡尔特会修道院时那样的心情。晚饭铃总是在八点敲响。晚餐后,我们还会在火炉边坐上几个小时。风在壁炉中悲鸣,母亲坐在长沙发上叹息,父亲在睡觉前会不停地在这间巨大的厅室里来回走动,除了吃饭的时候,我从来没见他坐下来过。他一直穿着一件用白羊毛绒布制成的长袍,头上戴着一顶同样料子的便帽。只要他在这样踱步的时候稍微远离被跳动的炉火和唯一一支蜡烛照亮的房间中央,他就会开始消失在阴影中,然后又一下子完全浸没在黑暗中,只听得到他的脚步声,直到他穿着他像幽灵一样的独特装束再次回来。美好的季节里暮色降临时,我们常常坐在房前台阶上。父亲端着猎枪射向在外面飞行的猫头鹰,我们小孩子和母亲则一起向森林的黑色树梢那边望过去,往上看到天空中,星星一颗接着一颗升起。十七岁的时候,夏多布里昂写道,我离开了孔布尔。父亲有一天和我说心里话,我从现在起必须走自己的路了,我要进入纳瓦拉军团,明天要启程途经雷恩前往康布雷。这里,他说,有一百金路易。不要挥霍它们,永远不要侮辱了你的名字。他在和我分别的时刻就已经患有进行性麻痹,最终就是这个病把他带进了坟墓。他的左臂不停地在颤抖,他必须用他的右手握紧它。在把他的旧剑交给我之后,他就这样和我站在敞篷车前,车子已经在绿色的花园中等候着了。我们顺着鱼塘边的车道往上行驶,我又一次看到了磨坊溪流闪着光芒,燕子在芦苇上空交叉飞翔。然后我往前看,望向那片展现在我面前的宽阔原野。

我从伊凯瑟尔圣玛格丽特到邦吉还要走一个小时,从邦吉经过韦弗尼河谷地的湿地草场直到迪钦汉姆的另一边还再需要一个小时。从远处就已经可以辨认出,在这片从北边向低地急剧倾斜的地区的脚下就是迪钦汉姆小屋,这是一座孤零零地伫立在平原边缘的房子,婚后夏洛特·艾夫斯和海军上将萨顿一起搬了进去并在那里生活了许多年。当我走近的时候,窗玻璃在阳光中闪烁着。一位穿着白色围裙的女士——这真是不寻常的景象,我想——走到了由两个柱子支撑着的遮阳篷下,唤着一条正在花园里四处蹦跳的黑狗。此外就再也看不到一个人了。我爬上山坡,来到了干线公路,然后穿过满是茬儿的庄稼地,前往离迪钦汉姆好一段路程的教堂墓地,夏洛特两个儿子中年纪稍大的那个,也就是想在孟买追求幸福生活的那个,就葬在那里。石棺上的铭文如下:此地安息着塞缪尔·艾夫斯·萨顿,逝于一八五○年二月三日,其为海军上将萨顿之长子、第一营第六十步枪队已故上尉、名誉陆军少校、退休军人事务官。在塞缪尔·萨顿的墓边,还立着一座令人印象更加深刻的墓,它同样由沉重的石板砌成,上面装饰着一个瓮,侧面上方边缘

的圆形孔洞首先引起了我的注意。它们让我想起了我们以前在盒盖上弄的通风孔,我们会把我们捉到的金龟子和它们的叶类食物锁在盒子里边。有可能,我心想,是一位善感的后人特地让人在石头上钻的这些孔,以防离他而去的人在她的阴宅里还想再一次呼吸。这位受到如此关照的夫人的名字是莎拉·卡梅尔,于一七九九年十月二十六日过世。作为迪钦汉姆的医生的太太,她应该属于艾夫斯家族的熟人圈,很可能夏洛特和她的父母出席了葬礼,也许她之后在追悼会上甚至还用钢琴弹奏了一支帕凡舞曲。当时在莎拉和夏洛特所属的这些圈子里蕴涵的高贵感觉,我们今天还能够从比他的夫人多活了

四十年的卡梅尔医生请人刻在浅灰色墓碑石南面的碑文字母的漂亮弧线上看出来:

> 坚持宗教实践,坚定原则
> 她的生活显示出美德的平和
> 她谦虚的意识,不引人注目的优雅思想和举止
> 她的真挚和心地的仁慈
> 获得了尊重,抚慰了情感
> 激发了自信,传播了快乐

迪钦汉姆的墓地几乎是我徒步漫游萨福克郡的最后一站了。下午已经开始落幕,因此我决定再次走到干道上,然后朝着诺里奇的方向继续走一段路,直到海登海姆的美人鱼酒吧,不久之后那里肯定就会开门营业的。我可以从那里打电话回家让人来接我。我要走的路会经过迪钦汉姆府,这是一栋一七〇〇年左右用美丽的淡紫色砖建成的房子,还不同寻常地安装了深绿色百叶窗,在这向着四面八方延伸的园林风景中,它受人冷落地远远坐落在一片蛇形湖上。当我之后在美人鱼酒吧等克拉拉的时候,我想起迪钦汉姆庄园肯定是在夏多布里昂在这个地区停留的那段时间建成的。借助像迪钦汉姆这样的庄园,统治精英可以在一块悦目的、看起来没有边界

的土地上把自己围起来,这样的庄园是在十八世纪下半叶才流行起来的,计划和实施圈地所必需的工作经常要延续两三年。为了完善已经拥有的地产,大多数时候必须额外购置或者交换各种田产,街道、公路、零星的农庄,有时候甚至整个村子都必须进行迁移,因为精英们想要在家里就拥有一片连贯的视野来观赏没有一切人类存在痕迹的自然风光。出于同样的原因,围栏也要被草丛覆盖的宽阔沟渠取代,仅仅是对其进行挖掘就要耗费数千工时。很显然,推进这样深刻涉及土地且介入周围地区生活的计划并不是一直不招致争执的。比如有报道说,在那个时代,迪钦汉姆府如今的所有者费勒斯伯爵的一位祖先,在一场让他非常恼火的对抗过程中断然开枪打中了他的一位管家的头,最终他为此被上议院的议员们判处死刑,在伦敦被公开用一条丝绳绞死。——在建造乡村庄园的过程中耗费最少的事情也许是一小撮一小撮、一棵一棵单独地种植树木,即便在此之前常常要砍伐不符合整体设计方案的小树林,烧掉不好看的低矮树丛和灌木丛。今天,因为在大多数庄园里仅仅还伫立着当时所种植树木的三分之一,而且每年更多树木因为树龄过大以及其他原因而死去,我们不久之后就可以再次想象这些恢宏的乡村别墅在十八世纪末期是如何耸立在托里拆利[1]式的真空中的。夏多布里昂日后也努力实现过投射在这种真空中的自然理想——规模相对要小一点。一八〇七年从君士坦丁堡和耶路撒冷长途旅行回来后，他在狼谷离奥尔奈村不远的地方买下了一栋隐蔽在密林覆盖的山丘之间的花园别墅。他在那里开始写他的回忆录，在一开头，他就写了那些由他种下的、每一棵都得到他亲手照料的树。现在，他写道，它们还是这么小，我站在它们和太阳之间，给它们投下荫凉。但是以后，当它们长大，它们会向我回报荫凉，庇护年老的我，就像我在它们年轻时庇护它们那样。我感觉我和这些树联结在一起，我给它们写下十四行诗，写下哀歌和颂歌；它们的名字我都知道，就像小孩子一样，我希望我有一天可以在它们底下死去。——这张照片是大约十年前在迪钦汉姆拍摄的，那是一个星期六的下午，迪钦汉姆府为帮助慈善事业而面向公众开放。我，在还不知道其后发生的不幸的情况下，靠着的那棵黎巴嫩雪松，是建造庄园时种下的树木中的一棵，它们中好多，人们说，都已经消失不见了。大约在七十年代中期，树木以显而易见的速度加速减少，特别在英国常见的树种当中爆发了

---

[1] 托里拆利（1608—1647），意大利物理学家，伽利略的助手，气压计的发明者。

严重的倒伏，有一次甚至几乎完全灭绝。一九七五年前后，从南海岸开始的荷兰榆树病到达了诺福克，仅仅两三个夏天的工夫，我们周边地区就没有一棵活着的榆树了。给我们花园中的池塘投下荫凉的六棵榆树，在它们又一次绽放了奇妙的嫩绿色之后，在一九七八年六月的短短数星期之内就枯死了。病毒以令人不可置信的速度传遍整条林荫大道的根系，触发毛细管的收缩，这导致了树木在短时间内渴死。即便是单独种植的树，也无一幸免地被传播这种疾病的飞行甲壳虫发现了。我曾经见到过的极其完美的树木中，有一棵是将近两百岁的榆树，它独自耸立在空旷的田野上，离我们的屋子不远。它确实遮蔽了一片巨大的天空。我记得，当这片地区的大多数榆树已经死于这种疾病的时候，它还在微风中摇动着

它数不尽的、略微不对称的、长着细齿的叶子,似乎这种撂倒了它整个种属的流行病会不留痕迹地略过它而去,我还记得,还不到两星期的时间所有这些看似不可侵犯的叶子都枯黄、卷曲了,在秋天之前它们就已经化为了尘土。这个时候我开始注意到白蜡树的树冠越来越稀疏了,注意到橡树叶子越来越稀少了,显示出了奇怪的突变形状。同时,这些树自身也开始直接从坚硬的枝干长出叶片,在夏天就已经大量掉落下像石头一样硬、被一种黏稠物质覆盖了的畸形橡子。迄今尚且保持着正常的山毛榉,则受到了接连极度干旱的年份的剧烈损害。叶片只有正常尺寸的一半那么大,山毛榉果实几乎无一例外地是空心的。草地上,杨树一棵接着一棵枯死。死去的树干有一部分还直立着,有一部分则断裂破碎了,在草丛中经受日晒风吹雨淋退了色。最后,在一九八七年秋天,一场以前从未有人经历过的风暴袭击了这片地区,根据官方推算,超过一千四百万棵成年乔木成为它的牺牲品,更不用说矮小的灌木。那是十月十六日到十七日的夜里。没有预警,来自比斯开湾的风暴就沿着法国西海岸北上,横贯英吉利海峡,穿过英格兰岛东南地区向北海袭去。凌晨三点左右我醒了过来,与其说是因为不断加强的咆哮声,不如说是因为我房间里面异常的温暖和不断上升的气压。与我在此地经历过的其他二分点风暴不同的是，这场风暴带来的不是摧毁性的强风，而是不断均匀地持续着的，却看似不断增强的推力。我站在窗边，透过被绷紧得快要破碎的玻璃往下看向花园的尽头，在那里，相邻的主教公园的大树树冠被折弯了，上下起伏，就像暗流中的水生植物。白色的云在一片昏暗中飘过，天空上一再划过可怕的火光，我之后才得知这是由高压电线相互触碰而诱发的。一度我都不得不转过身去回避一会儿。无论如何我还记得，当我再一次向外看去，在之前风浪撞击着一大丛一大丛黑色树木的地方只看到发出苍白色光的空旷地平线，那时我不敢相信自己的眼睛。我感觉仿佛有人把幕布拉到了一边，仿佛我看到的是一个没有形状的、向地狱过渡的情景。当我感知着公园上空不同寻常的夜间光亮的同一时刻，我知道，那下面一切都被摧毁了。然而我又希望，这样令人寒战

的空旷可能有另一种原因，因为我没有透过风暴的怒吼听到丝毫我所了解的砍伐木材的那种爆裂声。之后我才明白，这些树木直到最终都被它们的根系固定住，只是逐渐弯向地面，在这样一种缓慢的被迫向下弯的过程中，相互纠缠的树冠不会断裂，而是几乎保持着无恙的状态。所有的树林都是以这种方式像庄稼地一样被下压。拂晓时分，当风暴稍微减弱，我才敢出门来到花园里。我在一片狼藉中站立良久，喉头发紧，犹如身处一种风洞中，对于这个季节而言尤嫌太热的空气的旋涡如此强劲。沿着公园北边伸展的步道两旁是百岁以上的树木，它们都像昏厥了一样倒在地上，在巨大的土耳其和英格兰橡树、白蜡树、悬铃木、榉树和菩提树下，之前站在它们树荫里的矮小树木，比如金钟柏和紫杉、榛树和月桂、冬青和杜鹃花，已被扯碎、撕裂。太阳出山了，洒下了光芒。风还刮了一会儿，然后就一下子平静了。什么都不动了，除了之前在灌木和乔木中安家的鸟儿，它们中有许多现在正惊慌失措地在直到今年秋天都一直绿着的枝条中飞来飞去。我不知道我是怎样熬过风暴过后的第一天的，不过我记得我在半夜的时候，因为怀疑我亲眼所见，还去公园走了一圈。因为整个地区风暴都停了，万物都处于深度的昏暗之中。我们居所和道路的极为微弱的反光没有使得天空暗淡。相反，星星升起来了，如此璀璨，就像我小时候在阿尔卑斯山上空或者梦里在沙漠上空看到的那样。从北边的高地一直向下到南边的地平线,以前树木阻挡了视线的地方,闪耀的星宿展现在世人眼前,北斗七星、天龙座的尾、金牛座三角、昴宿星团、天鹅座、飞马座、海豚座。它们转着圈,我觉得没变,甚至比以前更美了。——风暴过去后的那个辉煌夜晚有多么寂静,冬月里尖锐的锯木声就有多么刺耳。一直到三月,还有四五个工人总是在忙着锯断枝条,焚烧垃圾,拖走和载运树干。最后,一台挖掘机挖出了大坑,把其中一些像干草堆那么粗的根茎推进了坑里。因此从最为真实的意义上来说,一切都颠倒了。前一年在蕨类植物和苔藓地衣之间还长着黑嚏根草、紫罗兰和银莲花的森林地面,现在被一层厚厚的粘土覆盖着。只有鸭跖草,谁知道它们的种子埋得有多深,不久之后就一丛一丛地从完全被烤干的土壤中长了出来。没有任何东西阻挡的太阳辐射在极短的时间里就摧毁了所有的喜阴植物,让人越来越感觉仿佛生活在大草原的边缘。不久前在黎明时分许多鸟儿还在高声歌唱,以至于人们有时不得不关上卧室的窗户,上午云雀会飞到田野上空,傍晚有时甚至可以听见夜莺在灌木丛中发出的叫声,而现在,在这些地方,几乎听不到活着的东西发出的任何声响。

＋

在托马斯·布朗遗留下来的一卷混合文稿中，除了有关果菜园和观赏庭院、布兰普顿附近的骨灰瓮、人工堆叠的小丘和山体、预言者和神圣福音书作者提及的植物、冰岛、古撒克逊语、德尔斐神谕的答案、被我们的救世主吃掉的鱼、昆虫的习性、驯鹰、一个老年贪食症病例以及一些其他内容以外，还有一份有标题的目录，收录了奇怪的书籍、画像、古玩和其他的特别玩意儿——在这些东西中有一些确实可能是布朗自己收集的珍品中的一部分，但其中大多数明显来自纯粹虚构的珍宝库，这一珍宝库仅仅存在于他脑子里，只能通过白纸黑字进入。在《封闭的博物馆》一书致不知名读者的简短前

MUSÆUM CLAUSUM
or
Bibliotheca Abscondita

言中，布朗将他这座"博物馆"与他那个时代非常有名的阿尔德罗万迪博物馆、卡尔切奥拉里博物馆、洛雷托的卡萨修道院以及布拉格和维也纳的鲁道夫皇帝博物馆的自然和艺术陈列室进行了比较，书中罗列的稀罕印刷品和文本中，主要有：所罗门王一篇关于思想的影子的论文，它来源于巴伐利亚大公的藏品；色当的莫利娜和乌特勒支的玛丽亚·舒尔曼之间的希伯来文通信往来，她们是十七世纪最有才学的两位女性；一份水下植物学纲要，里面完整记录和描述了一切长在海底岩石上和谷地中的东西，所有的藻类、珊瑚和水生蕨类植物，迄今没人看到的、随暖流迁徙的水草，随着信风从一个大陆来到另一个大陆的植物岛。此外，布朗的这座幻想图书馆还包含了一部由环游世界者——马赛的皮西亚斯[1]写的、被斯特拉波[2]引用的残篇，里面写着在图勒[3]以外的极北之地，那里的空气浓稠得像明胶状的水母和海的肺，又似鱼冻，使人窒息；以及一首奥维德在流放托莫什期间用盖提克语写成的诗，这首此前下落不明的诗在匈牙利边境地区的松博特海伊被人发现，包在一块上了蜡的布里面，正是在那里，根据传说，不管是在被赦免之后，

---

[1] 公元前3世纪的古希腊航海家、地理学家。
[2] 公元前1世纪的古希腊历史学家、地理学家，著有《地理学》17卷。
[3] 古人相信存在于世界北端的国家，极北之地。

还是在奥古斯都去世之后，奥维德死于他从黑海返回的途中。在布朗的博物馆中，除了各种各样的稀奇古怪之物以外，还可以看到：一幅阿拉伯阿尔马查拉大市场的粉笔画，这个市场在夜间举办，目的是为了避免太阳的炙热；一幅描绘罗马人和贾兹人在冰封的多瑙河上决战的油画；一幅描画普罗旺斯海岸前的海上草原的梦幻图景；在围攻维也纳时骑在马背上的苏莱曼一世，他的身后是一座由雪白的帐篷组成的城市，一直延伸到地平线；一幅画着漂浮冰山的海景图，上面坐着海象、熊、狐狸和野生鸟类；一系列草图，描画了对于观看者而言最最可怕的刑讯手段——波斯人的船刑，土耳其执行死刑的普遍方式（将犯人身体一段一段地截短），色雷斯人的绞刑节，以及由托马斯·米纳多利描绘得极为精确的、从两片肩胛骨之间的切口开始的活人剥皮行为。介于自然和做作之间的某个程度，我们眼前展现出了一幅美丽的英国女士肖像画，被画成黑人或带着埃塞俄比亚色调，通过这种暗色处理，她比平时拥有的与生俱来的苍白容貌美丽得多，还有一句让他难忘的落款：比夜还黑[1]。除了这些值得惊叹的文本和艺术品，《封闭的博物馆》中也保存着奖章和硬币，一块来自秃鹰脑袋里的宝石，一个

---

1 原文为拉丁语。

由青蛙头盖骨制成的十字架，鸵鸟蛋和蜂鸟蛋，色彩极为鲜艳的鹦鹉羽毛，用干燥的马尾藻海[1]缠绕植物制成的抗坏血病药粉，一种在东印度群岛用来治疗忧郁的高浓度仙人掌提取物，以及密闭封装的玻璃器皿里装着的用非凡的盐制成的酒，它在日光下很容易挥发，所以只能在冬季期间或者在博洛尼亚红宝石的微光下去研究它。所有这些都被记录在自然研究者和医生托马斯·布朗的奇异记录簿里，所有这些以及其他好些东西我现在不想继续列举，除了那根也许被用作拐棍的竹竿，第一批蚕卵在它里面幸运地被两位在拜占庭皇帝查士丁尼统治时期为研究蚕桑业的秘密在中国长期驻留的波斯托钵僧带过边境，带到了西方世界。

生活在白果桑树上的桑蚕蛾，属于蚕蛾科，是鳞翅目昆虫的一个亚种，其中有着所有飞蛾中最为美丽的几种——大鼬蛾、裘蛾、大孔雀蛾、皇帝蛾。不过，发育完全的桑蚕蛾本身是一种不引人注目的蛾类，它们在翅膀伸展开来的情况下宽不到半英寸、长一英寸。翅膀的颜色是灰白色的，上面有淡褐色的条纹和一个经常认不出来的月牙形斑点。这种蛾唯一的活动就是进行繁殖。雄性在交配后很快死亡。雌性在数天内产卵三百到五百

---

[1] 北大西洋中部的一个海，因海面漂浮大量马尾藻而得名。

个，然后也会死去。一本一八四四年出版的百科全书中写道，从卵孵化而来的蚕来到这个世界时，覆盖着一种黑色的、天鹅绒般的毛皮。在仅仅持续六到七周的生命中，它们会进行四次睡眠，每次醒来之后会蜕去旧皮呈现出新形态，不断地变白、变光滑、变大，越变越美，最终变得几乎透明。在最后一次蜕皮完成的数天之后，可以注意到它们的颈部发红，这是蜕变的时间快要到来的标志。蚕这时会停止进食，不停地来回爬动，朝着高

处、朝着天空努力攀爬，就像藐视底下的世界一样，直到找到一个合适的位置然后开始作茧，这是用它们在体内生产出来的黏性汁液做成的。如果人们沿着背部切开一条用酒精杀死的蚕，就会看到一束缠绕在一起的、看上去像肠子一样的小管。它们前端连通着嘴里两个非常细小的开口，上面提到的汁液正是从这里涌出的。在第一个工作日，蚕会吐出一根长长的、凌乱的、不连贯的丝，这是用来固定茧的。然后它就不断地把头动过来动过去，由此从自己体内吐出一条不断的、几乎一千英尺长的纤维来，从而造出一个蛋形的壳把自己包裹住。在这个空气和水分都进不去的壳里面，蚕蜕去它的最后一层皮，蜕变成若虫。这种若虫形态总共会保持两到三个星期，直到上面描述过的蛾破壳而出。——蚕的原产地似乎是可以找到充当它们食物的白果桑树的亚洲国家。在这里它们自顾自地生活在开放的环境中。因为它们有用，所以人类就去培育它们。中国的历史记载，公元前两千七百年，黄帝——大地的皇帝[1]统治了一百多年，教他的臣民造车、造船、造磨，说服他的第一任妻子西陵氏专心关注蚕，着手尝试对其进行运用，通过这位皇后的劳作来帮助提升百姓的幸福。因此西陵氏从宫廷花园

---

[1] 依《史记·五帝本纪》，轩辕有土德之瑞，故号黄帝。但严格意义上，黄帝并非皇帝。

的树上把蚕取下来,在她亲自看管之下把它们带到皇宫,在那里,它们受到了保护,从而免受天敌的侵袭和春季经常多变的天气状况的影响,成长得非常好,因此日后所谓的家蚕养殖业就由此发端,以后它与缫丝、纺织和刺绣一起成为历代皇后的高雅活动,并且从她们手中传给了所有女性。在仅仅几代人的时间里,桑蚕养殖业和丝织业在所有当权者以一切想得到的方式的推动下经历了繁荣发展,以至于中国最终被视为丝绸之国和取之不竭的丝绸财富之国。赛里斯[1]的商人用他们装满了丝绸的骆驼商队穿越了广袤的亚洲,商队从中国的海滨到地中海沿岸需要大约二百四十天的时间。或许正是因为这种巨大的空间距离,但也由于针对在帝国边境以外传播养蚕业知识和建立养蚕业方法的残暴惩罚,丝绸制造业在千百年的时间里都被局限在中国,直到刚刚说的两位托钵僧拄着他们的拐棍到达了拜占庭。当养蚕业在希腊宫廷和爱琴海诸岛获得发展之后,又过了一千年,这种充满艺术感的动物养殖形式才经由西西里岛和那不勒斯来到了意大利北部,来到了皮埃蒙特、萨伏依和伦巴第地区,热那亚和米兰繁荣兴旺了起来,成为欧洲的蚕桑业

---

[1] 拉丁语 Seres 的音译,意为丝绸之国、丝国人,是战国至东汉时期古希腊和古罗马地理学家、历史学家对与丝绸相关的国家和民族的称呼。

首都。养蚕业知识在半个世纪之内从意大利北部传到了法国，而这主要是直到今天都被视为法国农业之父的奥利维耶·德·塞尔的功劳。他为土地所有者编写的入门手册于一六〇〇年以《农艺和田地管理》之名出版，短时间内就印制了十三版。亨利四世对这本册子留下了非常深刻的印象，因此在授予大量嘉奖和恩赐的情况下，还让他以除了首相和财政大臣叙利之外第一资政的身份前往巴黎。德·塞尔把自己的田产管理工作不情愿地移交给了旁人，作为接受他被建议担任的职位的条件，他只坚持获得一项恩准：允许在法国推广养蚕业，允许为了实现这一目标首先将所有野生树木从全国的宫廷花园中移除出去并在产生的空地上种植桑树。国王备受德·塞尔的计划鼓舞，然而在将其付诸实践之前，却不得不压制来自他素来很尊重的叙利的阻力，后者反对养蚕业工

MÉMOIRES DE SULLY.

LIVRE SEIZIÈME.

IL ne s'agissoit plus que de donner une dernière forme aux conventions qui ve- 1603.

程，无论是因为他确确实实认为这是大规模的胡闹，还是因为他估计德·塞尔是一位日渐强大的竞争对手——也许这并不见得没有道理。

马克西米利安·德·贝蒂纳，也即叙利公爵，向他的君主提出的原因被总结在了他回忆录的第十六册当中。几年前，在位于诺里奇北边的小城艾尔舍姆举行的一次拍卖会上，我用几个先令买到了这整部作品的一个一七八八年由列日F.J.德索尔出版社出版的、印有金色十字架的漂亮版本，此后它就是我最喜欢看的书之一。法国的气候，叙利在他论证的开头这样写道，不适合养蚕业。春天来得太晚，即便已经到了春季，一般而言湿气还太重，这些湿气一部分下落到田地上，一部分又从田地中升起来。单单这个任何东西都无法消除的不利状况就会带来极其有害的影响，不仅会影响家蚕，人们可能很难把它们养到破茧的程度，而且会影响桑树，对于它们的生长，特别是在它们抽枝长叶的季节，温和的空气是主要前提条件。完全抛开这些原则性的考量不谈，叙利继续写道，还不得不思考，和法国的乡村生活捆绑在一起的劳作和活动并没有给任何人——除了蓄意懒惰之人——以多余的闲暇，如果真的要大范围推广养蚕业的话，就必须把乡村居民的劳力从他们习惯了的日常工作中，并由此从一种稳定、丰厚的收益中抽离出来，投到一种从各个角度来看都不可靠的营生中去。虽然，叙利承认，可以预见到农民很容易被引导接受这样一种生活基础的转变，因为谁不愿意放弃一种艰难、辛劳的活计，转而从事另一种像养蚕业这样几乎不用人费力的生计？然而正是在这一点上，叙利在一段写给这位军人国王的、一定程度上可以被视为尤其机智的措辞中声称，比任何反对在法国普遍推广养蚕业的理由都要有力的是如下危机，即向来是最佳步兵和骑兵征召来源的农民群体，因为一种事实上只适合于妇女和儿童之手的工作而丧失了对于国家安泰而言、被陛下您视为必不可少的强健体格，叙利写道，因此不久之后便不能期望出现操练军事技艺所必需的后代子孙。此外，这种由养蚕业导致的农村居民的退化，叙利继续写道，与城市阶层因为奢靡及其后果——懒惰、娇弱、淫逸和挥霍——而不断加重的堕落也是有关联的。在法国各地，人们已经为了华丽的花园、奢靡的宫殿，为了极其昂贵的家具、镶金的装饰和瓷器餐具，为了马车和敞篷车、各种庆典、蜜酒和香水，还有，叙利说，甚至为了高价出售的职务，为了被拍卖给出价最高者的出身上流社会的适婚女性，为这些花费了太多太多。因为在全国推广养蚕业会进一步怂恿道德风气的总体败坏，叙利写道，他必须劝阻他的国王这么做，并建议现在也许应该思考一下那些寒微地维持生计的人的美德。尽管首相提出了异议,但是在法国,养蚕业还是在十年之内建立了起来,尤其也因为一五九八年颁布的南特赦令至少在一定范围内确保了宽容对待直到这一时刻都在遭受着极为沉重的迫害的胡格诺派民众,并因此确保了这些在建立完整蚕桑业方面发挥了突出作用的人被允许留在他们的祖国法兰西。——受到法国榜样的激励,几乎在同一时期英国也在国王的庇护下引进了养蚕业。詹姆斯一世在今天白金汉宫所在的地方让人建造了一个占地若干摩尔干的桑树园,并且在西奥博德庄园——他自己最喜爱的位于埃塞克斯的农庄——运营着一间自己的蚕屋来饲养家蚕。詹姆斯对这些勤奋的小东西的兴趣非常强烈,以至于会连着几小时仔细研究它们的生活习性和需求,在巡视他的帝国的旅途中总是随身带着一个装满了皇家桑蚕的小宝箱,由一名专门的宫廷侍从照料着。詹姆斯让人在降水较少的英格兰东部郡种了上万棵桑树,通过这样那样的措施为有深远意义的手工业打下了基础,它在十八世纪初期进入了繁盛期,因为在南特赦令被路易十四废除后,超过五万名胡格诺派流亡者来到了英格兰,他们中间有大量在家蚕养殖和丝绸织造方面富有经验的手工业者,以及像勒菲弗家族、蒂耶特家族、德·阿格家族、马蒂诺家族和库隆比讷家族这样的企业家家族定居在了诺里奇,而诺里奇当时是排在伦敦之后的英格兰第二大城市，从十六世纪早期开始，那里就已经有了一个由五千名从佛兰德斯和瓦隆移出的纺织工组成的聚居区。到一七五〇年为止，还不到两代人的时间，诺里奇的胡格诺派纺织工匠就发展成为帝国全境最富有、最具有影响力、最有教养的企业家阶层。在他们的企业以及他们供货商的企业里面，每天都呈现出一派人能想象到的最最忙碌的场面。我最近在一部有关英国手工丝织业历史的书中看到，如果那时一名漫游者冬夜在一片漆黑的天空下从远处走近诺里奇，那么他就会惊讶，由于从工场的木窗中透出去的光亮，这座城市的上空在很晚的时候还异常光明。光亮增强，工作增加，它们是并排而行的发展路线。今天，当我们的目光再也不能穿透存在于城市上空及其周边的微弱反光时，我回想起十八世纪，让我感到惊讶的是，大量的人——至少在一些地方——在工业化进程之前的时代，就已经带着他们瘦弱的身躯，几乎整个一生都被套在用木头框架和梁柱搭建而成的、挂满秤砣的、使人想起行刑架或者笼子的织布机前。这种独特的共生现象，也许正是由于它相较而言的原始性，所以比我们日后那些工业形式更好地显示出，我们要想在地球上存活，只能把我们自己套在由我们发明的机器中。因此，尤其是纺织工以及与他们在某些地方可以类比的学者和作家，就像在当时德意

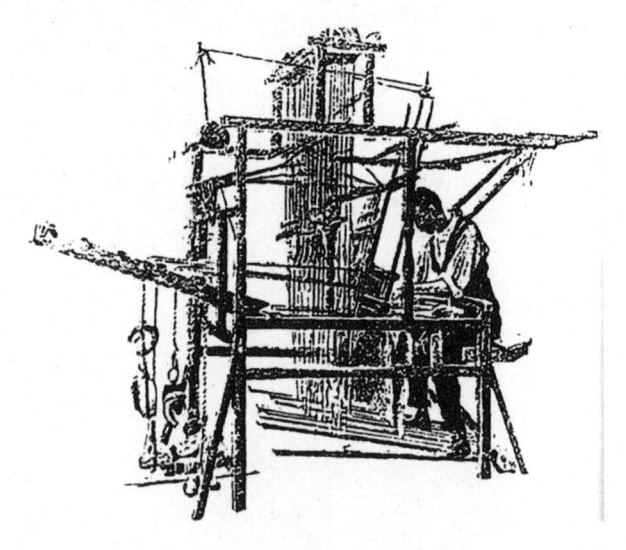

志出版的《经验心理学杂志》中可以查阅到的，有忧郁和一切起源于忧郁的疾病的倾向，这一点在从事一项迫使人总是弯曲地坐着、不断地敏锐思考、无尽地核对大量人工图样的工作过程中是不言而喻的。我想，人们不容易理解，那种没完没了的、即便在所谓的下班时间也不停歇的思考，那种会侵入梦乡的拿错了线的感觉，有时会让人陷入何等的绝望和深渊。然而，纺织工这种疾病的另一面，在这里也值得提及的是，在工业革命爆发之前的几十年当中由诺里奇的手工工场生产出来的许多面料——织锦缎和过水塔夫绸、缎子和缎纹棉毛呢、仿驼毛呢和雪芙呢、普伦尼尔羊绒厚呢、比利时毛呢和佛

		68 bales up	
236	2 4	Spencer 2 / Crop Smith 2	
237	4	Knight Dan 2 / Hill Sam 2	
238	4	Knight Nat 2 / Berry Tho 2	
239	3 4	Heywood R 2 / Johnson Wm 2	
240	4	Waller Rob 2 / Carver Jn 2	
241	2	Douglas wm	
243	2	Duffield Jos	
244	2	Love Tho	
245	2	Jenkinson	
246	3 4	Harvey Jos 2 / Smoulton Wm 2	
247	1 4	Snelling Wm 2 / Duffield Jos 2	
248	2	Knight Dan	
249	2	Brown Chas	
250	2	Hutchin Jno	

Lappits hang out.

110 S Camblets 21 · 30

This Shipment 2.5.3 38—
of Camblets to go 12.12
to Cooke 13.7

20.4
Lemon & Green Edges
with a Sealed End

29 June 17

| 1 | 2 | Smith Sam |

	40 up	
33	4	Blue Ground Martin
34	4	Dyd 5 July In the H:
35	4	Culham 2 Pointer — 2
36	4	Washburn W/ 2
37	4	Forman
38	4	Bay 2 Black Ground Fox Sr 2
39	4	Smith Sr
40	4	Harvey Nr 4 Brown Ground
41	4	Dyd 6 July In the H:
42	2·4	Black & Saxon blue as Nr 28 Davidson 2 Pointer 2
43	2	Black Ground & Sax Green as Nr 30. Usher 2
44	2	Sax Green Ground & Blossom as Nr 40 Bacon
45	4	Black In the H: Dyd 6 July
	90	Jattins 17½ . 29

1 . 10 . 0
16 —   16 . 4
10·20
12 ot   T. Dyd 27 June

Sewell

Q

14 May 1796

| 1 | 4 | Dark Green warp as Nr 4 Hastings |

罗伦萨毛呢、网纱和薄纱、金线纱、斜纹布、贝尔岛花布和马提尼克岛花布——有着确实令人难以置信的多样性以及闪着微光、用语言无法描述的美丽,仿佛它们和鸟类羽毛一样是由大自然创造出来的。——无论如何,当我细看着页边和中缝标着神秘数字和符号的样本册里的那些美丽彩色条纹时,我经常这么想。这些样本册保存在斯特兰杰府小型博物馆的玻璃陈列柜里,而斯特兰杰府正是那些从法国流亡而来的纺织工家族中的一支所居住的市内府邸。直到大约十八世纪末诺里奇的手工工场衰败,从里加到鹿特丹,从圣彼得堡到塞维利亚,欧洲进口商的办事处都有这些图样目录,它们的每一页让我感觉好像是来自唯一一本真正的、我们的任何文章或者图画无论如何都比不上的书。这些面料本身从诺里奇出发抵达哥本哈根、莱比锡和苏黎世的商品博览会,并从那里运往批发商的仓库和商行,也许其中哪条丝绸混纺的婚礼头巾还会出现在伊斯尼、魏因加滕和旺根[1]的犹太小贩的背篓里。

当然,当时德意志还比较落后,在一些诸侯国都城人们晚上还在赶着猪群从宫廷广场经过,那时人们为了促进丝织业的发展也作出了巨大努力。在普鲁士,腓特

---

[1] 以上三个地方都是德国巴登-符腾堡州的小市镇。

烈大王试图在法国移民的帮助下，通过下令建立桑园、免费发放桑蚕以及向任何从事桑蚕饲养并产生效益的人提供可观的奖励来创建国家丝绸产业。一七七四年，仅仅在马格德堡、哈尔伯施塔特、勃兰登堡和波美拉尼亚这些省份就收获了七千磅的纯丝。同样的情况也发生在萨克森，在哈瑙县，在符腾堡、安斯巴赫和拜罗伊特，在列支敦士登侯爵推动下的其位于奥地利的农场，在得到了卡尔·特奥多尔推动的莱茵普法尔茨地区——一七七七年他来到巴伐利亚，也在慕尼黑建立了一个丝织总局。在弗赖辛、埃格尔柯芬、兰茨胡特、布尔格豪森、施特劳宾以及国都，人们毫不迟疑地建起了可观的桑园，在所有的步行小径、城墙上，并且沿着所有的街道，种起了桑树，造起了蚕房和丝织行，设立了工厂，雇用了一大群官员。然而奇怪的是，在巴伐利亚和其他德意志诸侯国，以这样的干劲推动起来的蚕桑业在其全面发展起来之前就已经偃旗息鼓了。桑园又消失了，树木被砍倒用作柴火，雇员们被辞退了，缫丝锅炉、编织机器和支架被拆除、卖掉或者拖走了。一八二二年四月一日，国王宫廷园林管理处通知农业协会总委员会，尚在人世的老工艺印染师塞博尔特——如今天存放于慕尼黑国家图书馆里的档案所记载，在此受雇于前政府丝织机构并担任桑蚕看护人以及抽丝和丝织工序监督人，历时九年，薪资三百五十弗罗林——向本管理处作了书面报告，称在他那个时代，人们遵照最高命令在环城的郊区种植了成千上万株桑树并为其进行了编号，它们很快就长到了惊人的大小并能提供优质的叶片。在这些树中间，塞博尔特说，现在只有一棵还在城门前乌兹施耐德织布厂的花园里，另一棵，据他所知在前奥古斯丁修道院的花园里，该修道院也曾经适度尝试过桑蚕养殖。蚕桑业在被引进后不久就走向衰败的主要原因不仅在于商业预算上升了，更主要在于德意志的君主们不惜一切代价试图促进其发展的专制方式。巴伐利亚驻卡尔斯鲁厄公使莱戈斯贝尔格伯爵先生在回忆录中援引了卡尔的表述，后者是施韦青根唯一一位仍受雇于养蚕业的种植园监查员，从回忆录中可以得知，在以前种植桑树最多的莱茵普法尔茨地区，每一个田产多于一摩尔干的臣民、官员、公民或者租住者，完全不考虑他的经济状况，不考虑他所花费精力的田地的用途，在一定时间内必须让每摩尔干上出现六棵桑树。每个即将获得公民权的人种两棵，每个租住者种一棵，每个被授权悬挂盾牌[1]、开设烘焙店或者在店内生火的臣民都必须种一棵树。还有，所有的财

---

[1] 在现代初期，行政部门通过这种方式，对村镇和主要道路上作为公共事业来经营的餐馆进行标志。拥有盾牌的餐馆必须接纳陌生人，提供高标准的热食和饮料。

政官员、有闲者和世袭佃权者必须种一定数量的桑树，所有的城镇广场、街道、堤岸、边界沟渠，甚至教堂墓地都必须种上桑树，这样一来，臣民们每年都要被迫从国立苗圃公司购买十万棵树。种植和砍伐桑树是每个乡镇里最年轻的十二位公民的职责。此外，人们还要以高昂的成本雇用二十九名蚕桑业总管，给每一个地方聘请特别监查员，作为报酬，他们享有人身自由，免于徭役，每天可以获得四十五克朗的伙食补贴。因这项法令而产生的费用中一部分必须由乡镇资金支付，一部分则是通过向农民强征税赋兑现。这样一种用蚕桑业的真正经济价值无法进行辩护的负担，连同针对任何亵渎蚕桑的行为所采取的极端身体和金钱惩罚，使得这件本身很好的事情在民众中间受到了最为深刻的仇恨，导致了无休止的请愿、特许权申请、控告和诉讼，它们多年内使得高级司法和行政机构淹没在文书工作中，直到卡尔·特奥多尔逝世之后，选帝侯马克斯·约瑟夫通过完全废除所有强制措施摆脱了这场变得越来越漫无边际的胡闹行为。一八一一年，即德意志蚕桑业的衰落期前后，由被委托进行户外桑蚕养殖研究的边境团送达维也纳奥匈帝国宫廷军事委员会的报告也一点都不令人鼓舞。从来自卡兰塞贝什的瓦拉几亚-伊利里亚边境团和来自潘切沃的第十二德意志巴纳特边境团送来了几乎文义相同的备忘录，分别由上校米哈列维奇和霍丁斯基签署，意见如下：最初人们希望能够好好地培育这种蠕虫，但是之后它们被风暴和阵雨从树叶上冲刷下来，更具体地说，在它们进行了第一次休眠的格洛古夫、珀拉斯瓦罗什和伊斯比蒂，以及在它们进行了第二次休眠的霍莫利茨和奥波瓦，被突发的猛烈冰雹从树叶上打落了下来，然后死去了。此外，备忘录继续写道，家蚕还有数量众多的天敌，比如麻雀和八哥，它们会带着巨大的贪婪吞吃被放在树上的幼虫。格雷迪斯坎兵团的米尼蒂诺维奇上校抱怨桑蚕的食欲不振，天气状况的多变以及放肆的蚊子、黄蜂和苍蝇。第七布洛德边境团的米勒蒂奇上校则报告说，七月十二日还在树上的桑蚕和正在蜕变中的蛾子有一部分被毒辣的炽热烤焦了，或者因为它们已经吃不动变得坚韧的叶片而死掉了。尽管遭遇了这些挫折，巴伐利亚的枢密院成员约瑟夫·冯·哈兹在一本由他于一八二六年呈递的《德意志蚕桑业教科书》里提倡蚕桑业，强调在极力避免迄今为止的过失和错误的情况下，它是逐渐繁荣起来的国民经济中一个重要的产业。冯·哈兹这部作为完整教育课件来编排的作品与瓦雷泽·丹多罗伯爵于一八一〇年在米兰出版的著作《家蚕的养殖技艺》、博纳弗的《论蚕的养殖》、波尔扎诺的《养蚕指南》和凯腾拜尔的《桑树养护和桑蚕培育指南》是一脉相承的。冯·哈兹写道，为了使德意志丝绸工业获得新生，首先要认清已经犯下的错误，在他看来，这些错误是由专制的管理、试图建立国家垄断的行为以及用一套几乎可笑的法规扼杀任何企业家精神的行政胡为造成的。根据冯·哈兹的观点，蚕桑业不需要始终费用高昂、像军营或者医院一样的专门房屋和机构，而是像从前在希腊和意大利那样，好像无中生有似的，由妇女和儿童，由仆人，由贫者和老者，简而言之就是由一切现在没有任何收入的人，在寻常的房间和居室里作为一件次要之事来做。按照冯·哈兹的想法，这样一种建立于大众基础之上的蚕桑业不仅能够带来与其他国家竞争时无可辩驳的经济利益，而且能够改善女性以及所有其他不习惯有规律的工作的人群的社会状况。此外，观察这种不显眼的虫子如何在人类的照料下一步步地成长并且最后生产出极为细巧和极为有用的料子，也是教育青少年的一种最为得体的手段。冯·哈兹写道，他相信，要把对于每个政体而言都必不可少的秩序和整洁美德传播到相对低下的阶层中去，没有比普及推广蚕桑业更方便的方式。他期待着，冯·哈兹写道，通过在大多数德意志家庭中养育桑蚕来实现国家伦理道德的转变。接下来，冯·哈兹澄清了与桑蚕养殖有关的错误观点和偏见，比方说蚕最好要放在铺了牲畜粪便的温床或者年轻姑娘的胸部进行孵化，比方说当它们破茧时，在清凉的天气状况下必须给它们生炉取暖，在雷雨天气时必须关闭百叶窗，且为了破除不好的瘴气，要在窗户上放一束苦艾。冯·哈兹说，理性得多的做法是，首先，只需要严格遵守规则、保持卫生，每天给房间通风，必要的时候用由海盐、二氧化锰粉末和少量水就可以便宜地制作出来的氯气进行烟熏消毒。家蚕中的黄疸病、消瘦和其他疾病很容易就可以避免，而且通过在广阔范围内传播这种知识，就能够很好地保障这一从各个方面来看都可以带来好处和收益的平民工业的发展。枢密院成员冯·哈兹试图通过桑蚕养殖将民族团结起来，使之向着更高的目标发展，他的这一观点也许由于尚未过去足够久的先期错误而没有获得共鸣，但在湮没了一百年之后，它借助德国法西斯分子在追踪一切时所独有的细致周密重新为人们考虑，就像去年夏天，我在我长大的地方的地区图像资料室寻找因为工作关系我又再次回想起来的有关北海鲱鱼捕捞的教学电影时，遇到了一部明显是为同一系列而制作的有关德国养蚕业的影片，当时我的惊讶着实不小。与鲱鱼电影接近午夜的黑暗色调形成鲜明对比的是，这部关于蚕桑业的电影亮得着实令人炫目。男男女女穿着白色的实验员长衫在光线明亮、刚刚刷白的房间里忙着摆弄雪白色的纺纱绷、雪白色的纸张、雪白色的盖布、雪白色的茧子和雪白色的亚麻邮袋。

整部电影有着全世界最好、最清晰的品质,这一印象在我阅读可能主要是为教师准备的随附小册子时得到了加强。这本小册子的作者引用了元首一九三六年在国会上宣布的计划,即德国必须在四年之内在所有那些通过德国的能力能够生产出来的材料方面做到自给自足,他说,这当然也包括蚕桑业,与之相应地,借助由帝国粮食与农业部长、帝国劳动部长、帝国林业部长和帝国航空部长发起的丝织业建设计划,一个蚕桑种养的新时代在德国开启了。柏林帝国养蚕者专业协会是隶属于帝国农业委员会下面的德意志帝国小动物饲养者协会的一个组成部分,它的任务在于提升所有现有企业的产量,通过出版界、电影和电台宣传养蚕业,建立为培训目的服务的养蚕示范单位,由地方、专区、乡镇各级专业小组领导组织对所有养蚕者进行辅导,协调桑树种植需求,在迄今未利用的土地上、在居民区内、在墓园、在路边、在铁路路基旁、沿着帝国高速公路种植数百万棵桑树。蚕桑业对于德国的意义,依照附册 F213/1939 作者朗格教授的论述,不仅仅在于必须中止给外汇市场造成不必要负担的进口行为,也在于丝绸对不断建立起来的独立国防经济所发挥的重要作用。出于这一原因,必须在学校里唤醒德国青少年对蚕桑业的兴趣,但不是像腓特烈大王统治时期那样通过强制措施。更要紧的是,要让全体教师和全体学生自主地选择蚕桑业。细究在学校开展蚕桑业领域开拓工作的可行性的话，朗格教授写道，可以在校园四周种上桑树丛，可以在学校的房舍里面抚育桑蚕。最后，朗格教授还补充说，桑蚕除了它们显而易见的利用价值之外，也是课堂上几乎完美的教学载体。实际上花不多的钱就可以获得相应数量的蚕，把它们当作完全驯良的宠物来养，还不用笼子或者禁苑，在每一个生长阶段，桑蚕都可以被用于各种试验计划（称重、测量以及诸如此类）。它们可以用来展示昆虫的生理构造和特性、驯化、退行性突变，以及在人类饲养活动中为了避免种族退化而在效率监控、筛选和淘汰方面必须采取的基本措施。——在这部电影里，可以看到饲养员接收由策勒的帝国桑蚕养殖院发送来的虫卵，把它们铺放在干净的表面上，看到贪吃的桑蚕孵化，给它们喂食，多次移床，蚕在架子上作茧以及最后它们被灭杀。电影中的灭杀不像以前那样经常通过把茧子放在太阳下暴晒或者把它们推到温暖的烤炉中完成，而是放在一口一直保持在沸腾状态的用于洗涤的煮锅上方。铺放在平底筐子里的蚕茧必须在从锅里升腾起来的水蒸气上方放置三小时，当人们完成一批之后，就会开始下一批，直到完成整个灭杀工作。

今天，当我快要完成我的创作时，是一九九五年四月十三日。这一天是濯足节[1]和圣亚加多尼、圣加布、圣巴比罗和圣赫美内琪的命名日。就在三百九十七年前的这一天，亨利四世颁发了南特赦令；二百五十三年前在都柏林，亨德尔的清唱剧《弥赛亚》进行了首演；二百二十三年前，沃伦·黑斯廷斯被任命为孟加拉总督；一百十三年前在普鲁士，反犹联盟成立；七十四年前发

---

[1] 复活节前的星期四，在这一天由举办庆典的基督教神职人员为民众沐足，以表示谦卑的博爱。

生了阿姆利则惨案，当时戴尔将军为了惩一儆百命令向聚集在札连瓦拉园广场上的一万五千名起义者开火。当

时的牺牲者里面可能有不少从事在阿姆利则地区以及印度正在最最简陋的基础上发展着的养蚕业。五十年前的今天，英国报纸上报道说，策勒这个城市已经沦陷，德国军队在顺着莱茵河谷地不可抵挡地向南推进的红军面前完全处于败退之中。最后，就像我们在上午早些时候还不知道的，一九九五年四月十三日，濯足节，也是克拉拉的父亲在被送到科堡医院后不久就离开了人世的日子。现在，正当我把这些写下来的时候，我又一次反思我们几乎仅仅由灾难组成的历史，想到以前对于上流阶层的女性来说，穿着由黑色真丝塔夫绸或者黑色中国绉纱做成的沉重长袍被视为合适地表达最为深切的悲痛的唯一方式。比如说，在维多利亚女王的葬礼上，当时的

时尚杂志上写道,据说泰克公爵夫人现身时穿着一件用黑色的曼托瓦真丝制成的连衣裙,周身镶着波浪形致密纱巾,着实令人惊艳,这种真丝来自由诺里奇威利特与侄子丝织厂在最终关门停业前单纯为了这一用途并且为了展示其在真丝丧服领域一如既往不可超越的艺术技巧而生产出来的一卷六十步长的料子。作为丝绸商人的儿子,托马斯·布朗可能注意到了这种产品,他在他的文章《常见谬误》中某处我再也找不到的地方说,在他那个时代,荷兰有种风俗,死者家中所有能够看见风景、人物或者田里果实的镜子和图画都要盖上真丝的黑纱,这样一来,离开肉体的灵魂在他们最后的旅途中就不会受到诱惑,无论是因为看到自己,还是因为看到即将永远失去的家乡。

译后记

闵志荣

塞巴尔德的《土星之环》(终于!)即将面世。有人说:塞巴尔德的作品,喜欢的人很喜欢,不喜欢的人很不喜欢。观点如此两极分化,在我看来却各有道理:我花费了整整一年半的时间来翻译这部仅仅十几万字的作品,又两次细致地校对全文——由此可见,这本书虽篇幅不长,却内涵丰厚,又给人以爱恨交织之感。

这本书看似一本游记,记录了作者在英国东海岸萨福克郡地区的徒步旅程和感悟;但在写作过程中,作者旁征博引,在时空中来回穿梭,在典故中往返游走。全书一共十个章节:有对历史名人的回忆,比如托马斯·布朗、夏多布里昂、康拉德、爱德华·菲茨杰拉德,作者用故人来追忆往昔、观照当下;有对过往事件的解读,比如对二战盟军轰炸德国城市的回忆、对北爱尔兰独立运动的追念,这些记忆和评述因作者的英德双重身份而多了一份与众不同。这些章节看似互相独立,但是在作者笔下,它们共同构成了对萨福克这一地区自然变迁与文化兴衰的剖析,向人们展示了"历史如何成为废墟"这一人类经典哲思。

从这一角度来看,这本书所涉的知识宽广而又深厚,给翻译工作带来了不小的困难。在翻译过程中,我多方查阅文献资料,以解码背景知识,疏通行文逻辑。一些对理解文章有重要价值的背景信息,我也一一加以注释。过程虽略艰难,但对译者而言也是一趟奇妙的"游学"之旅,这也是上文所述"既爱且恨"的缘由之一。

塞巴尔德别有特色的语言风格也让人"痛并快乐":框架结构搭建起来的德式长句环环嵌套,以丝丝入扣的逻辑铺陈迂回可达半页。每每读到这样的句子,最让人心焦的事情已经不是不知所云,而是在反复研读冗长繁琐的原文、最终捋顺字面意思和内在关联之后,却无法将艰苦"破译"的意思转换成一目了然的汉语。这种干着急的憋屈状态在翻译过程中频频出现:到底是忠实原文的风格,还是追求译文的流畅?其中尺度的拿捏把握,不同的译者自有不同的考量。

我在遇到语言上难以确定的地方时也常常会向德国友人请教,他们有时竟也不知所以、不置可否。我认为,如果原文对于母语者而言都是诘屈聱牙、艰深晦涩的话，那么译者为什么一定要追求朗朗上口、通俗易懂的译文呢？当然为了兼顾译文的可读性，我也做出了一定程度的妥协，比如将典型的德式长句分解为短句，添加一些连词来衔接逻辑。但无论如何，我都没有将作者繁琐晦涩的行文风格弃之不顾，而去刻意追求简明流畅的译文效果。

又比如塞巴尔德的许多用词不同寻常，他常常使用文学性的语言来对历史事件和人物发表看法，这就使得原文语言充满隐喻，而这也是翻译的一大难点，因为言内与言外之意皆不可偏废。于是，其中的遣词用句也成了一件令人前后推敲、反复纠结的事情。所谓"词不达意"，这在翻译过程中也并不鲜见。遇到这样的情况，我只得略添数词，稍加阐释，以求尽可能地呈现原文之意。

翻译这本书的时候，我正好在德国进修。我清楚地记得我的导师、德国弗莱堡大学德语系的Aurnhammer教授在一次闲聊中提到塞巴尔德的时候说，是不是那个语言风格奇怪、喜欢在作品中添加很多照片的人？这再次印证了"一千个读者有一个'塞巴尔德'"的观点。无论如何，本书的翻译工作对我而言，既是一次全新的历练，又是一次感悟良多的"游学"。

在此我要特别感谢复旦大学外文学院德语系博导李

双志博士、江苏理工学院外国语学院德语系副教授周锐博士和德国弗莱堡大学孔子学院的"小班"等国内外师友，他们在本书的翻译过程中耐心地解答了我在语言或背景知识方面的疑问。也非常感谢出版社的责任编辑，没有他们耐心细致的审校工作，就没有这本书在中文世界的首次问世。

二〇二〇年春节
于常州